千年一嘆

余秋雨

希臘

埃及

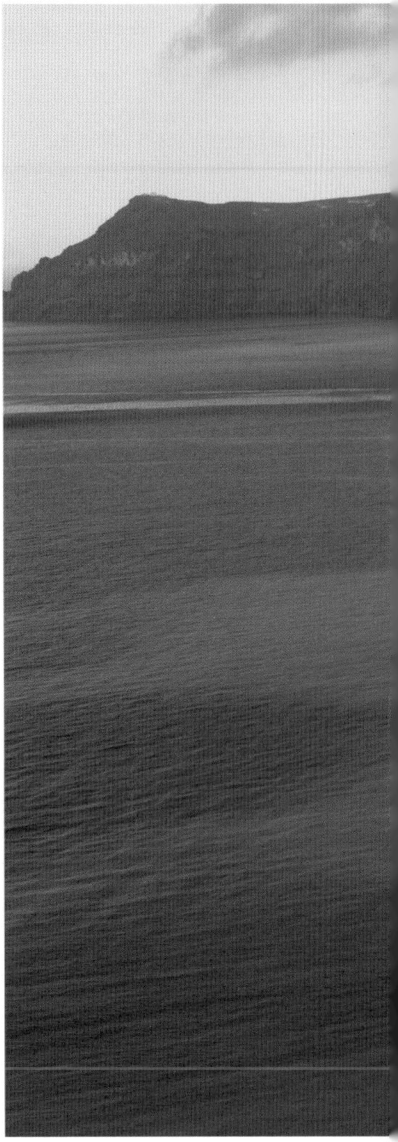

以色列、巴勒斯坦

約旦

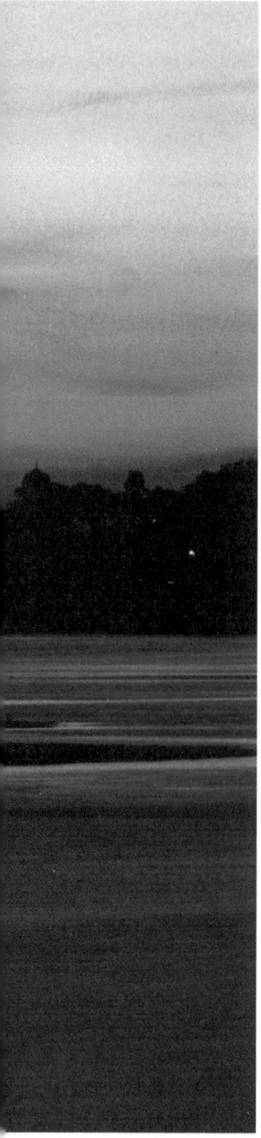

伊拉克

伊朗

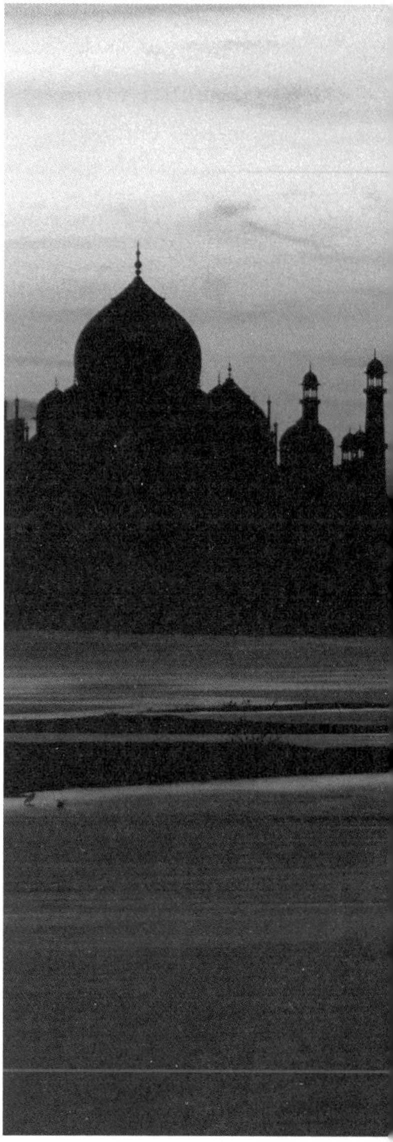

巴基斯坦

印度

尼泊爾

整理一路感受

自序

一

我辭去院長職務之後，便披了一件深褐色的薄棉襖，獨自消失在荒野大漠間整整十年，去尋找中華文化的關鍵性遺址。

當時交通還極其不便，這條路走得非常辛苦。總是一個人背著背包步行，好不容易見到一個鄉民就上前問路，卻怎麼也問不清楚。那年月，中國各地民眾剛剛開始要去擺脫數百年貧困，誰也沒有心思去想，在數百年貧困背後是否還蘊藏著數千年魂魄。

終於，我走下來了，還寫成了《文化苦旅》和《山居筆記》，與廣大讀者一起，梳理了中華文化的經絡。

接下來的問題無法迴避：這樣一種悠久的文化，與人類的其他文化相比處於什麼地位？長處在哪裡？短處又在哪裡？

在尋訪中華文化遺址的十年間，我也曾反覆想過這些問題，還讀過不少對比性的文獻。但是，我只相信實地考察，只相信文化現場，只相信廢墟遺跡，只相信親自到達。我已經染上了盧梭同樣的毛病：「我只能行走，不行走時就無法思考。」我知道這種「只能」太狹隘了，但已經無法擺脫。對於一切未經實地考察所得出的文化結論，本不應該全然排斥，但我卻很難信任。

因此，我把自己推進到了一個尷尬境地：要麼今後只敢小聲講述中國文化，要麼為了能夠大聲，不顧死活走遍全世界一切最重要的廢墟。

我知道，後一種可能等於零。即便是人類歷史上那幾個著名的歷險家，每次行走都有具體的專業目的，考察的範圍也沒有那麼完整。怎麼能夠設想，先由一個中國學者把古文化的荒路全部走遍？

但是，恰恰在最不可能的地方出現了可能。就在二十世紀臨近結束的時候，天意垂顧中國，香港鳳凰衛視突然立下宏願，要在全球觀眾面前行走數萬公里，考察全人類最重要的文化遺址，聘請我擔任嘉賓主持。聘請我的理由，就是《文化苦旅》和《山居筆記》。文化，呈現出了自身的伸展邏輯。

二

這個行程，需要穿越很多恐怖主義蔓延的地區，例如北非、中東、南亞，而且還必須貼地穿越。對此，現在世界上沒有一個政府、一個集團能作出安全的保證，包括美國和歐洲的幾個發達國家在內。所以，多少年了，找不到有哪個國家派出過什麼採訪組做過類似的事，更不必說採訪組裡還躲著一個年紀不輕的學者。

感謝鳳凰衛視為中國人搶得了獨占鰲頭的勇敢。但是，對於一路上會遇到什麼，他們也沒有把握。王紀言台長壓根兒不相信我能夠走完全程，不斷地設想著我在沙漠邊的哪個國家病倒了，送進當地醫院，立即搶救，再通知我妻子趕去探視等等各種預案。他們還一再詢問，對於這樣一次凶吉未卜的行程，需要向我支付多少報酬。我說，這本是我夢想中的考察計畫，應該由我來支付才對。

我把打算參加這次數萬公里歷險的決定，通知了妻子。我和妻子，心心相印，對任何重大問題都不必討論，只須通知。但這次她破例說，讓她仔細想一想。妻子熟知國際政治和世界地圖，這一點與其他表演藝術家很不一樣。那一夜，她滿腦子都是戰壕、鐵絲網、地雷、炸彈。終於，她同意了，但希望在那些最危險地段，由她陪著我。

臨出發前，我和妻子一起，去與爸爸、媽媽告別，卻又不能把真實情況告訴他們。不是怕他們阻止，而是怕他們擔心。尤其是爸爸，如果知道我的去向，今後的時日，就會每天深埋在國際新聞的字裡行間，出不來了。

就在那天晚上，我年邁的媽媽像是接受了上天的暗示，神色詭秘地朝我妻子招招手，說要送給她一個特殊的禮物。這個禮物，就是我剛出生時穿的第一雙鞋。妻子一下子跳了起來，兩手捧起那雙軟軟的小鞋子，低頭問她：「媽媽，你當時有沒有想過，那雙肉團團的小腳，將會走遍全中國，走遍全世界？」

三

整個行程，是一個偉大的課程。

面對稀世的偉大，我只能竭力使自己平靜，慢慢品咂。但是，當偉大牽連出越來越多的兇險，平靜也就漸漸被驚懼所替代。

吉普車貼著地面一公里、一公里地輾過去，完全不知道下一公里會遇到什麼。我是這夥人裡年齡最大的兄長，大家要從我的眼神裡讀取信心。我朝大家微微一笑，輕輕點頭，然後，繼續走向前方。前方的資訊越來越吃緊：這裡，恐怖主義分子在幾分鐘內射殺了幾十名外國旅客；那裡，近兩個月就有三批外國人質被綁架；再往前，三十幾名員警剛剛被販毒集團殺害……

我這個人，越到最艱難的時刻越會迸發出最大的勇氣，這大概是兒時在家鄉虎狼山嶺間獨自夜行練下的「幼功」。此刻我面對著路邊接連不斷的頹壁殘堡、幢幢黑影，對夥伴們說：「我們不裝備武器，就像不戴頭盔和手套，直接用自己的手，去撫摸一個個老人身上的累累傷痕。」

如此一路潛行，我來不及細看，更來不及細想，只能每天記一篇日記，通過衛星通訊發送到世界各地的華文報紙，讓廣大讀者一起來體會。但在這樣的險路之上，連記日記也非常困難。很多地方根本無法寫作，我只能趴在車上寫，蹲在路邊寫。漸漸也寫了不少，我一張張地放在一個洗衣袋裡，積成了厚厚一包。

在穿越伊朗、巴基斯坦、阿富汗邊境這一目前世界上最危險地段時，我把這包日記放在離身體最近的背包裡，又不時地把背包拉到身前，用雙手抱著。晚上做夢，一次次都是抱著這個背包奔逃的情景。而且，每次奔逃的結果都一樣：雪花般的紙頁在荒山間片片飄落，匪徒們紛紛去搶，搶到了拿起來一看，卻完全不認識黑森森的中國字，於是又向我追來……

四

這雪花般的紙頁，終於變成了眼前的這本書。

從紐約發生「九一一事件」後的第二天開始，我不斷收到海內外很多讀者的來信、來電，肯定這本書較早地指出了目前世界上最恐怖地區的所在，並憂心忡忡地發出了警告。韓國和日本快速地翻譯了這本顯然太厚的書，並把這件事說成是「亞洲人自己的發現」。

不久，聯合國舉辦的世界文明大會邀請我向世界各國代表，講述那再也難以重複的數萬公里。但是，我在演講的開頭就聲明，我自己最看重的，不是發現了那數萬公里，而是從那數萬公里重新發現了中國文化。

熟悉我文風的讀者，也許會抱怨這本書的寫法過於質樸，完全不講究文采，那就請原諒了。執筆的當時完全沒有可能進行潤飾和修改，過後我又對這種特殊的「寫作狀態」分外珍惜，捨不得多加改動。我想，匆促本是為文之忌，但是，如果這種匆促出自於一種萬里恐怖中的生命重壓，那就是另一回事了。

現在這個版本與原來的版本有較大不同的地方，是最後部分。那是我走完全程之後在喜馬拉雅山南麓尼泊爾博克拉一個叫「魚尾山屋」的旅館中，對一路感受的整理。當時在火爐旁、燭光下寫了不少，而每天要在各報連載的只是其中一部分。這次找出存稿，經過對比，對於已經發表的文字有所補充和替代。

我在喜馬拉雅山南麓的思考，稍稍彌補了每天一邊趕路一邊寫作的匆促。讀者既然陪我走了驚心動魄的這一路，那麼，最後也不妨在那個安靜的地方一起坐下來，聽我聊一會兒。世界屋脊下的爐火、燭光，實在太迷人了。

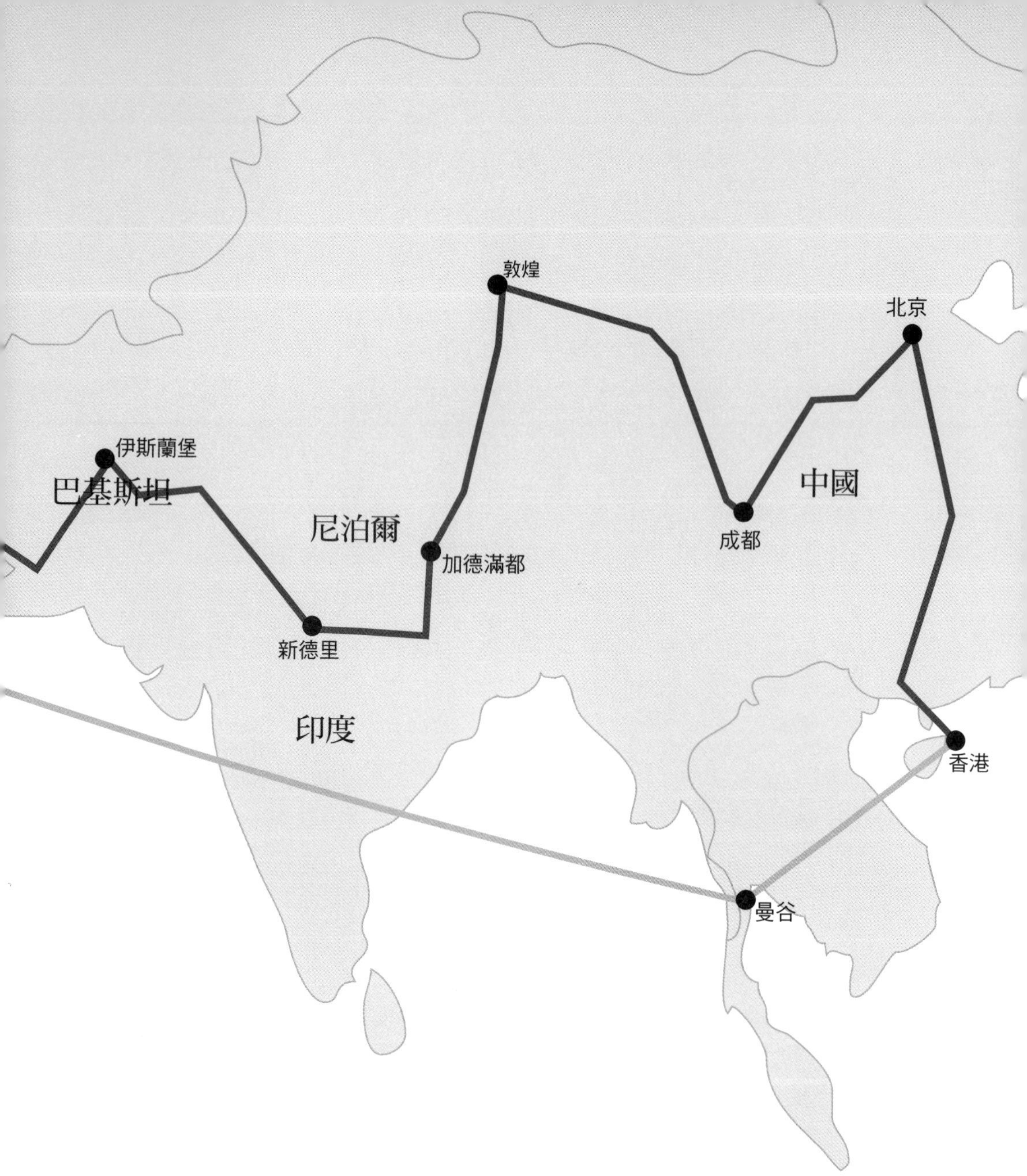
敦煌
北京
伊斯蘭堡
巴基斯坦
中國
尼泊爾
成都
加德滿都
新德里
印度
香港
曼谷

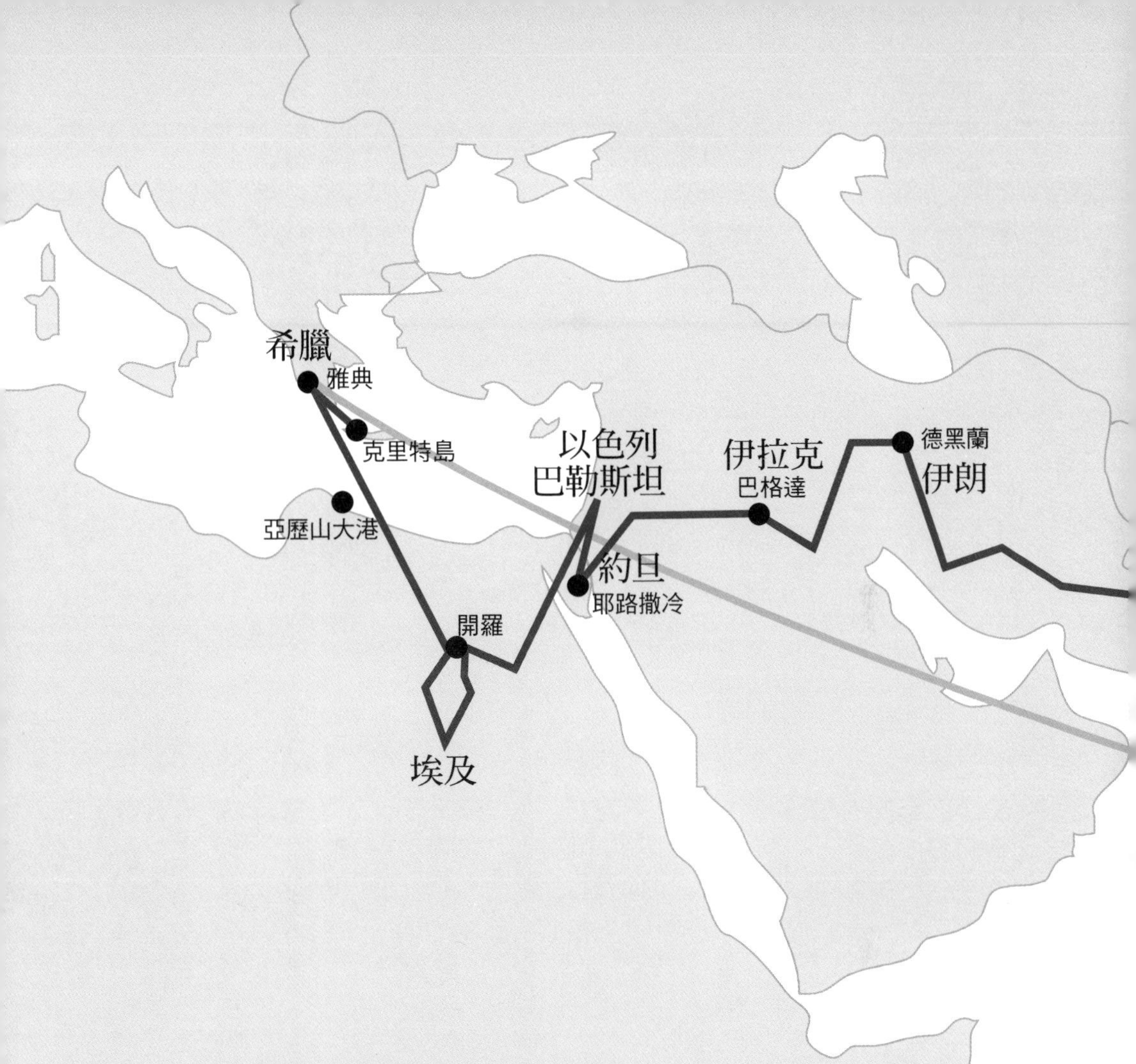

千禧之旅路線圖說明

旅程剛開始的時候，五輛吉普車從香港海運至埃及和亞歷山大港，人員則乘坐飛機至希臘雅典，考察希臘本土和克里特島後至開羅，與吉普車會合，然後乘吉普車走完全程（深色路線），直至返回香港。

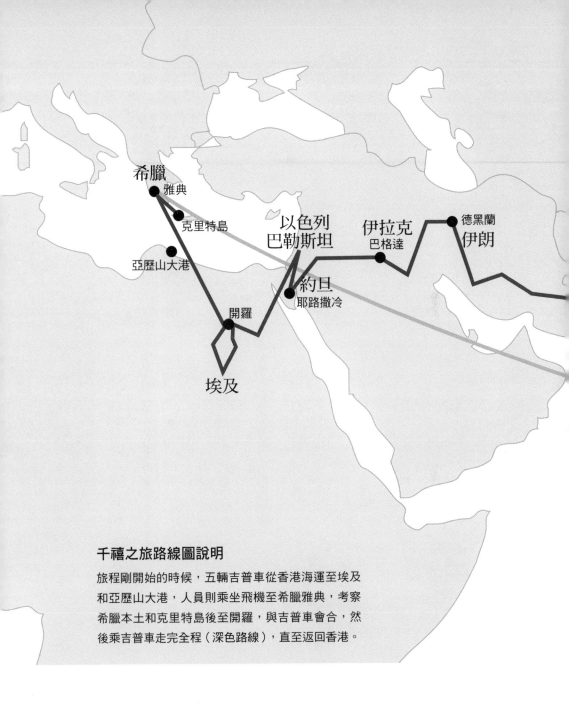

希臘

哀希臘

看到了愛琴海。浩大而不威嚴，溫和而不柔媚，在海邊熾熱的陽光下只須借得幾分雲靄，立即涼意爽然。有一些簡樸的房子，靜靜地圍護著一個遠古的海。

一個立著很多潔白石柱的巨大峭壁出現在海邊。白色石柱被岩石一比，被大海一襯，顯得精雅輕盈，十分年輕，但這是西元前五世紀的遺跡。

在這些石柱開始屹立的時候，孔子、老子、釋迦牟尼幾乎同時在東方思考。而這裡的海邊，則徘徊著埃斯庫羅斯、索福克勒斯、蘇格拉底、希羅多德和柏拉圖。西元前五世紀的世界在整體上還十分荒昧，但如此耀眼的精神星座燦爛於一時，卻使後世人類幾乎永遠地望塵莫及。這就是被稱為「軸心時代」的神秘歲月。

現代世界上再囂張、再霸道的那些國家，說起那個時代，也會謙卑起來。他們會突然明白自己的輩分，自己的幼稚。但是，其中也有不少人，越是看到長者的衰老就越是覬覦他們的家業和財寶。因此，衰老的長者總是各自躲在一隅，承受淒涼。

在現在世界留存的「軸心時代」遺跡中，眼前這個石柱群，顯得特別壯觀和完整。這對於同樣擁有過「軸心時代」的中國人來說，一見便有一種特殊的親切。

石柱群矗立在一個高台上，周圍攔著繩子，遠處有警衛，防止人們越繩而入。我與另一位主持人許戈輝小姐在攔繩外轉著圈子抬頭仰望，耳邊飄來一位導遊的片言隻語：「石柱上刻有很多遊人的名字，包括一位著名的英國詩人……」

「拜倫！」我立即脫口而出。拜倫酷愛希臘文明，不僅到這裡遊歷，而且還在希臘與土耳其打仗的時候參加過志願隊。我告訴許戈輝，拜倫在長詩〈唐璜〉中有一節寫一位希臘行吟詩人自彈自唱，悲歎祖國擁有如此燦爛的文明而終於敗落，十分動人。我還能記得其中一段的大致意思：

> 祖國啊，此刻你在哪裡？你美妙的詩情，怎麼全然歸於無聲？你高貴的琴弦，怎麼落到了我這樣平庸的流浪者手中？

拜倫的祖國不是希臘，但他願意把希臘看成自己的文化祖國。因此，自己也就成了接過希臘琴弦的流浪者。

文化祖國，這個概念與地域祖國、血緣祖國、政治祖國不同，是一個成熟的人對自己的精神故鄉的主動選擇。相比之下，地域祖國、血緣祖國、政治祖國往往是一種先天的被動接受。主動選擇自己的文化祖國，選擇的對象並不多，只能集中在一些德高望重而又神秘莫測的古文明之中。拜倫選擇希臘是慎重的，我知道他經歷了漫長的「認祖儀式」，因此深信他一定會到海神殿來參拜，並留下自己的名字。猜測引發了好奇，我和戈輝都想偷偷地越過攔繩去尋找，一再回頭，只見警衛已對我們兩人虎視眈眈。

同來的夥伴們看出了我們兩人的意圖，不知用什麼花招引開了警衛，然後一揮手，我和戈輝就鑽進去了。石柱很多，會是哪一柱？我靈機一動，心想如果拜倫刻了名，一定會有很多後人圍著刻，因此只需找那個刻名最密的石柱。這很容易，一眼就可辨別，刻得最密的是右邊第二柱，但這一柱上上下下全是名字，拜倫會在哪裡？我雖然只見過他的半身胸像卻猜測他的身材應該頎長，因此抬頭在高處找，找了兩遍沒有找到。剛剛移動目光，猛然看見，在稍低處，正是他的刻名。

刻得那麼低，可以想見他刻寫時的心情。文化祖先在上，我必須低頭刻寫，如對神明。很多人都理解了拜倫的心情，也跟著他往低處刻，彎腰刻，跪著刻。因此在他刻名的周圍，早已是密密層層一片熱鬧。

由拜倫的刻名，我想起了蘇曼殊。這位詩僧把拜倫〈唐璜〉中寫希臘行吟詩人的那一節，翻譯成為中國舊體詩，取名〈哀希臘〉，一度在中國影響很大。翻譯的時間好像是一九〇九年，離今年正好九十年，翻譯的地點是日本東京章太炎先生的寓所，章太炎曾為譯詩潤飾，另一位國學大師黃侃也動過筆。蘇曼殊借著拜倫的聲音哀悼中華文明，有些譯句已充滿激憤，如「我為希臘羞，我為希臘哭」。

蘇曼殊、章太炎他們都沒有來過希臘，但在本世紀初，他們已知道，中華文明與希臘文明具有歷史的可比性。同樣的蒼老，同樣的偉大，同樣的屈辱，同樣的不甘。因此，他們在遠遠地哀悼希臘，其實在近近地感歎中國。這在當時的中國，是一種超越前人的眼光。

我們在世紀末來到這裡，只是他們眼光的一種延續。所不同的是，我們今天已不會像拜倫、蘇曼殊那樣痛心疾首。希臘文明早已奉獻給全人類，以狹隘的國家觀念來呼喚，反而降低了它。拜倫的原意，其實要寬廣得多。

不管怎麼說，我們來希臘的第一天就找到了大海，找到了神殿，找到了西元前五世紀，找到了拜倫，並由此而引出了蘇曼殊和中國，已經足夠。

一九九九年九月二十九日，希臘雅典，夜宿Herodion旅館。

荷馬的邁錫尼

回想希臘當初，幾乎所有的學問家都風塵僕僕。他們行路，他們發現，他們思索，他們校正，這才構成生龍活虎的希臘文明。歷史學家希羅多德從三十歲開始就長距離漫遊，這才有後來的《歷史》。

更引起我興趣的是哲學家德謨克利特（Democritus），他一生所走的路線與我們這次考察基本重合。從希臘出發，到埃及、巴比倫、波斯、印度。他漫遊的資金，是父親留下來的遺產。等他回到希臘，父親的遺產也基本耗盡。當時他所在的城邦對於子女揮霍父輩遺產是要問罪的，據說他在法庭上成功地為自己辯護，終於說服法官，免於處罰。

正是追隨著這樣的風範，我們這次考察的重點就不是圖書館、研究所、大學、博物館，而是文明遺址的實地。

希臘文明的早期搖籃，在伯羅奔尼薩斯半島，尤其是其中的邁錫尼（Mycenae）。邁錫尼的繁榮期比希臘早了一千年，它是一種野性十足的尚武文明，卻也默默地滋養了希臘。

人們對邁錫尼的印象，大概都是從荷馬史詩中獲得的吧？那位無法形容的美女海倫，被特洛伊人從邁錫尼搶去，居然引起十年大戰。有一次元老院開會，白髮蒼蒼的元老們覺得為一個女人打十年仗不值得，沒想到就在這時海倫出現在他們面前，與會者全部驚豔，立即改口，說再打十年也應該。最後，大家知道，邁錫尼人以「木馬計」取得了勝利。但勝利者剛剛凱旋就遭到篡權者的殘酷殺害……這些情節，原以為是傳說，卻被十九世紀八十年代一位德國考古學家的發掘所部分證實。

這就一定要去了。

在荒涼的伯羅奔尼薩斯半島上尋找邁錫尼，不能沒有當地導遊的幫助。找來一位，一問，她的名字也叫海倫。不過我們的這位海倫年歲已長，身材粗壯，說著讓人困倦的嗡鼻子英語，大口抽著煙。與她搭檔的司機是個壯漢，頭髮稀少，面容深刻，活像蘇格拉底。

海倫和蘇格拉底帶我們越過刀切劍割般的科林斯運河，進入丘陵延綿的半島。只見綠樹遍野，人煙稀少，偶爾見到一個小村莊，總有幾間樸拙的石頭小屋掛著出租的招牌，但好像沒有什麼生意。

路實在太長了，太陽已經偏西，汽車終於停了，抬頭一看，是一個傍山而築的古劇場。對古劇場我當然有興趣，但一路上我們已見了好幾個，而海倫說，前面還有一個更美的。這使我們提起了警覺，連忙問：「邁錫尼呢，邁錫尼在哪裡？」

海倫搖頭說：「邁錫尼已經過了，那裡一點也不好看。」她居然自作主張改變了我們的路線。後來才知，她接待過東方來的旅遊團，到了邁錫尼都不願爬山，只在山腳下看看，覺得沒有意思，她也就悄悄取消了。

我們當然不答應。她只得叫蘇格拉底把汽車調頭，開回去。

邁錫尼遺址是一個三千三百年前的王城，佔據了整整一座小石山。遠遠一看，只見滿山坡的頹敗城牆，一般遊客以為已經一覽無餘，就不願再攀登了。其實，它的第一魅力正在於路。而路，也是這座王城作為戰爭基地的最好驗證。

路很隱秘，走近前去，才不斷驚歎它那種躲躲藏藏的寬闊。我帶頭沿路登山，走著走著，突然一轉彎，見到一個由巨石堆積出來的山門，仰頭一望，巍峨極了。山門的門楣上是兩頭母獅的浮雕，這便是我們以前在很多畫冊中見到過的獅門。

山門石框的橫豎之間有深凹的門臼，地下石材上有戰車進出的轍印。當門一站，眼前立即出現當年戰雲密佈、車馬喧騰的氣氛。

進得山門向上一拐，是兩個皇族墓地。一個王城進門的第一風景就是墳墓，這種格局與中華文明有太大的差別，卻準確地反映了一個窮兵黷武的王朝的榮譽結構。

邁錫尼王朝除了對外用兵之外，還熱衷於宮廷謀殺。考古學家在墓廓裡發現的屍體，例如用金葉包裹的兩個嬰兒和三具女屍等等，竟能證明荷馬史詩裡的許多殘酷故事並非虛構。

從墓區向上攀登，石梯越來越詭秘，繞來繞去像是進入了一個立體的盤陀陣。當年這裡埋藏了無數防禦機巧，只等進城的敵兵付出沉重的代價。終於到了山頂，那是王宮，現在只留下了平整的基座。眼下山河茫茫，當年的統治者在這裡盤算著更大的方略。

但是，在我看來，邁錫尼這座山頭，活生生地堆壘出了一個早期文明的重大教訓。那就是：不管是多麼強悍的君主，多麼成功的征戰，多麼機智的謀殺，到頭來都是自我毀滅。不可一世的邁錫尼留下的遺址，為什麼遠比其他文明遺址單調和乾澀？原因就在這裡。

唯一讓邁錫尼留名於世的人，不是君主，不是將軍，不是刺客，也不是學者，而是一位詩人，而且，他已經失去視力。因此，它不屬於任何一個形式上的勝利者，只屬於荷馬。歷史的最終所有者，多半都是手無寸鐵的藝術家。

一九九九年九月三十日，希臘伯羅奔尼薩斯半島，夜宿納夫里亞（Nafpias）的King-Minos旅館。

閒散第一

離開邁錫尼後，半路投宿納夫里亞，一個海濱小城。

此時的海水沒有波浪，岸邊全是釣魚和閑坐的人，離岸幾百米的水中，有一個小島，島上有一座灰白石壁的古堡，斜陽照得它金光灼灼。回頭一看，西邊兩座山上還各有一座古堡，比這座更美。趕緊登山去看，其中一座叫帕勒密地（Palamidi），很大，裡邊高高低低地築造著炮台、崗樓、宮室、監獄，這是當年土耳其佔領者建造的，現在空無一人。人們留下了它們，又淡然於它們，沒把它們太當一回事。

但在當初，像希臘這樣一個文明古國長期被土耳其佔領，只要略有文明記憶的人一定會非常痛苦。因為文明早已成為一種生態習慣，怎麼能夠忍受一種低劣的方式徹底替代？

但是希臘明白，佔領早已結束，我們已經有了選擇記憶的權利。於是，他們選擇了優雅的古代，而不選擇痛苦。在他們看來，納夫里亞海濱的這些城堡，現在既然猙獰不再，那就讓它成為景觀，不拆不修，不捧不貶，不驚不咋，也不借著它們說多少歷史、道多少滄桑。大家只在城堡之下，釣魚、閑坐、看海。乾淨的痛苦一定會沉澱，沉澱成悠閒。

我到希臘才明白，悠閒，首先是擺脫歷史的重壓。由此產生對比，我們中國人悠閒不起來，不是物質條件不夠，而是腦子裡課題太多、使命太重。

以前我走遍義大利南北，一直驚歎義大利人的閒散，但是，在這裡的一位中國外交家告訴我：論閒散，在歐洲，義大利只能排到第三。第一是希臘，第二是西班牙。

在義大利時，經常遇到這種情況：幾個外國人在一個機關窗口排隊等著辦事，而窗口內辦事的先生卻慢悠悠地走過兩條街道喝咖啡去了，周圍沒有人產生異議。在希臘，每次吃飯都等得太久，只能去吃速食，但速食也要等上一個多小時。希臘人想：急什麼？吃完，不也坐著聊天？

他們信奉那個大家都熟悉的寓言故事：一個人在魚群如梭的海邊釣魚，釣到兩條就收竿回家，外國遊客問，為什麼不多釣幾條，他反問，多釣幾條幹什麼。外國遊客說，多釣可以賣錢，然後買船、買房、開店、投資……

「然後呢？」他問。

「然後你可以悠閒地曬著太陽在海邊釣魚了。」外國遊客說。

「這我現在已經做到。」他說。

既然走了一圈大循環還是回到原地，希臘人也就不去辛苦了。

這種生活方式也包含著諸多弊病。有很大一部分閒散走向了疲憊、慵懶和木然，很容易造成精神上的貧血和失重，結果被現代文明所遺落。這一點，我們也看到了。

一九九九年十月一日，希臘伯羅奔尼薩斯半島，夜宿納夫里亞的King-Minos旅館。

永恆的座標

終於來到了奧林匹亞。

無數蒼老的巨石，全都從千年的頹弛或掩埋中踉蹌走出，整整規規地排列在大道兩旁。就像無數古代老將軍們煙塵滿面地站立著，接受現代人的檢閱。

見到了宙斯神殿和希拉神殿，抬頭仰望無數石柱，終於明白，健康是他們的宗教。

走進一個連環拱廊，便到了早期最重要的競技場。跑道四周的觀眾看台是一個綠草茵茵的環形斜坡，能坐三四萬人，中間有幾個石座，那是主裁判和貴賓的席位。

實在忍不住，我在這條神聖的跑道上跑了整整一圈。許戈輝在一旁起哄：「秋雨老師跑得不對，古代奧運選手比賽時全都一絲不掛！」

我說：「這要怪你們，當年這裡沒有女觀眾。」

確實，當年有很長時間是不准女性進入賽場的，要看，只能在很遠的地方。據說，進門左側背後的大山坡上，可讓已婚女子觀看，未婚女子只能在進門正前方一公里處的山頭上遠眺。

當年有一個母親化妝成男子進入賽場觀看兒子比賽，得知兒子獲得冠軍後她一聲驚呼露出女聲，上前擁抱又露出女形。照理應該懲罰，但人們說，運動冠軍一半是人一半是神，我們怎麼能懲罰神的母親？此端一開，漸漸女性可以入場觀看比賽了。

把智力健康和肢體健康集合在一起，才是他們有關人的完整理想。我不止一次看到出土的古希臘哲人、賢者的全身雕像，大多是鬚髮茂密，肌肉發達。身上只披一幅布，以別針和腰帶固定，上身有一半袒露，赤著腳，偶爾有鞋。除了憂鬱深思的眼神，其他與運動員沒有太大的差別。

別的文明多多少少也有這兩方面的提倡，但做起來常常顧此失彼。或追慕盲目之勇，或沉迷萎衰之學，很少兩相熔鑄。因此，奧林匹亞是永恆的人類座標。

相比之下，中華文明在實際發展過程中，把太多的精力投注在上下左右的人際關係上，既缺少個體健全的標誌，也缺少這方面的賽場。只有一些孤獨的個人，在林泉之間悄悄強健，又悄悄衰老。

一九九九年十月二日，希臘伯羅奔尼薩斯半島的奧林匹亞（Olympia），夜宿Europa旅館。

神殿銘言

今天起了個大早，去德爾斐（Delfi）。

在古代一段很長的時間內，希臘各邦國相信，小亞細亞的人相信，連西西里島的人也相信，德爾斐是世界的中心，而且是世界精神文化的中心。那兒硬是有一塊石頭，被看成是「地球的肚臍」（Omphalos）。這個在今天並不為世人熟知的地名，為什麼會取得如此高的地位？到了那裡就明白了。德爾斐在山上，背景是更高的山壁，面對科林斯海灣，光憑這氣勢，在古代必然成為某種原始宗教的據點。

它原是大地女神吉斯（Gis）的奉禮地。西元前十二世紀末，從克里特島傳過來另一位更強大的神靈，那就是大家都知道的太陽神阿波羅。阿波羅英俊而雄健，很快取代了大地女神，德爾斐也就成了他的聖地。從此以後，遠近執政者凡要決定一件大事，總要到這裡來向阿波羅求討神諭。連一場大戰要不要爆發，也由這裡決定。既然阿波羅如此重要，各邦國也就盡力以金、銀、象牙等等珍貴財物來供奉，結果，德爾斐的財力一時稱雄。

討神諭的手續是這樣的：在特定的時節，選出一位五十歲左右的女祭司，先到聖泉沐浴，再讓她吸入殿中熏燒的月桂樹的蒸氣，她就能讓阿波羅附身，用韻文寫出神諭。

神諭大多是模稜兩可的。史載，西亞的里底亞王不知該不該與波斯交戰，來問神諭，神諭說，一旦交戰，「一個大帝國將亡。」里底亞王大喜，隨即用兵，結果大敗，便來責問祭司，祭司解釋說：「當初神諭所說的大帝國，正是您的國家。」

占卜問事，幾乎是一切古人類群落的共同文化生態，我們華夏民族把這一過程清楚地鐫刻在甲骨上。像德爾斐這樣成為歐亞廣闊地區的公用祭壇，在世界上卻絕無僅有。

我想看看「地球的肚臍」，一問，搬到博物館裡去了。趕緊追到博物館，進門就是它，一個不高的石墩，鼓形，上刻菱形花紋，但這已是西元之後的複製品。又想看看祭司沐浴的聖泉，回答說因被碎石堵塞，早已乾涸。

其實，我知道，德爾斐在精神上很早就已乾涸。當理性的雅典文明開始發出光芒，它的黯淡已經註定。它的最後湮滅是在羅馬帝國禁止「異教」時期，但在西元前六世紀至五世紀，希臘的精神文化中心，已經移到了雅典。這種轉移，在德爾斐也有明顯跡象。就在阿波羅神殿的外側，刻有七位智者的銘言，其中一位叫塔列斯，他的銘言是：「人啊，認識你自己！」

這句話看似一般，但刻在神殿上，具有明顯的挑戰性質。它至少表明，已經有人對神諭很不信任。該信任誰呢？照過去的慣例，換一個神。但這次要換的，居然是人。也不是神化的人，而是人自身。

那麼，這句銘言就成了一個路標，指點著通向雅典的另一種文明。

一九九九年十月三日，希臘德爾斐，夜宿雅典Royal Olympic旅館。

我一定復活

早晨起來，想讀幾份昨天得到的資料。剛坐下又站起身來，原來發現巴特農神殿就在我的左前方山頂。

我重新坐下，久久地抬頭仰望著它。

回想二十年前我在中國講授古希臘戲劇史，不斷地提到狄奧尼索斯劇場（Theatron Dionyssou），到這裡才明白，那個劇場建在巴特農神殿的腳下，是「天上」、「人間」的中間部位。戲劇是天人之間的渡橋，而巴特農神殿則是最高主宰。設想那時的雅典，是一個多麼神奇而又完滿的所在！

怪不得，全世界介紹希臘的圖片，如果只有一幅，一定是巴特農；如果有一本，那封面也必定是它。

希臘文明是在它的腳下一步步走出來的，但是，當希臘文明的黃金時代過去之後，它還在。它太氣派、太美麗，後世的權勢者們一個也放不過它，不會讓它安靜自處。

羅馬帝國時代，它成了基督教堂；土耳其佔領時期，它又成了回教堂；在十七世紀威尼斯軍和土耳其軍的戰爭中，它又成了土耳其軍的火藥庫，火藥庫曾經爆炸，而威尼斯軍又把它作為一個敵方據點進行猛烈炮轟。在一片真正的廢墟中，十九世紀初年，英國駐土耳其大使又把遺留的巴特農神殿精華部分的雕刻作品運到英國，至今存放在大英博物館。

摧殘來自野蠻，也來自其他試圖強加別人的文明。因此巴特農，既是文明延續的象徵，也是文明受辱的象徵。

本世紀中期，第二次世界大戰臨近結束的那幾天，德國法西斯還在統治著希臘，有兩個希臘青年，徒手攀登巴特農神殿東端的垂直峭壁，升起了一面希臘國旗。這事很為巴特農神殿爭光，那兩個青年當即被捕，幾天後德國投降，他們成了英雄。今天，這面希臘國旗還在那裡飄著，一面兒孫們獻給老祖母的旗。

記得昨天傍晚我們離開巴特農神殿很晚，已經到了關門的時分，工作人員輪番用希臘語、英語和日語催我們離開，我們假裝聽不懂，依然如饑似渴地到處瞻望著，這倒是把這些工作人員感動了。他們突然想起，眼前可能就是當地報紙上反覆報導過的那幾個中國人？於是反倒是他們停下來看我們了。

這些工作人員大多是年輕姑娘，標準的希臘美女，千年神殿由她們在衛護，蒼老的柱石襯托著她們輕盈的身影。她們在山坡上迤然而行，除了衣服，一切都像兩千年前的女祭司。

終於不得不離開時，門口有人在發資料。當時拿了未及細看，現在翻出來一讀，眼睛就離不開了。原來，一個組織、幾位教授，在向全世界的遊客呼籲，把巴特農神殿的精華雕刻從倫敦的大英博物館請回來。

理由寫得很強硬：

一、這些文物有自己的共同姓名，叫巴特農，而巴特農在雅典，不在倫敦；

二、這些文物只有回到雅典，才能找到自己天生的方位，構成前後左右的完整；

三、巴特農是希臘文明的最高象徵，也是聯合國評選的人類文化遺產，英國可以不為希臘負責，卻也要對人類文化遺產的完整性負責……

真是義正辭嚴，令人動容，特別是對我這樣的中國人。

突然想起，很多年前我曾寫了一篇文章表達自己對斯坦因等人取走敦煌文物的不甘心，說很想早生多少年到沙漠上攔住他們的車隊，與他們辯論一番。沒想到這種想法受到很多年輕評論家的訕笑，有一位評論家說：「你辯得過人家博學的斯坦因嗎？還是識相一點，趁早放行。」

我對別人的各種嘲弄都不會生氣，但這次是真正難過了，因為事情已不是對我個人。

看到希臘向英國索要巴特農文物的這份材料，我也想仿效著回答國內那些年輕的評論家幾條：

一、那些文物都以敦煌命名，敦煌不在巴黎、倫敦，而在中國，不要說中國學者，哪怕是中國農民也有權利攔住車隊辯論幾句；

二、我們也許缺少水準，但敦煌經文上寫的是中文，斯坦因完全不懂中文，難道他更具有讀解能力？

三、在敦煌藏經洞發現的同時，中國還發現了甲骨文。從甲骨文考證出一個清晰的商代，主要是由中國學人合力完成的，並沒有去請教斯坦因他們。所以中國人在當時也具備了研究敦煌的水準。

我這樣說，並不是出於狹隘的民族主義，但實在無法理解那些年輕評論家的諂媚。他們也許以為自己已經獲得了純西方化的立場，但是且慢，連西方文明的搖籃希臘，也不同意。

你看這份呼籲索回巴特農文物的資料還引述了希臘一位已故文化部長的話：

我希望巴特農文物能在我死之前回到希臘，如果在我死後回來，我一定復活。

這種令人鼻酸的聲音，包含著一個文明古國最後的尊嚴。這位文化部長是位女士，叫曼考麗（Melina Mercouri）。發資料的組織把這段話寫進了致英國首相布雷爾的公開信。

一九九九年十月五日，希臘雅典，夜宿Royal Olympic旅館。

伏羲睡了

從鬧市一拐，立即進入一條樹陰濃密的小街，才幾十步之遙就安靜得天老地荒，真讓人驚奇。我去訪問雅典人文學院的比較哲學博士貝尼特（M.Benetatou）女士，一進門就約好，她講希臘語，我講漢語，由尹亞力先生翻譯，用兩種古老的語言對話，不再動用第三種語言。她現在主要在研究和講授易經、孔子、老子、莊子。我問她何時何地開始學習中國古代哲學的，她說是十幾年前，在義大利。學的是東方哲學，從印度起步，落腳於中國，這是多數同行的慣例。

她立足於希臘古典哲學，對中國哲學有一種旁觀者的清醒。她認為希臘哲學的研究重心是知識，中國哲學的研究重心是人生，一開始研習，怎麼也對不上口徑。等時間長了，慢慢發現，先秦智者中，最符合國際哲學標準的是老子。

我感興趣的是，希臘有多少人研究中國哲學，她說極少。我說中國研究希臘哲學的人卻很多，蘇格拉底、柏拉圖、亞里斯多德的學說在知識界是常識。她說那是因為希臘哲學已成為整個西方哲學的基礎，而中國哲學還是內向的。我問她，在她的希臘學生中，對中國哲學感興趣的多不多？她說越來越多，但又越來越趨向實用：學周易為了看風水，學道家為了練氣功。

我說在中國也向來如此。興盛的是術，寂寞的是道，因此就出現了學者的責任。但是，弘道的學者也永遠是少數，歷來都是由少數人維持著上層文明。

她深表贊同，給我遞過來一杯雞尾酒。

她以希臘的立場熱愛中國與中國文化，認為這是「同齡人的愛，再老也理所當然」。

書架上有很大一部分是有關中國的書，英文居多，也有中文。還有一些瓷器，瓶底上都標明是明代或清代的，但她說一定是假的，只是保存一種與中國有關的紀念。其實，依我的目光，她那個標明萬曆年間出品、寫有〈岳陽樓記〉全文的瓷瓶，倒大半是真品，因此勸她不要隨手送掉。她的書架上還供奉著幾片從北京天壇、地壇撿的碎琉璃瓦，侍候得像國寶。

「真是撿的？」我問。

「真是撿的。」她回答得很誠懇。

讓我一時難於接受的是，她養著兩隻小龜，一雌一雄，雌的一隻居然取名「女媧」，雄的一隻取名「伏羲」。她說自己特別喜歡牠們，因此賜予最尊貴的名字。她把女媧小心翼翼地托在手掌上，愛憐萬分地給我看，又認真地向我道歉：伏羲睡了。

問她女媧和伏羲是不是一對，她說：牠們還小，等長大了由牠們自己決定。現在讓牠們分開住，女媧住在貯藏室，伏羲則棲身臥室的床底下，男女授受不親，儒家的規矩。

不管怎麼說，在這巴爾幹半島的南端，在蘇格拉底和柏拉圖留下過腳印的地方，每天都會響起無數次甜蜜呼喚女媧和伏羲的聲音。雖然在我聽起來，實在有點不對勁。

一九九九年十月六日，希臘雅典，夜宿Royal Olympic旅館。

人類還非常無知

清晨四點半起床，趕早班飛機，去克里特島。

這些天一直睡得太少，今天又起得那麼早，一上飛機就睡著了。我在朦朧中感到眼前一片紅光，勉強睜眼，卻從飛機的視窗看到了愛琴海壯麗的日出。迷迷糊糊下了飛機，又上了汽車，過一會兒說是到了，下車幾步才清醒：我們站在一個層樓交疊的古代宮殿遺址前面。

多數房子有四層，其中兩層埋於地下。現在挖掘之後，猛一看恰似現代軍事防空系統。但是，誰能相信，這個宮殿至遲建成於西元前十八世紀，距離今天已經整整三千七百多年！它湮滅於西元前十五世紀，也已有三千五百年。發現於本世紀的第一年，一九〇〇年。發現者是英國考古學家伊凡斯（Sir Arthur Evans），他的半身雕像，就豎立在宮殿門口。

說希臘的事，在時間上要用大概念。例如，經常要把西元前五世紀當作一個中點，害得我們這些天來已經不願理會西元後的文化遺跡。但是一到克里特島，時間概念還要狠狠地往前推，從西元前三十世紀說起，然後再一步步下伸到它的黃金時代，即西元前十八世紀至十五世紀，當時統稱為米諾斯（Minos）王朝，米諾斯是統治者的頭銜。米諾斯的所在地，叫克諾撒斯（Knossos），因此也叫克諾撒斯宮殿。

與想像中的古代王宮不同，這個宮殿中沒有宏大的神殿，卻有更多的人的氣息。男女似乎也比較平等，也沒有看到早期奴隸制社會森嚴界限的遺跡。我想，這應該與通達的海上商業有關。

置身於這個宮殿中，處處都能發現驚人的東西。例如，科學的排水系統直到今天仍有不少城市建築學家前來觀摩；粗細相嵌的陶製水管據說與本世紀瑞士申請的一項設計專利沒有多少差別；單人浴缸的形態，即使放在今天巴黎的潔具商店裡也不算過時；而細細勘察，當時有些浴缸裡用的還是牛奶。還有，廁所的沖水設備，窗子的通風迴圈結構，都讓人歎為觀止。皇帝、皇后的住所緊靠，共同面對一個大廳，大廳有不同的樓梯進入他們各自的臥室。大廳一側，又有他們各自獨立的衛生間，皇后的衛生間裡還附有化粧室。

如此先進的生活方式，居然發生在蘇格拉底、孔子、釋迦牟尼誕生前的一千年？這真要讓人產生一種天旋地轉的時間大暈眩。

我們平日總以為人類的那些早期聖哲一定踩踏在荒昧的地平線上，誰知回溯遠處的遠處，卻是一種時髦而精緻的生活形態。種種細節都在微笑著反問我們：你們，是否還敢說「古代」和「現代」？

從出土的文物看，這裡受埃及影響很大，也有一些小亞細亞的風格。所處的地理位置使它成了古代歐、亞、非三大洲交流的聚散點，這也使希臘文明不能稱之為一種完全自創的文明。但就歐洲而言，它是後世各種文明的共同祖先。

但是，嚴重的問題出來了——

那麼早就出現在克里特島上的這些人是誰？什麼人種？來自何方？顯然遠不止是土著，那麼，大部分是來自於埃及，還是亞洲，或是希臘本土？考古學家伊凡斯發現了一大堆被稱之為「線形文字Ａ」的資料，估計能解答這個問題，但這種文字一百年來始終未能破讀。

另一個更嚴重的問題是：這麼一個顯赫的王朝，這麼一種成熟的文明，為什麼在西元前十五世紀突然湮滅？

美國學者認為是由於島北一百多公里處的桑托林火山爆發，火山灰六十多米厚，又引發海嘯，海浪五十餘米高，徹底毀滅了克里特島。但另一些考古學家卻發現，在火山爆發前，克里特島已遭浩劫。至於何種浩劫，意見也有不同，有的說是內亂，有的說是外敵。

我本人傾向於火山爆發一說，理由之一是它湮滅得過於徹底，不像是戰爭原因；理由之二是我們看到的宮殿有一半在地下，掩埋它的應該是火山灰。

總之，歐洲文明好不容易找到了自己的源頭，但這個源頭因何而來，由何而去，都不清楚。由此應該明白，人類其實還非常無知，連對自己文明的關鍵部位也完全茫然。

未知和無知並不是愚昧，真正的愚昧是對未知和無知的否認。

一九九九年十月七日，希臘克里特島伊雷克利翁市（Iraklion），夜宿Agapi Beach旅館。

掛過黑帆的大海

從昨天晚上到今天早晨，我一再來到海灘，脫下鞋襪，捲起褲腿，下到水裡，長時間佇立。海浪不大，卻很涼，很快就把褲子打濕了。我還是站在那裡，很久很久，想把這個島體驗得更真實一點，來擺脫神話般的虛幻。

荷馬史詩《奧德賽》有記，克里特島是一個被酒綠色的大海包圍的最富裕的地方。但按荷馬的年代，他也只是在轉述一種遙遠的傳聞。當荷馬也當作傳聞的東西突然清晰地出現在自己眼前，我有點恍神。

昨天在克諾撒斯，我一個人在遺址反覆徘徊。同去的夥伴也同樣覺得這裡的一切過於神奇，散在各個角落發呆，結果引起我們臨時請來的一位導遊的強烈不滿。這位叫曼倫娜的中年女子對著我大聲嚷嚷：「你們怎麼啦，一個也不過來？我會給你們講每一個房間的故事。我是這裡最好的導遊，你看我的同事，每一個都帶著一大隊人在講解，而你們一個人也不聽我講，真讓我害羞！」

我說：「曼倫娜，我們都有點興奮，需要想一想。你先休息一會兒，有什麼問題再問你，好嗎？」

「你們沒聽我講解就興奮?」曼倫娜不解。

我在徘徊時想得最多的是那個有關迷宮的故事,因為我眼前的一切太像一座大迷宮。

故事說,當初這個米諾斯宮殿裡關了一個半人半牛的怪物,每年要雅典送去七對少男少女作為犧牲供奉。有個叫希薩斯(Theseus)的青年下決心要廢除這個惡習,與父親商量,準備混跡於少男少女之中上克里特島,尋隙把怪物制服。

這件事情凶多吉少,父親為兒子的英勇行為而驕傲,他與兒子約定,他會在海崖上時時眺望,如果有一條撐著白帆的小船出現在海面,證明事情已經成功;如果順潮漂來的小船上掛的是黑帆,那就說明兒子已經死亡。

兒子在米諾斯宮殿裡制伏了怪物,但走不出迷宮一般的道路,而米諾斯王的女兒卻看上了他,幫他出逃。誰料這對戀人漂流在大海的半途中,姑娘突然病亡,這位青年悲痛欲絕,忘了把船上的黑帆改掛白帆。

天天站在崖石上擔驚受怕的父親一見黑帆只知大事不好,立即跳海自盡,而這位父親的名字就叫愛琴。

愛琴海的名字,難道來自這麼一個英雄而又悲哀的故事?那麼今天我在踩踏的,正是這個掛過黑帆的大海。

傳說故事不可深信,但我在米諾斯王宮的壁畫上確實見到了少男少女與牛搏鬥的畫面。我和許戈輝不約而同把這幅畫臨摹到了筆記本上。

真正需要認真對待的是另一個宏大的傳說，那就是我在《山居筆記》中提到過的阿特蘭提（Atlantic），即大西洲。說在一萬多年前，歐洲和非洲之間的大西洋上還有一片遼闊的大陸，富庶發達，勢蓋天下，卻突然在一次巨大的地震和海嘯中沉沒海底，不見蹤影。大西洲失落之謎代代有人研究，其中有一種意見認為：克里特島就是大西洲的殘餘部分。

要真是如此，那麼，克里特島上出現早熟的文明也就順理成章了。

再高的文明在自然暴力面前，也往往不堪一擊。但它總有餘緒，飄忽綿延，若斷若連。今天的世界，就是憑著幾絲餘緒發展起來的。

這也讓我們產生恐懼：今天的世界，會不會重複大西洲的命運？

大西洲淼不可尋，能夠通過考古確知的是，克里特文明受到過埃及文明的重大影響。那麼，讓我們繼續回溯。

一九九九年十月八日，上午在克里特島，下午飛回雅典，夜飛埃及。

埃及

巨大的問號

昨天深夜抵達開羅。在羅馬時代，這條路線坐船需花幾個月時間。很多載入史冊的大事在此間發生，例如「埃及豔后」克里奧佩屈拉和羅馬將軍安東尼就在這個茫茫水域間生死仇戀、引頸盼望，被後人稱為古代西方歷史上最偉大的愛情。

但是，就埃及而言，克里奧佩屈拉還年輕得不值一提。我們本為尋找希臘文化的源頭而來，但是到了法老面前，連那些長髯飄飄的希臘哲人全都成了毛孩子。從希臘跨越到埃及，也就是把我們的考察重心從兩千五百年前回溯到四千七百年前，相當於從中國的東周列國一下子推到傳說中的黃帝時代。

開羅機場相當雜亂。我們所帶的行李和設備需要全部打開檢查。偷看不遠處，一個胖胖的服裝小商人在接受檢查，幾百件各種衣服攤了一個滿地，全是皺巴巴的低劣品，檢查人員居然在每件衣服的每個口袋裡摸捏，至少已經摸捏了兩三個小時了吧，但旁邊還有一個大包剛剛被扯開。

許戈輝一遍又一遍地到那裡徜徉，臉色似乎平靜，眼中卻露出強烈的煩躁。我說：「戈輝，我看出來了，如果我們的行李也被這樣糟踐，你沒准會一頭撞過去咬他們的手。」她大為驚訝，問：「咦，怎麼被你看出來了？」

幸好沒有發生讓許戈輝撞頭的事，埃及海關得知是中國人，揮揮手就放行了。剛過關，我們的五輛吉普車就迎了上來，從此它們的車輪將帶著我們，去丈量幾個文明故地間的漫漫長途。

找旅館住下，埃及的旅館一進去就碰到安全檢查門，旁邊站著員警。一出門，車裡也鑽進來一個帶槍的員警，我們一下車他就緊緊跟隨，一下子把氣氛搞得相當緊張。

旅館號稱四星級，實際上相當於一個小招待所，我房裡沒地方寫作，衛生間的洗澡設備也不能用。

被告知街上的飲食千萬不可隨意吃，但旅館的飲食也很難入口。凡肉類都炸成極硬的焦黑色，又炸得很慢，一等好半天，等出來了剛一嚐便愁雲滿面。選來選去，只能吃一種被我們稱作「埃食」的麵餅充饑。

旅館所在的大片街區都相當落後，放眼沒見到一幢好房子，路上擁擠而骯髒，商店裡賣的基本上都是廉價品。後來發現整個開羅老城區基本都是如此，新城區要好得多，特別是尼羅河邊的那一段相當講究。但是，落後的老城區實在太大了。

這一切，都出乎我的意料。

雅典的現實生態已經夠讓人失望的了，但到了開羅，雅典就成了一個讓人想念的文明世界。

到金字塔去的那條路修得還不錯。走著走著，當腳下出現一片黃沙，身邊出現幾頭駱駝，抬頭一看，它們已在眼前。

大的有三座，小的若干座，還有那尊人面獅身的斯芬克斯雕像。所有這一切全都是純淨的褐黃色，只有日光雲影勾畫出一層層明暗韻律。

人類真正的奇蹟是超越環境的。不管周邊生態多麼落後，金字塔就是金字塔，讓人一見之下忘記一切，忘記來路，忘記去處，忘記國別，忘記人種，只感到時間和空間在這裡會合，力量和疑問在這裡交戰。

我站在最大的那座胡夫金字塔前恭敬仰望，心中排列著以前在書本裡讀到的有關它的一系列疑問——

考古學家斷定它建造於四千七百多年前，按照簡單的勞動量計算，光這一座，就需要十萬工匠建造二十年。但這種計算是一種笨辦法，根本還沒有考慮一系列無法逾越的難題。例如，這些巨大的石塊靠什麼工具運來，又如何搬上去的？十萬工匠二十年的開支，需要有多大的國力支撐？而這樣的國力在當時的經濟水準下又需要多大的人口基數來鋪墊？那麼，當時埃及的總人口是多少？地球的總人口是多少？

直到本世紀，很多國際間著名的工程師經過反覆測量、思考、徘徊，斷定這樣的工程技術水準即使放到二十世紀，調動一切最先進的器械參與，也會遇到一大堆驚人的困難。那麼，四五千年前的埃及人何以達到這個水準？而據一些地質學家斷言，這個金字塔的年齡還要增加一倍，可能建造在一萬年前！

我們現在經常引用的有關金字塔建造情景的描寫，是古希臘歷史學家希羅多德考察埃及時的記述。這乍一看似乎具有權威性，但仔細一想，希羅多德來埃及考察是西元前五世紀的事，按最保守的估計，他看到的金字塔也已經建成一千二百多年，就像我們今天在談論唐代。唐代留下了大量資料，而金字塔的資料，至少希羅多德沒有發現。因此，他的推斷也只是一種遙遠的猜測。

對於真正的建造目的、建造過程、建造方式，我們全然一無所知。說是法老墓，但在這最大的金字塔裡，又有誰見過法老遺體的木乃伊？而且，一次次挖洞進去，又有多少有關陵墓的證據？仍然只是猜測而已。

站在金字塔前，所有的人面對的，都是一連串巨大的問號。

不要草率地把問號刪去，急急地換上感嘆號或句號。人類文明史還遠遠沒到可以爽然讀解的時候，其中，疑問最多的是埃及文明。我們現在可以翻來覆去講述的話語，其實都是近一個多世紀考古學家們在廢墟間爬剔的結果，與早已毀滅和尚未爬剔出來的部分比，只是冰山一角。

一九九九年十月九日上午，埃及開羅，夜宿Les 3 Pyramides旅館。

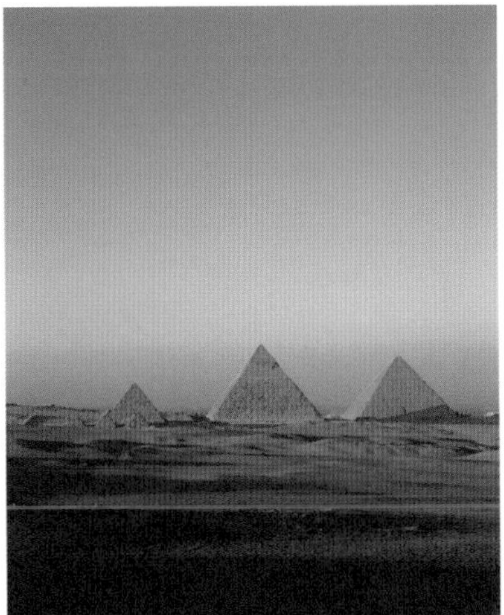

想念秦始皇

還是金字塔。

金字塔對於我們長久以來津津樂道的文史常識有一種顛覆能量。至少，它指點我們對文明奧義的解讀應該多幾種語法。

本來也許能夠解讀一部分，可惜歐洲人做了兩件不可饒恕的壞事。

第一件是，西元前四十七年，凱撒攻佔埃及時，將亞歷山大城圖書館的七十萬卷圖書付之一炬，包括那部有名的《埃及史》；

第二件事更壞，四百多年之後，西元三九〇年，羅馬皇帝禁異教，驅散了唯一能讀古代文字的埃及祭司階層。結果，所有的古籍、古碑很快就沒有人能解讀了。

相比之下，中國的秦始皇雖然也做過「焚書坑儒」的壞事，但他同時又統一了中國文字。這相當於建立了一種覆蓋神州大地的「通碼」，使中國古代任何區域的歷史不再因文字的無人解讀而湮滅。

在這裡我至少看到了埃及文明中斷、中華文明延續的一個技術性原因。初一看文字只是工具，但中國這麼大，組成這麼複雜，各個方言系統這麼強悍，地域觀念、族群觀念、門閥觀念這麼濃烈，連農具、器用、口音、飲食都統一不了，要統一文字又是何等艱難！在其他文明故地，近代考古學家遇到最大的麻煩就是古代文字的識別，常常是花費幾十年時間才猜出幾個，有的直到今天還基本上無法讀通。但是，這種情況在中國沒有發生，就連甲骨文也很快被釋讀通了。

我想，所謂文明的斷殘首先不是古代城廓的廢弛，而是一大片一大片黑黝黝的古文字完全不知何意。為此，站在尼羅河邊，我對秦始皇都有點想念。

當法老們把自己的遺體做成木乃伊的時候，埃及的歷史也成了木乃伊，而秦始皇卻讓中國歷史活了下來。我們現在讀幾千年的古書，就像讀幾個喜歡文言文的朋友剛剛寄來的信件，這是其他幾種文明都不敢想像的。

站在金字塔前，我對埃及文化的最大感慨是：我只知道它如何衰落，卻不知道它如何構建；我只知道它如何離開，卻不知道它如何到來。

就像一個不知從何而來的巨人，默默無聲地表演了幾個精彩的大動作之後轟然倒地，摸他的口袋，連姓名、籍貫、遺囑都沒有留下，多麼叫人敬畏。

一九九九年十月九日下午，埃及開羅，夜宿Les 3 Pyramides旅館。

元氣損耗

金字塔靠近地面的幾層石方邊緣，安坐著一對對來自世界各國的戀人。他們背靠偉大，背靠永恆，即使坐一坐，也像在發什麼誓、許什麼願。

然後，他們跳下，重新回到世界各地。

金字塔邊上的沙漠裡有一條熱鬧的小街，居住著各種與旅遊點有關的人。由此想起一些歷史學家的判斷：埃及最早的城市，就是金字塔建造者的工棚。那麼，金字塔，是人類城市的召集人。

我們在這條小街上發現了一家中國餐館，是內蒙古一位叫努哈·扈廷貴的先生開的。

我讓他談談身處另一個文明故地的感受，他笑了，說：「我不知道為什麼埃及人把生命看得那樣隨便，隨便得不可思議。」

他說，在這裡，每天上午九時上班，下午二時下班，中間還要按常規喝一次紅茶，吃一頓午餐，做一次禮拜，真正做事能有多少時間？

除了五分之一受過西方教育的人，一般人完全不在乎時間約定。再緊急的事，約好半小時見面，能在兩小時內見到就很不容易了。找個工人修房子，如果把錢一次性付給他，第二天他多半

不會來修理，花錢去了，等錢花完再來。連農民種地也很隨意，由著性子胡亂種，好在尼羅河流域土地肥沃、陽光充足，總有收穫，可以餬口。

我們也許不必嘲笑他們的這種生活態度，使我困惑的只是：如果金字塔也是這個人種建造的，那麼，他們的祖先曾經承受過天底下最繁重忙碌、最周密精確的長期勞役，難道，今天還在大喘氣，一喘就回不過神來了？

我對扈先生說：「一個人的過度勞累會損耗元氣，一種文明也是。」

埃及文明曾經不適度地靡費於內，又耗傷於外，元氣耗盡，不得已最終選擇了一種低消耗原則。也可稱之為「低熵原則」，這是我在研究東方藝術的審美特徵時啟用過的一個概念。

這種低消耗原則聽起來不錯，到實地一看卻讓人瞠目結舌。開羅城有一個區域專門安放死人，為了讓死人也能在另一個世界過日子，這裡築有不少簡陋的小房小街。現在，卻有大量活著的窮人住在裡邊，真可謂生死與共。但不妙的是，其中又有大量的逃犯。

在正常的居住區裡，很多磚樓都沒有封頂，一束束鋼筋密集地指向藍天，但都不是新建築，那些鋼筋也早已鏽爛。為什麼那麼多居民住在造了一半的房坯中呢？一問，說這裡又不大下雨，能住就行，沒蓋完才說明是新房子，多氣派。以後兒孫輩有錢再蓋完，急什麼？

他們不急，整個城市的景觀卻被糟蹋得不成樣子，讓我們這些外國人都焦急了。

街上車如潮湧，卻也有人騎著驢子漫步中間，手上還抱著兩頭羊。公共汽車開動時，前後兩門都不關，只見一些頭髮花白的老者步履熟練地跳上跳下，更不必說年輕人了。

一個當地司機告訴我，如果路口沒站員警，就不必理會紅綠燈。萬一見了員警也要看看他的級別，再決定要不要聽他指揮。

我問：「你在車上，怎麼判斷他的級別？」

「看胖瘦。」他說，「瘦的級別低，胖的級別高，遠遠一看就知道。」

在埃及不能問路。不是埃及人態度不好，而是太好。我們至少已經試了十來次了吧，幾乎每次都是一樣。你不管問誰，他總是立即站住，表情誠懇，開始講話。他首先會講解你問的那個地方的所屬區域，這時你會覺得說在點子上，耐心聽下去；但他語氣一轉就說到了那個區域的風土特徵和建城規劃，你就會開始不耐煩，等他拐回來；然而他「一言既出，駟馬難追」，已經在介紹開羅的歷史和最近一次總統選舉；你決定逃離，但他的手已按在你的肩上，一再說埃及與中國是好兄弟……最後你以大動作強調事情的緊迫性，逼問那個地方究竟怎麼走，他支吾幾下終於表示，根本不知道。你舉起手腕看錶，被他整整講掉了半個小時。

前幾次我們都以為是遇到了喝醉酒的人，但一再重複就生疑了，很想弄清其間原因。一位埃及朋友說：「我們埃及人就是喜歡講話，也善於講話，所以在電視裡看到你們中國官員講話時還看著稿子，非常奇怪。埃及的部長只要一有機會講話就興奮莫名，滔滔不絕地講得十分精彩。當然，也可能有一個根本原因，大家閑著沒事，把講話當消遣。」

也怪法老，他們什麼話也沒有留下，結果後代的口舌就徹底放鬆。

一九九九年十月十日，埃及開羅，夜宿Les 3 Pyramides旅館。

中國回送什麼

在沙丘旁，我正低頭留心腳下的路，耳邊傳來一個招呼聲：「你好！」一聽就是外國人講的中文，卻講得相當好，不是好在發音，而是好在語調。一切語言，發音使人理解，語調給人親切。我連忙抬起頭，只見一位皮膚棕褐油亮、眼睛微凹有神的埃及青年站在眼前。

他叫哈姆迪（Handy），有一個中文名字叫王大力，在開羅學的中文，又到中國進修過。聽說我們在這兒，趕來幫著做翻譯，已經在門口等了一個多小時。

「你在中國哪個大學進修的？」我問。

「安徽師範大學，不在省會合肥，在蕪湖。」他回答。這使我興奮起來，說：「我是安徽的女婿，知道嗎？明天，我的妻子就從安徽趕到這裡！」

「知道，你的妻子非常有名。」他說，「我也差一點成了安徽女婿，女友是馬鞍山的，後來由於宗教原因，她家裡不同意。」

就這麼幾句，他的手已經搭在我的肩上了。

此後幾天，我們都有點離不開他了。本來，每到一個參觀點都會有導遊講解，王大力謙遜地躲在一邊，不聲不響。我們提出一些問題，導遊多次回答仍不得要領，王大力忍不住輕聲解釋幾句。誰料這幾句解釋既痛快又幽默，我們漸漸向他匯攏了，使得講一口流利英語的埃及女導遊漸漸被冷落在一邊。她非常難過，說要控訴旅遊公司，既然派出了她，為什麼還要派來一個更強的。其實，王大力根本沒受誰的支派，是自願來的。

他非常熱愛埃及文物，說小時候老師帶他們到各地旅遊，還見到不少橫七豎八地雜陳在田野中的文物，誰也不重視，小學同學甚至還會拿起一塊石頭去砸一尊塑像的鼻子，不知道這尊塑像很可能已經三四千歲。普遍重視文物，是後來外國學者和遊客帶來的眼光。而他自己，則是在讀了很多書、走了很多路之後，才明白過來。

他盼望有更多的中國旅行者到埃及來。從最近幾年看，臺灣的有一些，大陸的還很少。在亞洲旅行者中，日本和韓國的最多，但他好像不太喜歡他們。

說這番話的時候，他正領著我們參觀薩拉丁古堡清真寺。入寺要脫鞋，每個人把鞋提在自己手上，坐在地毯上時要把那雙鞋子底對底側放，而不應把鞋底直接壓在地毯上，因為這等於沒有脫鞋。王大力遠遠瞟見一批韓國旅行者沒有按這個規矩做，立即虎著臉站起身來，輕聲對我們說：「我又要教訓他們了。」然後用一串英語喝令他們改過來。

「我，能夠對剛剛出現在這裡的中國大陸旅遊者有點微詞嗎？」他想了半天才小心翼翼地這麼問，還十分講究地用了「微詞」這個詞。經鼓勵，他一二三四脫口而出，像是憋了很久。

「一、很少有人聽導遊講解文物，只想購物、拍照；二、每天晚上精神十足，喝酒、打牌，第二天旅遊時一臉困倦……」

他覺得，兩種古老文明見面，不能讓年輕的國家笑話。

說完，他輕鬆了，指了指薩拉丁古堡教堂一座小小的鐵製鐘樓，說：「這是法國人送的。我們埃及送給他們一個漂亮的方尖碑，豎立在他們的協和廣場，他們算是還禮。但送來這麼一個不像樣子的東西，多麼小氣！我們後悔了，那個方尖碑應該送給中國。中國不會那麼小氣，也有接受的資格。」他說得很認真。

巴黎的協和廣場我曾留連多時，頂尖鍍金的埃及方尖碑印象尤深。當時曾想，發生了那麼多大悲大喜的協和廣場幸虧有了這座埃及古碑，把歷史功過交付給了曠遠的神秘。今天才知，此間還存在著對古碑故鄉的不公平。

如果埃及真想把古碑送給同齡的中國，我們該回送什麼？

一九九九年十月十二日，埃及開羅，夜宿Les 3 Pyramides旅館。

一路槍口

妻子今天早晨趕到了開羅。她這趟來得不容易，先從安徽飛到北京，住一夜，飛新加坡，在新加坡機場逗留九小時，飛杜拜，停一小時，再飛開羅，七轉八彎，終於到了。

可以想像她沒怎麼睡過。但按照我們的計畫，她必須一下飛機就上吉普，去七百八十公里之外的盧克索，需要再坐十四個小時的車。

在開羅，幾乎沒有人贊成我們坐吉普去盧克索。路太遠，時間太長，最重要的是，一路上很不安全。

自從一九九七年十一月幾個恐怖分子在盧克索殺害六十四名各國遊客，埃及旅遊業一敗塗地。第二年遊客只剩下以往年份的二十分之一，嚴重打擊了埃及的經濟收入和國際形象。為此，埃及政府不能不時時嚴陣以待。

從開羅到盧克索一路，要經過七個農業省，恐怖分子出沒的可能極大。因此，去盧克索的絕大多數旅客只坐飛機。萬不得已走陸路，不管是誰，都必須由員警保護。

七百多公里的長途，佈滿了崗樓和碉堡。一路上軍容森森、槍枝如林，像是在兩個交戰國的邊防線上潛行。

剛離開開羅，就發現我們車隊的頭尾各出現了一輛警車，上面各坐十餘名武裝員警，全部槍口都從車壁槍洞裡伸出，時時準備射擊。

每過一段路都會遇到一個關卡，聚集了很多士兵，重新一輛輛登記車號，然後更換車隊頭尾的警車。換下來的警車上的士兵屬於上一個路段，他們算是完成了任務，站在路邊向我們招手告別。

警車換過幾次之後，終於換上裝甲車，頂部架著機槍，呼嘯而行。

我們在沿途停下來上廁所、吃飯，員警和士兵立即把我們團團圍住，不讓恐怖分子有一絲一毫襲擊我們的可能。我環視四周，穿黑軍裝的是特警部隊，穿駝黃色軍裝的是公安部隊，穿白色制服的是旅遊員警，每個人都端著型號先進的槍枝。

我不知道世界上還有沒有其他地方，也以這樣的方式來衛護旅遊。但一想到法老的後代除了黑黝黝的槍口外別無選擇，不禁心裡一酸。其實，人家只想讓異邦人士花點錢來看看祖先的墳墓和老廟罷了。

埃及朋友說，他們天天如此，而且對任何一批走陸路的外國旅遊者都是如此。埃及百分之九十四是大沙漠，像樣一點的地方就是沿尼羅河一長溜，而我們經過的一路正是這一長溜的大部分。因此，這樣的武裝方式幾乎罩住了全國的主要部位，牽連著整個民族的神經。

任何傑出的文明不僅會使自己遭災，還會給後代引禍，直到千年之後。想到這裡，我忍不住在裝甲車的呼嘯聲中深深一歎。

妻子在一旁說：「難得那麼多荷槍實彈的士兵，目光都那麼純淨。」

正說著，車隊突然停住，士兵們端著槍前後奔跑，像是發生了什麼大事。原來，那位在安徽師範大學進修過的埃及青年王大力今天也被我們請來同行，他的老家到了，叔叔還住在這裡，想看一看。這把武裝員警們忙壞了，以防發生什麼意外。

五輛吉普車一拐就進了村，再加上裝甲車、後衛車和那麼多武裝人員，從車上下來的又都是外國人，我說，村民會以為王大力當選了總統。

這個村其實全是王大力的本家，他叔叔有兩個妻子、十三個孩子，再加上稍稍遠一點的親戚，總數不在三百人之下，全都蜂擁而出，卻不知怎麼歡迎。村裡好像還有「民團」之類的組織，一些上了年歲的老大爺一人端著一支獵槍圍過來，阿拉伯長袍裹著他們碩大而衰老的身軀，白色的鬍鬚與槍一配，有一種莫名的莊嚴。員警說，這麼多人擠在一起可能真會發生什麼事，不斷呼喊我們上路。裝甲車、吉普車隊浩浩蕩蕩又開動了。

此時夜色已深，撒哈拉大沙漠的風，有點涼意。

一九九九年十月十三日，夜宿埃及南部，盧克索（Luxor）的Emilio旅館。

碧血黃沙

昨天從清晨到深夜，在裝甲車的衛護下穿越的七個省都是農村。這麼長的路途，只見過一家水泥廠，店鋪也極少，真是千里土色、萬古蒼原。

當然也毋庸諱言，一路是無法掩飾的貧困。

今天一早，妻子被一種聲音驚醒，仔細一聽，判斷是馬蹄走在石路上，便起床撩窗簾，但只看了一眼就逃回來說：「街上空無一人，就像一下子闖進古代，有點怕人。」

盧克索的街市漸漸熱鬧起來了。我們所在的尼羅河東岸，在古代就被看作生活區，而西岸則是神靈和亡靈的世界，連活人也保持古樸生態。我們想去的地方，當然首選西岸，於是渡河。

先去哈特謝普索特（Hotshepsut）女王祀殿。它坐落在一個半環形山坳的底部，面對著尼羅河谷地。山坳與它全呈麥黃色，而遠處的尼羅河谷地則藍霧朦朧。用中國眼光一看，風水極佳。

女王是稀世美人，這在祀殿的凸刻壁畫中一眼就可看出。然而為了表現出她的強勁威武，壁畫又儘量讓她靠近男性。

整個建築分三層，一層比一層推進，到第三層已掘進到山壁裡去了。每一層都以二十九個方正的石柱橫向排開，中間有一個寬闊的坡道上下連接，既乾淨俐落又氣勢恢宏，遠遠看去，極像一座構思新穎的現代建築。

其實它屹立在此已經三千三百多年，當時的總建築師叫森姆特，據說深深地愛戀著女王，把所有的愛都灌注到設計中了。女王對他的回報，是允許他死後可進帝王谷，這在當時是一個極高的待遇。今天看來，不管什麼原因，這位建築師有理由名垂千古，因為真正使這個地方遊客如雲的，不是女王，是他。

女王殿門口的廣場，正是一九九七年十一月恐怖分子射殺大量遊客的地方。歹徒們是從殿左的山坡上衝下來的，武器藏在白色的阿拉伯長袍底下，撩起就射擊，剎那間一片碧血黃沙。今天，我們的五輛吉普車特地整齊地排列在當年遊客倒下最多的地方，作為祭奠。

我抬頭仰望殿左山坡，尋找歹徒們可能藏身的地方。只見有一個小小的人影在半山快速攀登，仔細一看，竟是妻子。我連忙跟著爬上去，氣喘吁吁地在半山腰裡見到幾個山洞，現在都圍著鐵絲網。轉身俯視，廣場上遊客的聚散流動果然一清二楚。

許戈輝順便問了廣場邊的一個攤販老闆生意如何，老闆抱怨說：「自從那個事件之後生意不好，你們日本人有錢，買一點吧。」許戈輝連忙糾正，而且絕不討價還價地買下了一條大頭巾，裹在頭上飄然而行。

接下來是去帝王谷，鑽到一個個洞口裡邊去看歷代帝王的陵墓。

陵墓中的雕刻壁畫很值得一看。例如，有一幅壁畫描繪一位帝王死後脫下冠冕，穿著涼鞋去拜見鷹頭神，並交出了自己的權杖。接下來的一幅是，神接納了他，於是他也可以像神一樣赤腳不穿涼鞋了。手無權杖腳無鞋，他立即顯得那麼自如。看到這兒我笑了，他已經靠近中國的老莊哲學，卻比老莊天真。

記得曾有一位元朝的歷史學家斷言，盧克索地區一度曾是地球上最豪華的首都所在。說「一度」，這是有可能的。如果把埃及歷史劃定為五千年，那麼，起初的三千多年可說是法老時代，中心先在孟斐斯，後在底比斯，即現在的盧克索；接下來的一千年可說是希臘羅馬化時代，中心在亞歷山大港；最後一千年可說是阿拉伯時代，中心在開羅。

中心的轉移，大多與外族入侵有關，而每次入侵的最大成果往往是混血。因此，不同的城市居住著不同的混血群落，純粹的古埃及血統很難再找到了。現在的埃及人，只要問他來自何處，大體可猜測他的血統淵源。

盧克索延續了三千多年的法老文明，但是我們現在見到的，只是零星遺留罷了。遺留在血統之外，遺留在山石之間。

埃及的古文明，基本上已經遺失。

一九九九年十月十三日，夜宿盧克索的Emilio旅館。

他們老淚縱橫

盧克索的第一勝蹟是尼羅河東岸的太陽神廟。許多國際旅客千辛萬苦趕到這裡，只為看它。烈日下成排的公羊石雕、讓人暈眩的石柱陣、石柱陣頂端神秘的落石……過去在電影中多次見過，現在就出現在眼前。

任何一個石柱只要單獨出現在世界某個地方，都會成為萬人瞻仰的擎天柱。我們試了一下，需要有十二個人伸直雙手拉在一起，才能把一個柱子圍住。而這樣的柱子，在這裡幾乎形成了一個小小的森林。

每個石柱上都刻滿了象形文字，這種象形文字與中國的象形文字全然不同，都是一個個具體物象，鳥、蟲、魚、人，十分寫實。但把這些人人都能辨識的圖像連在一起，卻誰也不知意義。這是一種把世間萬物召喚在一起進行神秘吟唱的話語系統，古埃及人驅使這種話語系統爬上石柱，試圖與上天溝通。

世間實在有太多的疑難、太多的敬畏需要向上天呈送，於是立了一柱又一柱。與它們相比，希臘、羅馬的那些廊柱都嫌小了，更不待說中國的殿柱、廟柱。

史載，三千多年前，每一個法老上任，都要到太陽神廟來朝拜，然後畢其一生，在這裡留下自己的拓建。如此代代相續，太陽神廟的修建過程延續了一千多年。

一個令人奇怪的現象是，修建過程這麼長，前期和晚期卻沒有明顯區別，中間似乎並未出現過破舊立新式的大進化。

這正反映了埃及古文明的整體風貌：一來就成熟，臨走還是它。這種不讓我們瞭解生長過程的機體，讓人害怕。

下午在尼羅河蕩舟，許戈輝來回凝視著兩岸的古蹟問我：再過一千年，我們今天的文明也會有人來如此瞻仰嗎？我說很難，除非遭遇巨大災禍。

今天文明的最高原則是方便，使天下的一切變得易於把握和理解。這種方便原則與偉大原則處處相背，人類不可能為了偉大而捨棄方便。因此，這些古蹟的魅力，永遠不會被新的東西所替代。

但是正因為如此，人類和古蹟就會遇到雙向的悲愴：人類因無所敬仰而淺薄，古蹟則因身後空虛而孤單。

忽然想起昨天傍晚離開帝王谷時在田野中見到的兩尊塑像。高大而破殘地坐著，高大得讓人自卑，破殘得面目全非，就像實在累壞了的老祖父，累得已經抽空了肌膚，而坐的姿勢還保持著端莊。

它們身後早已空空蕩蕩。只有它們，留下了有關當時世界上最豪華都城底比斯的記憶。

我似乎聽到兩尊石像在喃喃而語：「他們都走了……」

據說這兩尊石像雕的是一個人，阿蒙霍特帕（Amonhotep）四世，但歐洲人卻把它們叫做門農（Memnon）。門農在每天日出時分會說話，近似豎琴和琵琶弦斷的聲音。說話時，眼中還會湧出淚滴。後來羅馬人前來整修了一次，門農就不再說話，只會流淚。

專家們說，石像發音是因為風入洞穴，每天流淚是露水所積。一修，把洞穴堵住了，也就沒有聲音了。

不管怎麼解釋，只會流淚、不再說話的巨大石像，非常感人。

它們見過太多，因此老淚縱橫，不再說什麼。

一九九九年十月十五日，夜宿盧克索的Emilio旅館。

封存的法老人

古埃及的生態遺跡，在盧克索被較多地保存。我把這種保存稱之為「封存」。

「封存」的第一原因是遷移。如果埃及的重心不遷移到亞歷山大和開羅，而是繼續保持於盧克索，那麼，此地的古蹟必然隨著歷史的進程改變自己的身份。越受新的統治者重視，情況就越糟糕。一次次的刷新，很可能是最根本的破壞。幸好重心遷移了，這裡變成了邊緣地帶，反而有了「封存」的可能。

「封存」的第二原因是墓葬。盧克索的多數遺跡在地下，雖然歷來受到盜墓者的不斷洗劫，但盜墓者畢竟不可能發現所有的洞穴，更不會改變墓道、浮雕、壁畫。因此，墓葬中的保存總要比地上保存得好。這也使近幾百年的考古學家們每次都有巨大收穫。

「封存」的第三原因是氣候。尼羅河流域緊靠撒哈拉大沙漠，氣候乾燥，卻又不暴熱，一遇陰影便涼爽宜人，簡直不知黴蝕為何物。以我所見，除了內外浩劫外，黴蝕是文物保存的最大敵人，例如中國南方很難保存遠年遺跡，就與氣候有關。

「封存」的第四原因是材料。埃及的建築材料以石料為主，石灰石、花崗石、雪花石鋪天蓋地，巨大、堅致、光潔，歷千年而不頹弛。相比之下，中國建築以磚木結構為主，保存的時間就要短得多。

除了以上四個方面，我在尼羅河西岸又看到了另一個更有趣的「封存」現象，那就是遺民。

西岸墓葬群周圍生活著一批法老的後代，他們拒絕遠地嫁娶，血緣穩定，生活簡樸，思維單純。據人類學家說，他們的外貌、身材還餘留著法老時代的諸多特徵，因此可稱之為「法老人」。他們中很大一部分仍然從事著手工刻石，許多古廟的修復都與他們有關。不妨說，這批遺民自己首先被封存了，然後再由他們來封存遺跡。

他們近一千年來也信奉了伊斯蘭教，往常可以聽到西岸草樹叢中傳來渾厚的禮拜聲。我曾經久久地看著工作時的他們。高瘦的個子，黝黑的臉，鼻子尖尖，滿臉滿手都是磨石的粉塵，他們使自己也成了古代雕塑。

我想，當年築造金字塔的工匠，也是這樣的吧？

突然，兩具「雕塑」向我一笑，露出潔白的牙齒，用英文說：「你可以和我們一起拍照。」

我立即蹲在他們中間拍了照，他們又撿了兩塊漂亮的雪花石送給我。我想這應該付點錢，但他們拒絕了，其中年輕的一位靦腆地說：「如果有那種中國小禮物……」

他指的是清涼油。這種東西在中國到處都有又極其便宜，而在阿拉伯世界卻被視為寶貝。即使在官員或員警手中塞上小小一盒，也能使一切逢凶化吉。可惜我事先不知道，沒有帶。據說，法老的後代不太在乎錢，他們生活圈子狹小，錢的用處也不大。他們喜歡清涼油的氣味，一喜歡，又覺得什麼病都能治了。

遙遠而矜持的法老啊，中國山水草澤間的那一點點植物清香，居然能得到你們後代的如此信任，這真讓我高興。

一九九九年十月十五日，夜宿盧克索的Emilio旅館。

枯萎屬於正常

離開盧克索向東，不久就進入了浩瀚的沙漠。這個沙漠叫東部沙漠，又名阿拉伯沙漠。

剛剛還在感歎古代遺跡的恢宏久遠，沒幾步卻跨進了杳無人煙的荒原，連個過渡也不給，讓我一時顯得十分慌張。

一切都停止了。沒有了古代和現代，沒有了文明和野蠻，只剩下一種驚訝：原來人類只活動在這麼狹小的空間，原來我們的歷史只是遊絲一縷，在赤地荒日的夾縫中飄蕩。

眼前的非洲沙漠，積沙並不厚。一切高凸之處其實都是堅石，只不過上面敷了一層沙罷了。但是這些堅石從外面看完全沒有稜角，與沙同色，與泥同狀，累累團團地起伏著，只在頂部呈現出淡淡的黑褐色，使每一個起伏在色調上顯得更加立體，一波波地湧向遠處。

遠處，除了地平線，什麼也沒有。

偶爾會出現一個奇蹟：在寸草不生的沙礫中突然生出一棵樹，亭亭如蓋，碧綠無瑕，連一片葉子也沒有枯黃。這是怎麼回事，難道地下有一條細長的營養管道？但是，即使有也沒有用，因為它還必須面對日夜的蒸發和剝奪，抗擊駭人的孤獨和寂寞。

由此聯想，人類的一些文明發祥地也許正像這些樹，在千百萬個不可能中掙扎出了一個小可能。

有人對各大文明的一一枯萎疑惑不解。其實，不枯萎才是怪異的，而枯萎屬於正常。

正這麼想著，眼前的景象變了，黃昏開始來到。沙地漸漸蒙上了黯青色，而沙山上的陽光卻變得越來越明亮。沒過多久，色彩又變，一部分山頭變成爐火色，一部分山頭變成胭脂色。色塊在一點點往頂部縮小，耀眼的成分已經消失，只剩下晚妝般的豔麗。

就在這時，我們走出了沙地丘陵，眼前平漠千頃。暮色已重，遠處的層巒疊嶂全都朦朧在一種青紫色的煙霞中。此時天地間已經沒有任何雜色，只有同一種色調在變換著光影濃淡。這種驚人的一致，使暮色都變得宏偉無比。

誰料，千頃平漠只讓我們看了一會兒，車隊躥進了沙漠谷地，兩邊危岩高聳，峭拔猙獰。猛一看，就像是走進了烤焦了的黃山和廬山。天火收取了綠草青松、瀑布流雲，只剩下赤露的筋骨在這兒堆積。

西天還留下一抹柔柔的淡彩，在山岩背脊上撫摸，而沙漠的明月，已朗朗在天。

我想，這一切都與人類文明沒有什麼關係。人類所做的，只是悄悄地找了一個適合自己居住的小環境，須知幾步之外，便是萬古沙漠。

文明太不容易，真該好好珍惜。

一九九九年十月十七日，埃及東部古爾代蓋（Hurghada），夜宿Pick Albatros旅館。

荒原滄海

我們現在落腳的地方叫Hurghada，翻翻隨身帶的世界地圖冊，找不到。只是由於昨天晚上在沙漠裡行車，突然看到眼前一片大海，就停了下來。今天早晨一推窗，湧進滿屋子清涼。

是紅海？

果然是紅海。沙漠與海水直接碰撞，中間沒有任何泥灘，於是這裡出現了真正的純淨。以水洗沙，以沙濾水，多少萬年下來，不再留下一絲污痕。

由於實在太純淨了，海面藍色的深淺正恰反映了海底的深淺。淺海處，一眼可見色彩斑斕的珊瑚礁，還有比珊瑚更豔麗的魚群。海底也有峽谷，只見珊瑚礁猛地滑落於海底懸崖之下，當然也滑出了我們的視線。

那兒有多深？不知道，只見深淵上方飄動著灰色的沙霧，就像險峰頂端的雲霧。

再往前又出現了高坡，海底生物的雜陳比人間最奢華的百花園還要光鮮，陽光透過水波搖曳著牠們，真說得上姿色無限。

萬丈汪洋直逼著百世乾涸，縱天遊弋緊貼著千古冷漠，竟然早已全部安排妥當，不需要人類指點。甚至，根本沒有留出人的地位。

是的，以沙漠和大海的眼光，幾千年來人類能有多少發展？儘管我們自以為熱火朝天。

正想著，早已被夜幕籠罩著的海域間，影影綽綽走出幾個水淋淋的人來，腳步踉蹌、相扶相持、由小而大。剛要驚歎什麼人如此勇敢又如此好水性，定睛一看竟是一個年輕的母親和她的四個孩子，連最大的一個也沒有超過十歲。他們是去游泳了？捕魚了？採貝了？不知道，反正是劃破夜色踩海而來。

在我看來，這幾乎是人類與自然廝磨的極致標誌。他們一家很快進了自己的小木屋，不久，連燈光也熄滅了。於是海邊不再有其他光亮。

一九九九年十月十七日。埃及東部古爾代蓋，夜宿Pick Albartos旅館。

西眺的終點

這些天，我多次在紅海和蘇伊士灣的西岸邊站立，想著一個問題：中國人最早在什麼時候，把目光投向這裡？

首先想到的是一千九百年前的那位叫甘英的漢朝使者。當時專管西域事務的班超有一塊長年的心病，覺得中國歷來只與安息（今伊朗）做生意，而安息實際上只是一個中轉站。西部應該還有很大的天地，我們為何不直接與他們做生意呢？於是派出甘英向西旅行，看看那裡究竟是怎麼回事。

甘英此行歷盡艱辛，直到波斯灣才返回。他一路上處處打聽，知道從波斯灣向西再走過一些國家，還會遇到一個大海。這大概就是我現在面前的紅海了。

甘英聽說，到了這個地方，一個真正的大帝國就在眼前。甘英出於多種理由把這個大帝國稱為「大秦」，其實就是羅馬帝國。當時，紅海邊的埃及也已被羅馬所佔領，那麼我想，甘英所知道的紅海邊的大帝國，大半就是埃及。

於是，從《後漢書》開始，中國人已朦朧地把這兒作為西眺的終點。

甘英回來之後，中國人西行還是很少。只知道唐代有一個叫杜環的軍人被西域的軍隊俘虜後

曾不斷向西流浪，最後可能從地中海進入了北非。但這也只是從他杜撰的一些地名中猜測，是否真的到了非洲，完全沒有把握。

由此想起梁啟超先生在八十餘年前的一個觀點，他認為中國歷史可分為三個大段落，一是「中國之中國」，即從黃帝時代到秦始皇統一中國，完成了中國的自我認定；二是「亞洲之中國」，從秦代到乾隆末年，即十八世紀結束，中國領悟了亞洲範圍內的自己；三是十九世紀至二十世紀，可稱「世界之中國」，由被動受辱為起點，漸漸知道了世界。梁啟超先生的這種劃分，在時間和空間上都宏偉壯觀，一掃中國傳統史學的平庸思維，我很喜歡。

梁啟超先生沒有讀到二十世紀新發現的一些中外交流史實，劃分有些簡單化，但基本上還是對的。十九世紀之後中國不得不與外部世界碰撞，首先碰撞到的也是亞洲之外一些比較年輕的國家，與希臘沒有什麼牽涉，更不待說埃及。

古代的埃及文明和中華文明，顯然缺少交往。對於這件事，沒有必要作負面評價。路實在太遠，彼此很難抵達，兩種文明自成保守系統，幾乎不可能互相介入。

兩個相安無事的遠鄰，彼此之間不知對方的存在，也沒有什麼不好。要知道時，總會知道。這就像人際關係，君子之交淡如水，何況是兩個一直沒有見過面的老君子。

不熱絡，也不容易破碎；不親暱，也不容易失望。中國古代與其他幾個文明古國交情不深，恩怨不大，這反而成了後來平和相處的基礎。

不被過度熱情或過度憤恨所扭曲，才是大文明的大氣象。

一九九九年十月二十日，開羅，夜宿Les 3 Pyamides旅館。

蝕骨的冷

埃及的一些朋友聽說我們的歷險考察只開了個頭，離開埃及後還要進入中東、南亞、中亞等危險地區，嚇了一大跳，執意要為我們壯行。昨天傍晚，在金字塔前舉行了一個送別「中國英雄」的隆重儀式。他們覺得，我們這批人今後的命運必定是「九死一生」。

告別儀式後，我們在他們軍隊的監視下，穿越了蘇伊士運河底下的隧道。

蘇伊士運河把地中海和紅海連到了一起，其實也就是把大西洋和印度洋連到了一起，在世界航運業有重要地位。埃及除了古蹟之外，現代最值得驕傲的就是這條運河和阿斯旺水壩，當然會不惜一切代價來保衛。我曾在兩位外交官寫的書上讀到過蘇伊士地區一位詩人的詩句：

埃及，我的祖國，
你留下的太少，
失去的太多。
我是你的兒子，
要把你的心願化作戰歌。

誠懇而樸實的句子，從一個方面說明了戰爭的不可避免。古代的失落和現代的失落畢竟是有情感聯繫的。世界上的許多紛爭，除了現實利益外還有歷史榮譽。一些文明古國即使口中不說，心裡卻十分在乎。

過河之後便是西奈半島，這已經是亞洲的地面了。這個半島也是現代國際政治的一個重要話題，一九五六年被以色列佔領，一九七三年埃及又試圖奪回，幾經拉鋸終於歸還了埃及。記得一九七三年那次戰爭，以色列在蘇伊士運河對岸築造的防線花了兩億多美元，加上運河的天然障礙，真說得上「固若金湯」，誰料埃及軍隊想出了用高壓水龍頭沖刷的絕招，防線土崩瓦解，聽起來很是過癮。

我們吃過午飯就開始在西奈半島上穿行，直到晚上九時半才到達半島南部的聖卡瑟琳鎮住宿，走了四百七十公里。

這個半島對埃及來說可稱是國防前線，因此軍營很多，但除此之外就人煙寥寥，整整幾個小時我們幾乎沒見過一個人。崗樓上有機槍伸頭，卻見不到哨兵的臉。好不容易到了一個小鎮，不僅街上沒人，而且連所有的樓房視窗也見不到一個人。偶爾見到一兩個陽台上晾有衣服，才有人住的痕跡，但也可能晾了半年多了，主人沒有回來。在這樣的土地上行走，心裡確實發毛。

月光下的沙漠有一種奇異的震撼力，背光處黑如靜海，面光處一派灰銀，卻有一種蝕骨的冷。這種冷與溫度無關，而是指光色和狀態，因此更讓人不寒而慄。這就像，一方堅冰之冷尚能感知，而一副冷眼冷臉，叫人怎麼面對？

灼熱的金字塔，竟由這麼一片遼闊的冷土在前方衛護著。

一九九九年十月二十二日，埃及西奈半島，夜宿El Wady El Moguduss旅館。

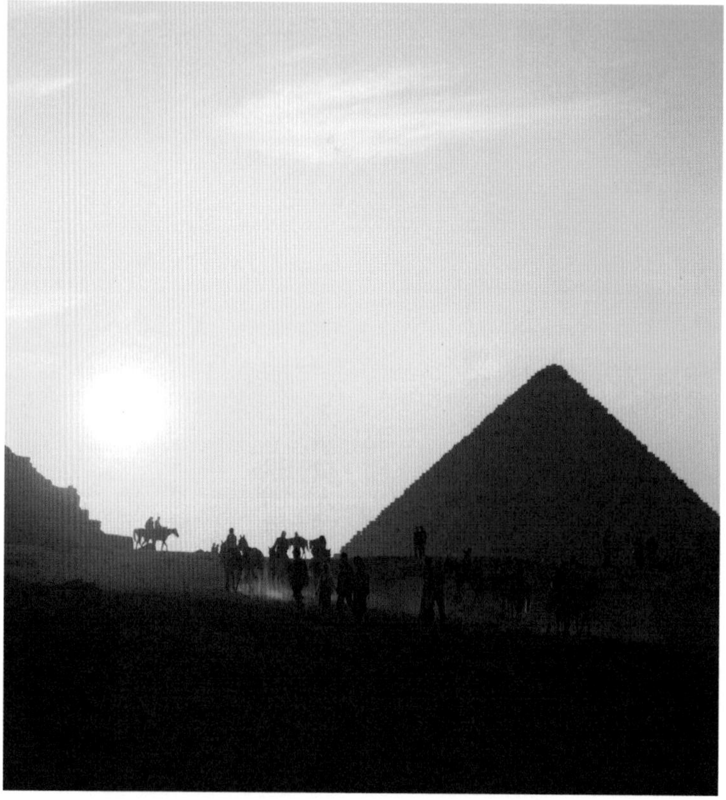

海已枯而石未爛

在宗教的磨練期，荒涼是一個必須條件。在希伯來的宗教文化史上，有一個《出埃及記》的記載，說的是拉美西斯二世統治時期，在埃及逃荒的希伯來人不甘心被奴役而出走的壯舉。他們在摩西的帶領下渡紅海出埃及，來到的就是西奈半島。

他們為了自立而選擇荒漠，在西奈沙漠裡整整流浪了四十年。最後來到西奈山下落腳，耶和華在那裡授予摩西十條戒律，於是猶太教正式誕生。這說起來，也是三千多年前的事了。

再往後推一千多年，西元二世紀，各地的基督教徒為了逃避朝廷迫害也聚集到西奈山下，在這難於生存的環境中，淬煉信仰。

西奈山荒涼到什麼程度？

好像被猛烈的海嘯沖刷過，什麼都沒有了，包括海水，只剩下石天石地。或者，根本不是什麼海嘯，它原來就是海底，而海水不知突然到哪裡去了。

我覺得眼前的景象只能用這樣一句話來概括：海已枯而石未爛。

聖卡瑟琳修道院是非去不可的。它靜靜地安踞在西奈山的萬丈峭壁下，近似一個石砌的小城堡。門道很小，有兩層鐵釘裹皮的門。一進入，我們就看到了一個緊湊而神聖的小天地。

教堂的門是西元六世紀的原物，沒有動過。從教堂出來一拐，又看到了摩西坐過的井台和他與耶和華談話的地方。與世界上其他教堂和修道院不同的是，這裡處處直現出一千多年前的原始，歪斜而堅牢，簡陋而光滑。

西元三世紀埃及亞歷山大城一位十六歲的貴族女兒信奉基督，當時的羅馬總督逼她改信羅馬拜神教，還派來五十位學者與她辯論。結果，五十位學者全部被她說服，皈依了基督，連總督的妻子也追隨了她。總督大怒，將她殺害，這位殉教的少女就叫卡瑟琳。世界上以她名字命名的教堂和修道院有好幾座，而我們現在進入的這一座，公認為最老，也最有地位。

修道院裡還有一個僅次於梵蒂岡的基督教真本圖書館。它曾經擁有一部西元四世紀的羊皮卷本《聖經》，其珍貴程度可想而知，十九世紀曾被一名德國學者借去，沒想到這名學者四年後就把它賣給了大英博物館，獲利十萬英鎊。我對文化盜賊分外敏感，覺得這個名為學者的人實在不是東西，估計他為了掩蓋自己的劣跡還會對修道院進行誣陷。修道院身處荒遠，無以發言，只把他當年寫的那張借據保留著，直到永遠。

聖潔總會遇到卑劣，而卑劣又總是振振有詞，千古皆然。

任何一個光明正大的宗教都拒絕卑劣，因此宗教和宗教之間必有對話的可能。這個修道院不僅有猶太教和基督教的遺跡，也保留著伊斯蘭教的圓頂，幾乎是一個小小的耶路撒冷。

一九九九年十月二十三日，上午在西奈半島，下午赴以色列，夜宿埃拉特（Eilat）的Marinaclub旅館。

以色列、巴勒斯坦

所羅門石柱

從埃及到以色列確實不容易，我們在兩國邊關辦手續，整整折騰了六個小時。倒也沒有任何怨言，因為這是「出埃及」，如果輕而易舉，反而覺得失重。

從荒涼的西奈半島進入以色列，實在是對比強烈。埃拉特（Eilat）不僅美麗，而且現代，讓人不敢相信自己剛剛從「海已枯而石未爛」的地方走出。

以色列的國土像一把錐子，埃拉特正好在錐子的頂端。經昨天晚上一覺酣睡，今天一早就匆忙北上，目標是將近三百公里外的耶路撒冷。但是，上路不久就停下了，因為我們發現了一個叫做「所羅門石柱」的所在。

所羅門（David Solomon）這個名字對我很有吸引力，他是猶太民族歷史上堪稱劃時代的英雄大衛的小兒子。所羅門繼承大衛統治希伯來王國，開創了猶太民族百世回味的黃金時代。那麼，他的「石柱」是怎麼回事？

走近一看，原來是所羅門時代的一個銅礦。銅礦正面山崖上，有幾個天然岩柱。

我吃力地爬上岩柱邊的陡坡向下俯瞰，一張幽遠的歷史年表在眼前翻捲。我想：猶太人也真是太不容易了。所羅門王朝輝煌於西元前十世紀，離現在已經足足有三千年了；如果再往前追索，希伯來人在亞伯拉罕（Abraham）的帶領下從美索不達米亞遷居阿拉伯沙漠，創造早期猶太文明，已經是三千八百年前的事了。連我們前幾天提起過的摩西帶領部屬出埃及，也已有三千三百年。這也就是說，猶太人在西元十世紀之前，花了一千年左右的時間，已經把自己的故事演繹得非常壯麗。這故事裡有感人的精神、決絕的舉動和奢華的建設，絕不比世界上其他早期文明遜色。

他們最讓人佩服的地方，是為了民族解放不惜一次次大遷移。不管走再遠的路，只要落腳，就能快速創造出一個優於別人的生態。如果哪一天發現這種生態中還有被奴役的成分，那麼，他們寧肯放棄，再一次選擇流浪。

但是，真不知道命運為什麼對這個民族如此不公，居然有那麼多巨大的災禍接二連三地降落在他們頭上。驅逐、殺戮、奴役，怎麼也擺脫不了。

我腳下，所羅門時代的繁華安然長眠，偉大的英雄們不知道自己身後居然會發生這麼多驚天動地的大事——

西元前六世紀猶太王國遭巴比倫洗劫，數萬人被押往巴比倫，成為歷史學上的一個專用名詞：巴比倫之囚；

從西元前一世紀開始，羅馬人一次次攻陷耶路撒冷，猶太人不分男女老幼寧肯集體自殺也不投降，剩下的只能逃亡異鄉。但幾乎到任何一個地方都遭到迫害，即便在羅馬滅亡後的中世紀，猶太人的處境仍然駭人聽聞；

直到二十世紀中期，希特勒還在歐洲殺戮了六百萬猶太人，僅奧斯維辛集中營在一九四三年就處死了二百五十萬猶太人。這一血淋淋的史實，終於撼動了現代人的良知。

猶太人屢遭迫害的原因很多，但後來他們明白，沒有祖國是一個重要因素。以色列是他們好不容易建立起來的一個國家，多少血火情仇都在這裡濃縮。我走在這裡的每一步都牽動著心頭的一個大問題：人類，為什麼如此對同類過不去？

猶太民族不大，但由於災難和流浪，他們的身影遠遠超過了那些安居樂業的人群。在世界任何一個角落，都能隱隱聽到他們的歌聲：

啊，耶路撒冷！
要是我忘了你，
願我的雙手枯萎，不再彈琴；
要是我忘了你，
願我的舌頭僵硬，不再歌吟！

在全球的反猶狂潮中，倒是我們中國人表現出了一種貌似木訥的寬容和善良。從宋代朝廷到第二次世界大戰時期的上海，都善待了猶太流浪者。結果，希伯來文融入了河南方言，又融入了上海口音，由黃河、長江負載著，流入大海，去呼喚遙遠的親人。

一九九九年十月二十四日上午，從埃拉特前往耶路撒冷。

向誰爭奪

四周是茫茫沙漠，但一個個種植棚卻出現了，棚外滾動著遺落的香瓜和番茄。不久見到了村莊，綠樹茂密、鮮花明麗，但一看花樹根部，仍然是灼灼黃沙。

我們鑽進一個棚，主人要我們蹲下身來看他們種植的秘密。地下仍然是沙，有一根長長的水管沿根通過，每隔一小截就有一個滴水的噴口，加入了肥料的清水一滴不浪費地直輸每棵植物。

由沙漠和沼澤組成的以色列，在自然資源上排在整個中東的後面。但短短幾十年間，它的農業產品增加十六倍，不僅充分自足，而且大量出口歐洲。無數個歐洲家庭，每天都離不開來自以色列沙漠的果品和鮮花。

多年以來，中東地區戰亂不斷。大家不知說了多少話，生了多少氣，流了多少血，死了多少人，而且至今尚未看到停息的跡象。站在這裡我想，以色列人在沙漠裡拓展種植的奮鬥，要比任何軍事佔領都更有意義。人類應該爭奪的對象，是沙漠，而不是他人。

當人們終於懂得，籠罩荒原的不應該是戰火而應該是暖棚，播灑沙漠的不應該是鮮血而應該是清泉，一切就走上正路了。

就我個人而言，實在有點好笑，長期以來對以色列的情報機構「摩薩德」欽佩不已，因為它居然可以在敵方的眼皮底下把人家新研製的軍用飛機和導彈整架、整批地偷出來，甚至一夜之間把對方的雷達站囫圇搬到自己一方，簡直像神話一般。自從進入以色列以來，滿街可以看到英姿颯爽的持槍士兵，男女都有。但是，只要看到街邊那些不穿軍裝卻又特別深沉的男人，或特別漂亮的女人，我都會多看幾眼，心中暗暗猜測：「是摩薩德嗎？」

人折騰人，人擺佈人，人報復人，這種本事，幾千年來也真被人類磨礪到了爐火純青的地步，但我實在不知道該不該把它劃入文明發展史。如果不劃入，許多智慧故事、歷史事件便無處落腳；如果劃入，文明和野蠻就會分不清界限。

其實，人折騰人的本事，要算中國最發達。但是如果今天要用最簡明的線索來描繪中華文明，只要是正派的學者，一定會把這種本事擱置在一邊。

我真想把中國的這種體驗告訴以色列朋友，同時也告訴他們的對手。

一九九九年十月二十四日下午，從埃拉特前往耶路撒冷，夜宿Renaissance旅館。

年老的你

去耶路撒冷，有一半路要貼著死海而行。

死海是地球上最低的窪地，湖面低於海拔三百多米，湖深又是好幾百米，基本上是地球的一個大裂痕。水中所含鹽分，是一般海水的六倍，魚類無法生存，當然也不會有漁船，一片死寂，因此有了死海這個名字。現在死海是以色列、約旦的邊境所在，湖面各分其半，成了軍事要地，更不會有其他船隻，死得更加徹底。

但是，死海之美，也不可重複。

下午五時，我們來到了死海西岸的一個高坡。高坡西側的絕壁把夕陽、晚霞全部遮住了，只留下東方已經升起的月亮。這時的死海，既要輝映晚霞，又要投影明月，本已非常綺麗，誰料它由於深陷地底，水氣無從發散，全然朦朧成了夢境。

一切物象都在比賽著淡，明月淡，水中的月影更淡。嵌在中間的山脈本應濃一點，卻也變成一痕淡紫。從西邊反射過來的霞光，在淡紫的外緣加了幾分暖意。這樣一來，水天之間一派寥廓，不再有物象，更不再有細節。我想，如果把東山魁夷最朦朧的山水畫在它未乾之時再用清水漂洗一次，大概就是眼前的景色。

這種景色，放在通向耶路撒冷的路邊，再合適不過。

走完了死海，朝西一拐，方向正對耶路撒冷。這時，很多丘陵迎面奔來，一座又一座，腳下的道路也不斷盤旋。夜色蒼茫間只見老石斑駁，提醒你這條路從太遠的歷史延伸出來，切莫隨意了。

世界上沒有另一座城市遭受過這麼多次的災難。它曾毀滅過八次，即便已經成了廢墟，毀城者還要用犁再鏟一遍，不留下任何一絲痕跡。但它又一次次重建，終於又成了世界上被投注信仰最多的城市。

猶太教說，這是古代猶太王國的首都，也是他們的宗教聖殿所在；

基督教說，這是耶穌傳教、犧牲、復活的地方，當然是無可替代的聖地；

伊斯蘭教說，這是穆罕默德登天聆聽真主阿拉祝福和啟示的聖城，因此有世界上第一等的清真寺。

三大宗教都把自己的精神終端集中到這裡，它實在超重得氣喘吁吁了。

宗教極端主義和民族極端主義乘虛而入。於是，神聖的耶路撒冷，在現代又成為最大的是非之地。有人說，在今天，世界的麻煩在中東，中東的麻煩在阿以，阿以的麻煩在耶路撒冷。如果真是這樣，那麼耶路撒冷，我實在無法描述走近你時的心情。

也許，年老的你，最有資格嘲笑人類？

一九九九年十月二十五日，耶路撒冷，夜宿Renaissance旅館。

神的花園

今天要去的地方，是巴勒斯坦管轄的傑里科。

剛出發就遇到了一位名叫阿蒙．雅各（Armon Jacob）的歷史學博士，以色列人，樂呵呵的滿臉大鬍子。他最想把此地的古今事蹟介紹給外國人，於是便請他上了我們的車。

傑里科（Jericho），在《聖經》裡稱作耶利哥，阿拉伯的名稱叫埃里哈（Ariha），在耶路撒冷北部四十五公里。這是整個巴勒斯坦發展較快的地方，但與以色列管轄的地區相比，生活方式的差別還是判若天壤。說實話，極度的貧困和混亂，讓我們不好意思多看。

以前就知道，這裡經常發生衝突。我們小心停車，慢慢下來，沒想到轉眼間街上的多數人都圍過來觀看。他們衣履不整、態度友善，但圍觀時間一長，卻使我們隱隱感到一種巨大的不安。

在正常的生活環境裡，人們見到外國人只是掃一眼罷了。如果大家都對任何陌生信號有一種超常的敏感，那一定是長期不安定的結果。而且，還會釀發新的不安定。

除了不大的市中心外，其他地方的房子，有很多只有門洞和窗洞，卻沒有門窗。看上去，這種房子就像睜著惶恐而委屈的眼，一直沒闔上。

雅各不斷催我們趕快離開。我們問他為什麼，他用英語說：「人生苦短，為何要冒這個險？」

但奇怪的是，他作為以色列人，卻與當地的巴勒斯坦員警關係友好，互相神色詭秘地打招呼。他對我們解釋說：「我和這裡的警察局長是朋友。民間其實並不對抗，比較麻煩的是雙方的政治極端分子。」

恐怕沒有這麼簡單。在我看來，巴以衝突牽涉很廣。政治家敏感於主權歸屬，文化人敏感於歷史倫理，老百姓敏感於生態差異。其中，最根本的是生態差異，包括生命節奏、教育背景、風俗特點、衛生習慣、心理走向都不一樣。在這一切的背後，又都潛藏著世代的自尊和委屈，因而必然產生麻煩。

即使只是生活習慣上的互相鄙視，甚至只鄙視在眼神裡，其實也是一種文化衝突。政治衝突、軍事衝突都是對文化衝突的故意誇張，看起來很激烈，實際上反而比文化衝突更容易解決。我們現在都看到了，世界上很多曾經尖銳衝突的地方，現在都已經紛紛和解，原因是它們之間的文化生態能夠溝通。但是以、巴衝突至今沒有看出和解的希望，再過多少年也不樂觀。原因也恰恰是文化生態上的不可調和。

離城區不遠，我們看到了傑里科古城遺址。考古證明，這座古城存在於西元前八千年，距今正好一萬年，是世界上最古老的城市。

我下到一個考古坑裡，仔細地看了一座觀察塔的遺跡，心想早在一萬年前人們已在驕傲地守望著這座城市了，而現在的城市竟然還那樣破敗和危險。

據《聖經》記載，古代猶太人渡紅海、出埃及，從西奈沙漠進入約旦河流域，首先是攻克此城，才定居迦南（Canaan）地區的。有關攻克此城的故事，記得詳盡、生動，讀了很難忘記。

傑里科歷來被稱為「神的花園」，我也曾經在一些想當然的現代書籍中讀到過對它出神入化的描繪。今天我站在它面前，說不出一句話。處在生態對抗和精神對抗的第一線，再悠久的歷史也只能枯萎。這裡現在很少有其他美麗，只有幾叢從「神的花園」裡遺落的花，在飛揚的塵土間，一年年花開花落，鮮豔了一萬年。

一九九九年十月二十六日，從耶路撒冷繼續向北，夜宿加里利湖（Sea of Galilee）畔的Nor Ginosar旅館。

每一步都面對孩子

告別傑里科之後往北，很快就到了大名鼎鼎的「約旦西河岸」。

約旦河見不到水，河谷中心有一些綠色的植物，兩邊都是荒山野地。一道又一道的鐵絲網連接著，一路上很少有正常生活的跡象。

鐵絲網很細密，直封地底，連蛇也爬不過來。

路旁經常出現軍車，士兵們見到我們這一溜吉普，都打招呼，以為又來了軍事觀察團。其實我們連車牌都來不及申請到，只怕被他們「觀察」到什麼。

前面有一個大關卡，我們再一次為車子的牌照懸起了心。幾個軍人要我們停車，很負責地把頭伸進車窗，仔細地打量了一遍車內的情況，就放行了。他們檢查了一切，唯獨忘了看車牌。

於是，我們進入了戈蘭高地。

高地先是堵在我們路東，一道長長的山壁，褐黃相間，偶有綠色。待到我們漸漸翻了上去，它就成了腳下高低起伏的坡地，有軍營、炮車、坦克。很多地方掛著一塊三角黃牌，寫明有地雷，那兒就雜草叢生。

走著走著，我們已進入了以色列與敘利亞之間的隔離區。這時天色已晚，遇到一個鐵絲網重重翻捲的關口就過不去了。抬頭一看，寫著UN only，是聯合國維和部隊的哨所，過了關口就是敘利亞。

哨所上沒見到有人影，我們很想拍攝這個關口，但光線太暗，只得把吉普車的前燈全部開亮，兩台攝像機同時開動。這事想起來十分危險，如果隱蔽在什麼地方的哨兵看到了這個景象又搞不清是怎麼回事，沒准會向我們開槍。

雅各博士自信地搖頭，說：「不會。這個關口的守衛者是奧地利官兵，現在一定喝醉了酒在睡覺。有一次我摸上崗樓還叫不醒他們，就順手拿起他們的槍放了兩槍，他們才醒。」

我們笑了，覺得雅各一定在吹牛，因此，也沒有為難他再次去摸哨放槍，只管趁著夜色下山，找旅館睡了。

今天一早醒來，還是放不下戈蘭高地，覺得昨天晚上黑森森的沒看清什麼，應該再去一次。先到昨天晚上打亮車燈的那個關口，看見已經站著一位威武的哨兵。一問，果然是奧地利的，雅各調皮地朝我們眨眨眼，意思是「我沒吹牛吧」？但我們誰也沒有問那位士兵，昨夜是否喝醉了。

然後我們登上一個高處，可以鳥瞰四周。眼下有一座被當代戰火所毀滅的城市遺址，斷垣殘壁清晰可見，讓一切當代人的目光都無法躲避。

我把目光移向遠處，突然想到，北方叢山背後，應該是紀伯倫的家鄉。

這位歌唱愛的詩人，我在十幾歲時就著迷了。不知他的墓園，是否完好？

下了戈蘭高地，我們一行又向西南奔馳，去拜謁耶穌的家鄉拿撒勒（Nazareth）。耶穌在伯利恒（Bethlehem）出生後隨家逃往埃及，後又返回拿撒勒度過童年，長大後又在那裡傳教。拿撒勒有一座天主報喜教堂，紀念天使向聖母預告耶穌即將降生的消息。

這個教堂經過徹底重建，把古蹟和現代融於一體。現代拿出來的，反而是不加雕飾的原始形態，來烘托精緻斑駁的古蹟。在愛的領域，古今、文野、高低，沒有界限。

教堂門口出現了一隊隊前來參拜的小學生，穿著雪白的制服，在老師的帶領下一路唱著悅耳的聖詩。讓人眼睛一亮的是，老師是倒著身子步步後退的。她們用笑臉對著孩子，用背脊為孩子們開路，周圍的人群也都為他們讓出了一條道。

真不願相信，這些天真可愛的生命遲早也要去承受民族紛爭的苦難。

我想，上一代應該像這些老師，不是高舉自己偏仄的口號讓孩子們追隨，而是反過來，每一步都面對孩子，步步後退。只要面對孩子，一切都好辦了。

一九九九年十月二十七日，夜宿加里利湖畔Nof Ginosar旅館。

寫三遍和平

今天去以色列最大的經濟、文化中心特拉維夫，半道上曾在兩個地方停留。先看到的是一座十字軍的城堡。我爬上城牆，看到上方是城垛、箭孔，下方是飲戰馬的水槽，為防戰馬失蹄而鑿下深深紋路的石板。再仔細看，發現城堡的建築材料有很大一部分是羅馬式的精緻殘柱。泥石裹住了破碎的輝煌，這就構成了深刻的象徵，讓人聯想到，野蠻如何裹脅了文明。

我終於第一次看到了進攻性的城堡。此前看到過的一切城堡，都是防守型的。進攻性城堡的特點，一是小，可以快速建造，快速放棄；二是只駐紮兵馬，沒有正常居民；三是建造的材料大量取自於剛剛被毀的建築，具有強烈的破壞色彩。

在中國，我至今沒見過一個進攻性城堡。即便是萬里長城，也只是坦蕩蕩的一堵單面外牆，築在自家門口，不存在任何侵略含義。這已經是民族精神的象徵造型，永久性地嘲笑著一撥撥幻想狀態的「中國威脅論」。

第二個地方離特拉維夫很近，叫雅法（Yafo），一座已有三千多年歷史的港口小城，它的名字曾出現在《聖經》中。

當初，所羅門王朝在耶路撒冷建造聖殿，所用木材就是經由雅法港口轉運的。這座小城直到近代，還記錄了一場大衝突、大驅逐、大遷徙。

一九〇九年，這座小城的猶太人都紛紛離開了，不得不到北部不遠處去開闢新的居住地。由此可見他們當時與阿拉伯人衝突到了何等嚴重的程度。這個新的居住地，就是今天舉世聞名的特拉維夫。

那麼，雅法和特拉維夫，構成了一部怨仇難解的「雙城記」悲劇。

在雅法臨海的聖彼得修道院近旁，我們發現了一條最動人的小街。起伏彎曲、層層疊疊，結構隱蔽，一看就知道是一些躲避戰亂、又捨不得離開的居民搭建的。直到今天，一個個小門洞裡還可找到雅致的小店鋪、作坊和家庭式博物館。你看，即便在惡潮般的動盪中，人們對尋常生活的渴求，仍然像血管般彎曲而強勁。

使一座傷殘的城市慢慢復元的，並不是什麼痛快的復仇計畫，而是普通民眾對尋常生活的渴求。

到特拉維夫的第一件事，去看拉賓廣場。拉賓遇刺已整整四年，回想那時在遙遠的中國，我和妻子一聽到這個消息就為他流過眼淚。

先找到特拉維夫政府大樓，登上他那天演講的平台。然後順著他那天的路線，朝東北方向的露天樓梯下樓，一共二十六級。樓梯底下，就是他倒下的地方。一個年輕的極端分子，永遠切斷

了老人呼喚和平的聲音。

這地方現在有一個三十平方米左右的黑色大理石祭壇，祭壇前的石碑上刻著：就在這個地方，一個星期六的晚上，以色列總理拉賓遇刺身亡。

祭壇中央壘著大塊的黑石，前方三個玻璃罩裡，點著很多蠟燭。我們俯下身去，點燭、獻花。以色列人默默地看著我們。中國人在這裡做這樣的事，還比較罕見。

遇刺地點北側是一條小路，路邊長長的牆上密密麻麻留著大量祭奠者的題詞。由於太多太亂，當局正在用水龍頭沖洗，以保持祭壇附近的整齊肅穆。

我對這些題詞很感興趣，便一把拉過妻子，來到水龍頭還沒有沖洗的最後一塊牆上去辨讀。沖洗鄰牆的水珠已灑落在我們頭上，我們不管，滿臉濕漉漉地在希伯來文、阿拉伯文中間尋找英文，我一句句翻譯給妻子聽：

我的兒子出生在一九九四年十一月你倒下的那天，他現在已經知道你，並將生活在你帶來的和平中。我們全家感激你……

事件發生的那年我還不知道你倒下的意義，但這幾年我明白了。這個國家需要你……

生在你這樣偉大的人物身旁，居然還有人與愛為敵，向你舉槍，真是可恥……

給和平一個機會吧……

世界不會忘記……

妻子說，我們也寫吧，儘管明天就可能被沖洗掉。

我說對，寫。

於是我找了一個空白處，用大大的中文字寫了三遍「和平」，然後簽名，再用英文註明，我們來自中國。

在充滿戰爭狂熱的土地上，真正的英雄並不坐在坦克裡，也不捧著炸藥躲在街角，而是那些冒死呼喚和平的人。

一九九九年十月二十八日，以色列特拉維夫，夜宿Mercure旅館。

交纏的聖地

又回到了耶路撒冷。

一腳踏進舊城，濃濃的一個中世紀。

陰暗恐怖的城門，開啟出無數巷道，狹小擁擠，小鋪如麻。所有的人都被警告要密切注意安全，使我們對每一個彎曲、每一扇小門都心存疑懼。

腳下的路石經過千年磨礪，溜滑而又不平，四周瀰漫的氣味，彷彿來自悠遠的洞窟。

不知走了多久，突然一片敞亮。眼前一個廣場，廣場那端便是著名的哭牆（Wailing Wall），猶太教的最高聖地。

這堵牆曾是猶太王國第二聖殿圍牆的一部分，羅馬人在毀城之時為了保存證據，故意留下。以後千年流落的猶太人一想到這堵牆，就悲憤難言。直到現代戰爭中，猶太士兵抵達這堵牆時仍然是號啕一片，我見過那些感人的照片。

靠近哭牆，男女必須分於兩端，中間有柵欄隔開。

在牆跟前，無數的猶太人以頭抵著牆石，左手握經書，右手捫胸口，誦經祈禱，身子微微擺動。念完一段，便用嘴親吻牆石，然後向石縫裡塞進一張早就寫好的小紙條。紙條上寫什麼，別人不會知道，猶太人說這是寄給上帝的密信。於是我也學著他們，在祈禱之後寄了一封。

背後有歌聲，扭頭一看，是猶太人在給男孩子做「成人禮」，調子已經比較歡悅。於是，哭聲、歌聲、誦經聲、歎息聲全都匯於牆下，一個民族在這裡傾吐一種壓抑千年的心情。

哭牆的右側有一條上坡路，剛攀登幾步就見到了金光閃閃的巨大圓頂，這是伊斯蘭教的聖地，叫金頂岩石清真寺，也簡稱為岩石圓頂（Dome of Rock）。它的對面，還有一座銀頂清真寺。兩寺均建於西元七世紀阿拉伯軍隊征服耶路撒冷之後。

我們在金頂岩石清真寺門口脫下鞋子，恭恭敬敬地赤腳進入。只見巨大的頂穹華美精緻、金碧輝煌，地上鋪著厚厚的毛毯。

中間一個深褐色的圍欄很高，踮腳一看，圍的是一塊灰白色的巨石。相傳，伊斯蘭教的創始人穆罕默德由此升天。

巨石下有一個洞窟，有樓梯可下，虔誠的穆斯林在裡邊禮拜。

伊斯蘭教對耶路撒冷十分重視，有一個時期這是他們每天禮拜的方向。直到現在，這裡仍然是除麥加和麥迪那之外的另一個重要聖地。走出金頂岩石清真寺我環顧四周，發覺伊斯蘭教的這個聖地，開闊、高爽、明朗，在全城之中得天獨厚，猶太教的哭牆只在它的腳下。

兩個宗教聖地正緊緊地交纏著，第三個宗教——基督教的聖地也盤旋出來了。盤旋的方式是一條曲曲

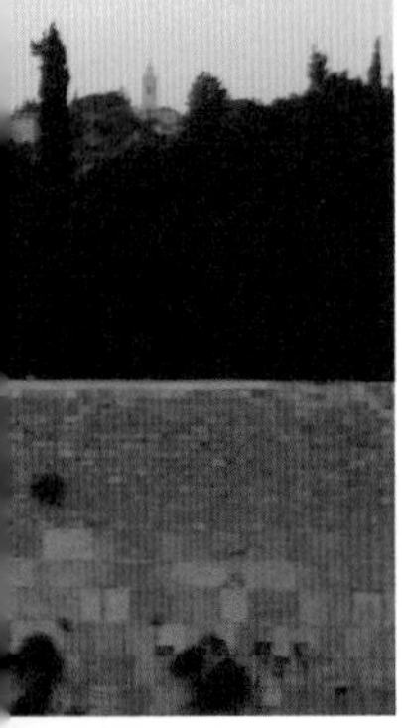

折折的小路，相傳耶穌被當局處死之前，曾背著十字架在這條路上遊街示眾。

目前正在特拉維夫大學攻讀博士學位的中國留學生荊傑先生熟悉這條路，熱情地帶領我們走了一遍。

先是耶穌被鞭打並被戴上荊冠的地方，然後是他背負十字架遊街時幾次跌倒的處所，每處都有紀念標記。相傳在他遊街的半道上曾在一個小街口遇到母親瑪麗亞，現在這個小街口有一個浮雕，浮雕中兩人的眼神坦然而悲愴，凝然直視，讓人感動。

最後，到了一個山坡，當年的刑場。從西元四世紀開始，這裡建造了一個聖墓教堂。教堂入口處有一方耶穌的停屍石，赭白相間，被後人撫摸得如同檀木。兩位年老的婦女跪在那裡飲泣，很多來自世界各地的朝聖者也都跪在兩旁。

基督教把這條長長的小路稱作悲哀之路（Via Dolorosa），也簡稱苦路。這條路在經歷那麼漫長的歷史之後仍然不加任何現代修飾，老模老樣地讓人走一走，想一想。它平靜而又強烈地告訴我們：無罪的耶

穌被有罪的人們宣判為有罪，他就背起十字架，反替人們贖罪。

那麼，這條路，幾乎成了《聖經》的易讀文本。

任何像樣的宗教在創始之時總有一種清澈的悲劇意識，而在發展過程中又都因為民族問題而歷盡艱辛，承受了巨大的委屈。結果，誰都有千言萬語，誰都又欲哭無聲。

這種宗教悲情有多種走向。取其上者，在人類的意義上走向崇高；取其下者，在狹窄的意氣中陷於爭鬥。

但是，如果讓狹窄的意氣爭鬥與宗教感情伴隨在一起，事情就嚴重了。宗教感情中必然包含著一種久遠的使命，一種不假思索的奉獻，一種集體投入的犧牲，因此最容易走向極端，無法控制。這就使宗教極端主義比其他種種極端主義都更加危險。從古到今，世界上最難化解的衝突，就是宗教極端主義。

走在耶路撒冷的任何角落我都在想，中華文明的長久延續，正與它拒絕了宗教極端主義有關。中華文明也常常走向極端，但是由於不是宗教極端主義，因此很難持續。

從哭牆攀登到清真寺的坡路上，看到一群阿拉伯女學生，聚集在高處的一個豁口上，俯看著哭牆前的猶太人。她們的眼神中沒有任何仇恨和鄙視，只是一派清純，好奇地想著什麼。她們發覺背後有人，驚恐回頭，怕受到長輩的指責，或受到猶太人的阻止。但看到的是一群中國人，她們放心地笑了。

一九九九年十月二十九日，耶路撒冷，夜宿Renaissance旅館。

警惕玩弄歷史的人

今天去加薩地帶。

這是目前世界上最敏感的地區，一到關口，就感到氣氛比約旦河西岸和戈蘭高地還要緊張。

迎面是一個架勢很大的藍灰色關卡，以色列士兵荷槍實彈地站了三個層次。頭頂崗樓上的機槍，正對準路口。遠遠望進去，經過一個隔離空間，前面便是巴勒斯坦的關卡。

這裡要查驗護照，但誰都知道，護照上一旦出現了以色列的簽證，以後再要進阿拉伯的其他國家就困難了。因此，前幾天從埃及進關的時候用的是集體臨時簽證，但那份簽證今天並沒有帶在身邊。於是，我們這幫人究竟是怎麼進入以色列的，都成了疑問。更麻煩的是，幾輛吉普車無牌照行駛的問題，在這裡也混不過去了。

有一輛警車朝我們的車隊駛來，警車上坐著一位胖胖的以色列警官，看派頭，級別不低。他不下車，只是用沉悶的男低音調侃我們：「你們，居然連什麼文件也沒有？沒有簽證，沒有車牌，沒有通行許可？」

他大概從來沒有遇到過這樣的車隊，聳聳肩，不再說什麼，只讓我們自己得出結論。

想不出別的辦法，只能打電話找中國駐巴勒斯坦辦事處。不多久，常毅參贊和他的夫人潘德琴女士就開著車來到了關口。幾經交涉，以色列警官終於同意我們幾個人坐著辦事處的外交公務車進去。

車子駛過巴勒斯坦關口，倒不必再停下檢查。我們向憨厚的士兵們招了招手，他們咧嘴一笑，就過去了。

加薩地區的景象，與傑里科差不多。我們先到一個難民營，難民主要是一九六七年戰爭中失去家園的各地阿拉伯人。由於已經過了三十多年，現在也已形成了一個社區。滿眼是無數赤著腳向我奔來的孩子，按阿拉伯人的生育慣例，逃難過來的已是他們祖父一代了。

生活一看就知道非常貧困。但巴勒斯坦電視台的朋友用宣傳的口氣說，與三十年前相比，已經發生很大變化。

我問，這麼大的難民區是由什麼樣的機構管理的？

他們說，是居民委員會。

我再問，居民委員會上面是什麼機構？

他們指了指街口說：他。

我一看街口，是阿拉法特的巨幅畫像。

加薩地區被以色列包圍著，阿拉伯人進出很不容易；但在以色列看來，他們整個國家都被阿拉伯世界包圍著。既然這樣，有一群固執的猶太人乾脆住進了加薩地區，決不搬走。

這就構成了一圈又一圈的包圍網：你包圍我，我包圍你，你深入我，我深入你，你中有我，我中有你。分不斷，離不開，扯不清。

雙方都有一筆冤屈賬，互相都有幾把殺手鐧。就像兩位搬不了家的鄰居，把傷疤結在一起了。

很想去看看加薩境內的猶太人居住點。這樣的居住點，像嵌在敵方肌體上的一枚枚釘子，追求的是一種政治上的象徵意義。對方當然也不會讓這些釘子好過，歷來衝突不斷，結果全都成了「前線」。我們過去一看，發現有鐵絲網、崗樓、探照燈包圍著。我們想走近一點，阿拉伯朋友說，這已經是最近了，再近他們就會射擊。其實，每一個定居點裡只住了十幾個猶太人，保衛的軍警數量與他們差不多。

我站在路邊看著這一圈圈互相包圍的網，覺得這是人類困境的縮影。從宏觀上說，這是歷史上所有悲劇中最大的悲劇。

事情開始時可能各有是非，時間一長早已煙霧茫茫。如果請一些外來的調解者來裁判歷史曲直，其實也非常冒險，因為這樣反而會使雙方建立起自己的訴說系統，倒把本該遺忘的恩怨重新強化了。

我在這裡，與以色列和巴勒斯坦兩方的朋友都作了深入的交談，產生了一個簡單的想法：他們都應該多一點遺忘，擱置歷史情緒，用現代政治智慧，設計出解決方案。

記性太好，很是礙事。

歷史有很多層次，有良知的歷史學家要告訴人們的，是真正不該遺忘的那些內容。但在很多時候，歷史也會被人利用，成為混淆主次、增添仇恨的工具，因此應該警惕。特別應該警惕那種煽風點火的「知識分子」，他們貌似充滿激情，其實早已失去良知。

幾個文明古國的現代步履艱難，其中一個原因，是玩弄歷史的人太多。

歷史只有從細密的皺紋裡擺脫出來，才能回復自己剛健的輪廓。

為了加深對這一個問題的思考，決定明天去參觀城西的大屠殺紀念館。那裡，供奉著全人類共同確認的一些原則，可以讓我們明白，歷史的哪些部位才不該遺忘。

一九九九年十月三十日，以色列加薩地區，夜宿耶路撒冷Renaissance旅館。

尋找底線

大屠殺紀念館坐落在耶路撒冷城西的赫哲山旁，紀念第二次世界大戰期間被德國納粹屠殺的六百萬猶太人。

進入主廳，每個男人都要從一位老漢手中接過一頂黑色小紙帽戴上。主廳黝暗，像一個巨大的洞窟。屋頂有一扇窗，一束光亮進入，直照地下一座長明火炬。火焰燃得寧靜，邊上鐫刻著那些「現代地獄」的地名。

中間有一個小小的講台。每年五月的一天，以色列的總統和總理都會站到這裡。全城汽笛長鳴，各行各業立即停止一切工作，悼念兩分鐘。

離開主廳時，我把黑紙帽還給門口的老漢，說聲謝謝，老漢點一點頭，用渾濁的眼睛看著我，然後指了指東邊。東邊，我沒有料到，會有一個讓我淚流不止的所在。

那是一座原石結構的建築，門口用英文寫著：亞伯拉罕先生和他的妻子伊蒂塔，建造此館紀念他們的兒子尤賽爾（Uziel），尤賽爾一九四四年在奧斯維辛被殺害。

但是，這並不僅僅是一個私人的紀念，因為緊接著還有一行觸目驚心的字：紀念被納粹殺害的一百五十萬名猶太兒童。

進入這個紀念館要經過一條向下延伸的原石甬道，就像進入最尊貴的法老的墓道。所有的人都低著頭沉重地往前走，一拐彎，就看到甬道盡頭一幅真人大小的浮雕。是一張極其天真愉快的兒童的臉，年齡在三、四歲之間，浮雕下寫著他的名字：尤賽爾。

年邁的父母在自己死亡前做了一件最有重量的事情：用這麼多石頭留住了兒子的笑臉。

從尤賽爾的浮雕像再向裡一轉，我肯定，所有的人都會像釘子一樣釘在地上動彈不得。因為在眼前一片漆黑的背景中，出現了各種各樣的兒童笑容。男孩，女孩，微笑的，大笑的，裝大人樣的，撒嬌的，調皮的都有。短髮似乎在笑聲中抖動，機靈全都在眼角中閃出。但他們，全被殺害了！

這些從遺物中找到的照片，不是用憤怒，不是用呼喊，而是用笑容面對你，你只能用淚眼凝視，一動不動，連拿手帕的動作都覺得是多餘。

我不敢看周圍，但已經感覺到，右邊的老人已哽咽得喘不過氣來，左邊一個年輕的妻子一頭紮在丈夫懷裡，丈夫一隻手擦著自己的眼淚，一隻手

慰撫著她的頭髮。

大家終於挪步，進入一個夜空般的大廳。上下左右全是曲折的鏡面結構，照得人就像置身太虛。不知哪裡燃了幾排蠟燭，幾經折射變成了沒有止境的燭海，沉重的夜幕又讓燭海近似於星海，只不過每顆星星都是撲撲騰騰的小火苗。

這些小火苗都是那些孩子吧？耳邊傳來極輕的男低音，含糊而殷切，是父親們在囑咐孩子，還是歷史老人在悲愴地嘟噥？

走出這座紀念館的每個人，眼睛都是紅的。大家不再說話，慢慢走，終於走到了一座紀念碑跟前。內弧形的三面體直插雲霄，它紀念的是一切在反抗法西斯的鬥爭中犧牲的英雄，沒有國界，不分民族。

法西斯摧殘的不僅僅是某個民族，而是全人類，所以全人類站到了同一條戰線。不遠處的牆角裡放著一條小木船，旁邊掛了一個說明，原來這條小木船是荷蘭的反抗者組織在那最險惡的年月每天深夜用來偷渡猶太人的，一條船至多能坐三個人，加上另外幾條，居然解救出七千多人。怪不得紀念館周圍的花壇、草坪上刻有大量感謝牌，感謝當年解救過猶太人的各國人民和各種組織。每個感謝牌邊還種一棵樹，如今已濃蔭蔽天。

我很看重耶路撒冷有這樣一座紀念館。由於有它存在，這些天不斷看到的各種宗教糾紛和民族衝突，碰到了一條劃分大善大惡的底線。有了底線，也就有了共同語言。

一九九九年十月三十日，耶路撒冷，夜宿Renaissance旅館。

我們不哭

在耶路撒冷的哭牆前，巧遇幾個來以色列學習沙漠滴灌種植的中國農民企業家。他們認出了我，對我說：猶太人在哭牆前都眼淚汪汪，我們中國人見到萬里長城卻很少流淚，是不是我們的民族感情不如別人？

我說：不。

他們奇怪地看著我。

我說：猶太人失去國土兩千年，見到一堵殘留的老牆當然要哭，但中國人從來沒有失去過國土。泱泱大國使我從容，茫茫空間讓我放鬆。因此，見到長城，我們不哭。

一個民族的集體心態，是由環境和經歷塑造成的。對此，誰也沒自豪或自卑的理由。但是，對於那些比較陌生的集體心態，我們卻有一份體諒的責任，看看有沒有可能從遠處提出一點建議。

我在耶路撒冷的街道間走走停停，踩踏著它的每一縷神聖和仇恨。心裡一直在問，它該從哪裡走出困境？

這個問題很尖銳。眼前，考古挖掘還在大規模地進行。我到考古現場一看大吃一驚，一座城門底下還壓著一座城門，原來每次毀城都是一種掩埋，以後的重建都是層層疊加。那麼，一個個「聖殿」挖掘出來，測定的年代都會令人咋舌，會不會給現實的紛爭又帶來新的依據？

在我看來，一切古蹟只有在消除了火氣之後才有價值。如果每一個古蹟都虎虎有生氣地證明著什麼、表白著什麼，實在讓今天的世界受不了。

妻子在旁邊說：「耶路撒冷最好成為一個博物館。」

耶路撒冷太大，不可能整個成為一個博物館，但它的種種遺址、古蹟、聖蹟，卻有必要降低對峙意涵，提升文化意蘊，使人們能夠愉快欣賞。這種說法好像很不切實際，但想來想去，沒有更好的路。

在這一點上，我突然懷念起佛羅倫斯。在那裡，當人們不再癡迷戰火，許多宗教題材也就經由一代藝術大師的創造，變成了全人類共用的藝術經典。從此，其他重量不再重要。

把歷史消融於藝術，把宗教消融於美學。這種景象，我在羅馬、梵蒂崗、巴黎還一再看到。由藝術和美學引路，千年歲月也就化作了人性結構。

如果耶路撒冷也出現了這個走向，那麼，猶太朋友和阿拉伯朋友的心情，也會變得更加輕鬆、健康、美好。

一九九九年十一月二日，耶路撒冷，夜宿Renaissance旅館。

約旦

幽默的笑意

一條大河居然能從沙漠穿過，這無疑是一個壯舉，但也遲早會帶來麻煩。它帶給大地的綠色太狹窄了，因此，對它的爭奪一定遠遠超過它能提供的能量。我說的是約旦河。

今天我們離開以色列去約旦，先是在約旦河西岸向北行進，過關後則在約旦河東岸向南行進，把整個河谷看了個遍。那麼多崗樓的槍眼，逼視著幾乎乾涸的河水，想想人類也真是可憐。與幾千年前文明初創時完全是同一個主題，只不過那個時候河水遠比現在旺盛，爭奪也沒有現在這麼激烈。現在，逼視著它的槍眼背後，還躲藏著全世界的眼睛。

過關很慢，六個小時，這是預料中的。以色列一方的關口，乾乾淨淨地設置了很多垃圾箱，每隔二十分鐘，便有幾個女員警出來，逡巡在垃圾箱間，以極快的速度逐一翻看一遍，她們是在提防定時炸彈。

約旦一方的關口，也乾乾淨淨，卻沒有一個垃圾箱，丟垃圾要進入他們的辦公室，在眾目睽睽之下塞進一個口子很小的金屬筒裡，也是在提防定時炸彈。

約旦也是沙漠之國，百分之八十是不毛之地。有時，我們在路邊見到一叢綠草便會疼惜萬分地停步俯下身去，爭論著它屬於哪個種類，卻沒有人敢拔下一根來細看，因為它活得很不容易。

我們站起身來搓搓手，自責身為大河文化的子民，平日太不知愛惜。不知愛惜那清晨迷濛於江面的濃霧，不知愛惜那傍晚搖曳於秋風的蘆葦。

沿約旦河東岸南行，開始一段還能看到河谷地區的一些農村，不久就盤上了高山。但那些山全是沙山、石山，看不到什麼泥土。當地人仍然想方設法，見縫插針，種了不少容易存活的樹。偶爾也見到一些小鎮和村落，看起來好像比埃及和巴勒斯坦看到的稍稍整齊一點。

托爾斯泰說，幸福的家庭都很相像，不幸的家庭各有不同。這個原則不適合沿途各國的景象。我們看到的是：所有的貧困都大同小異，一踏進富庶則五花八門。這不奇怪，貧困因為失去了多種選擇的可能才真正變得不幸，所以必然單調劃一；而所謂幸福也就是擁有了自由選擇的權利，因此各有不同。

我想，約旦是沒有多少選擇權利的，一切自然條件明擺著。世間太多不平事，有的國家，你永遠需要仰望，而有的國家，你只能永遠同情。

但是，這番思考很快就停止了，因為眼前的景象越來越讓人吃驚。

應該是快靠近安曼了吧，房屋漸漸多起來，卻有一種不可思議的乾淨。這種乾淨猛一看是指街上沒有垃圾，牆壁尚未破殘，實際上遠遠不止，應該包括全部景物的色調和諧，沿路建築的節奏勻稱。大到整體佈局，小到裝飾細節，彷彿有一雙見過世面的大手打理過，而且，這個過程看來已重複了一段時間。

我敢肯定，一切初來安曼的旅行者都會不相信自己的眼睛。因為不管他們從空中來還是從陸路來，誰也逃不過大片令人絕望的荒漠，怎麼一下子會變得那麼入眼？

我想，一個政治家最令人羨慕的所在，是這種讓所有的外來人大吃一驚的瞬間。我看到了牆上剛剛去世不久的侯賽因（台灣譯胡笙）國王的照片，皺紋細密的眼角中流露出幽默的笑意。這種笑意的內涵，正由靜靜的街道在注釋。

一九九九年十一月三日，約旦安曼，夜宿Arwad旅館。

山洞盛宴

昨天在以色列、約旦邊境苦等時，由於兩國海關都告示嚴禁旅客攜帶任何食品，我們在驕陽、蠅群中饑餓難忍。與約旦海關商量，到他們的職工食堂買了幾個粗麵餅包黃瓜，一人還分不到一個，當然不解決問題。

夜間抵達安曼，只想到任何一個地方去填飽肚子，即便是最粗劣的餐食也不會計較了。對於漫漫沙漠行程，我們首先在飲食上準備好了承受的底線。

但是，車過一條安靜的小街，竟然看到了一盞大紅燈籠，喜融融的紅光分明照著四個篆體漢字：中華餐廳！

當時在我們心中，這真是荒漠甘泉。急匆匆衝進去，見到的幾個服務生都是約旦人，用英語招待，但我們的嗓門引出了廚師，一開口，地道的北京口音。於是，一杯茉莉花茶打頭，然後讓我們瞠目結舌地依次端出了：紅燒大黃魚、乾煸四季豆、蘑菇煨豆腐、青椒炒雞丁！

筷子慌亂過一陣，心情才慌亂起來：這是到了哪裡？我們遇到了誰？難道是基度山伯爵安排的山洞盛宴，故意要讓我們吃驚？舉頭四顧，只見牆上還懸掛著各種中國古典樂器，又有幾幅很大的舊戲照。我和妻子對此很是內行，一看便知是《四郎探母》和《春香鬧學》。演員面相不熟，但功架堪稱一流。

直到上麵條之前，主角出場了。一位非常精神的中國老者，筆挺的身材，黑西裝，紅領帶，南方口音，略帶一點四川腔。按照中國人歷來打招呼的習慣，我們問他是哪裡人。他說，安徽合肥東鄉店埠。妻子撫掌而笑，逗引他說了一通合肥土話。

他叫蒯松茂，七十一歲，曾是臺灣當局駐約旦的上校武官，一九七五年約旦與臺灣斷交，與大陸建交，他就不回臺灣了，留下來開中國餐館，至今已有二十五年。

我問他，像他這樣身份的人為什麼選擇開餐館？他說，既然決定不回去了，總要找一件最適合中國人做的事，做其他事做不過當地人。但真正開起來實在寸步難行，在約旦，哪裡去找做中國菜的原料和作料？

幸好原來使館的一位上海廚師也不走了，幫助他。廚師退休後由徒弟接，現在的幾位廚師都是從大陸招來的。二十五年下來，這家中華餐廳在約旦首屈一指，又在阿聯酋開了一家等級更高的分店，生意都很紅火。連侯賽因國王和王后也到這裡來用餐，滿口稱讚。顧客八成是約旦的阿拉伯人，二成是歐美遊客，中國人極少。

他一邊說，一邊習慣地用餐巾擦拭著盤子，用眼睛餘光注意著每個顧客的具體需要，敏捷地移過去一隻水杯、一瓶胡椒。我問：「這麼晚了，你自己吃過晚飯沒有？」他說：「侍候完你們再吃。」他輕鬆地用了「侍候」兩字，使我們無顏面對他的年齡。但奇怪的是，他的殷勤一點也沒有減損他的派頭。派頭在何處？在形體，在眉眼，在聲調，在用詞，在對一切顧客的尊重。

我又問，在這麼僻遠的地方居住幾十年，思鄉嗎？這是一個有預期答案的問題，但他的答案出乎意料：「不，不太思鄉。對我來說，妻子在哪兒，哪兒就是家；對妻子來說，從小與她相依為命的阿姨在哪兒，哪兒就是家。我們非常具有適應性，又好交朋友，到任何地方都不寂寞。我們天天聞到從中國運來的蔬菜食品的香味，各國客人到我這裡來品嚐中國菜，我是在異國他鄉營造家鄉。」

「怪不得你還搜集了那麼多中國傳統文化的記號。」我指了指滿牆的樂器、戲照說。

「戲照用不著搜集，那是我妻子。」他趕緊說明。

「你太太？」我有點吃驚，「她的表演姿勢非常專業，怎麼會？」

「跟她母親學的。她母親叫姚谷香，藝名姚玉蘭，杜月笙先生的夫人。」

「這麼說，你是杜月笙先生的女婿？」我問，他點頭。

這種發現，如果是在上海、香港、臺北、三藩市，我也就好奇地多問幾句罷了，不會太驚訝，但這兒是沙漠深處的安曼！一個在半個世紀前威震上海、勢蓋中國的幫派領袖，居然在這裡被我找到了他的嫡親後代。於是，不得不冒昧地提出，允不允許我們明天到他家拜訪，看望一下蒯太太？

蒯先生眼睛一亮，說：「這是我的榮幸，我太太一定比我更高興。只是家裡太淩亂、太簡陋了，怕怠慢。」

一九九九年十一月四日，約旦安曼。夜宿Arwad旅館。

把傷痕當酒窩

在安曼串門訪友，路名和門牌號都沒有用，誰也不記，只記得哪個社區、一什麼樣的房子。要寄信，就寄郵政信箱。這種隨意狀態，與阿拉伯人的性格有關。

但這樣一來，我們要去訪問蒯先生家，只能請他自己過來帶路了。他家在安曼三圓環的使館區，汽車上坡、下坡繞了很多彎，蒯先生說聲「到了」，我和陳魯豫剛下車，就看到一位紅衣女子迎過來。她就是蒯太太，本名杜美如，誰也無法想像她已經七十一歲高齡。

他們住在二層樓的一套老式公寓裡，確實非常樸素，就像任何地方依舊在外忙碌的中國老人的住所。但抬頭一看，到處懸掛著的書畫都是大家名作。會客室裡已安排了好幾盤糕點，而斟出來的卻是阿拉伯茶。

杜美如女士熱情健談，陳魯豫叫她一聲阿姨，她一高興，話匣子就關不住了。她在上海出生，到二十歲才離開，我問她住在上海杜家哪一處房子裡，她取出一張照片仔細指點，我一看，是現在上海錦江飯店貴賓樓第七層靠東邊的那一套。正好陳魯豫也出生在上海，於是三人交談中就夾雜著大量上海話。我們感興趣的，當然是早年她與父親生活的一些情況。她感興趣的，是五十年不講的上海話今天可以死灰復燃，蔓延半天。

以下是她的一些談話片斷，現在很多不瞭解杜月笙及其時代的讀者很可能完全不懂，但我實在捨不得在地中海與兩河流域之間的沙漠裡，一個中國老婦人有關一個中國舊家庭的絮絮叨叨。

「我母親一九二八年與父親結婚。在結婚前，華格鎳路的杜公館裡，已經有前樓姆媽沈太太、二樓姆媽陳太太、三樓姆媽孫太太，但只有前樓姆媽是正式結婚的，她找到還未結婚的我母親說，二樓、三樓的那兩位一直欺侮她，為了出氣，她要把正式的名分作為一個禮物送給我母親。我母親那麼年輕，又是名角，也講究名分，一九三一年浦東高橋杜家祠堂建成，全市轟動，我母親堅持一個原則，全家女眷拜祖宗時，由她領頭。那年我兩歲，我母親生了四個，我最大，到臺灣後，蔣家只承認杜家我們這一房。

「父親很嚴厲，我們小孩見他也要預約批准。見了面主要問讀書，然後給五十塊老法幣。所以在我心目中他很抽象，不是父親，父親的教育職能由母親在承擔，而母親的撫育職能則由阿姨在承擔。後來到了中學，家裡如果來了外國客人，父親也會讓我出來用英語致歡迎詞。有時我在課堂上突然被叫走，是家裡來了貴客，父親要我去陪貴客的女兒。母親一再對我說，千萬不要倚仗父親的名字，除了一個杜字，別的都沒有太大關係，要不然以後怎麼過日子？這話對我一輩子影響很大，我後來一再逃難、漂泊，即使做乞丐也挺得過去。

「父親越到後來越繁忙，每天要見很多很多客人。一九四九年五月十九日才急匆匆從上海坐船去香港，在船上已經可以看到解放軍的行動。他還仔細地看了看黃浦江岸邊的一家紡織廠，他母親年輕時曾在那裡做工。在香港他身體一直不好，因嚴重氣喘需要輸氧，但又不肯戴面罩，由我們舉著氧氣管朝他噴。母親問他現在最希望的事是什麼，他說希望阿冬過來說話。阿冬就是孟小冬，母親就答應了。父親要與孟小冬結婚，問我的想法，我說做女兒的是晚輩，管不著。後來他就與孟小冬結婚了。父親去世後孟小冬只分到兩萬美元，孟小冬說，這怎麼夠……」

這種談話，就像進入了一個廊廡深幽的迷宮，處處有故事，步步有典故，越說越有勁頭，越聽越有味道。但是，當我端起阿拉伯茶喝一口的時候，會猛然一醒，這是在哪兒？這樣的故事怎麼會流落到這麼遙遠的角落？但故事的講述者，卻是真正的主角。這種時空差異讓我覺得不可思議，但是事實就是這麼奇異地安排著。

我看了一眼陳魯豫，心想這麼年輕的她，居然成了這陌生天地中的陌生傾聽者。

陳魯豫以為我也嫌長了，便打斷說，我們談點愉快的吧，譬如，你們兩人是怎麼認識的？

這下兩位老人都笑了，還是杜美如女士在說：「那是一九五五年吧，已經到了該結婚的年齡，我們幾個在臺灣的上海籍女孩子到南部嘉義玩，參加了一個舞會，見到了他。但我是近視眼，又不敢戴眼鏡，看不清。只聽一位女伴悄悄告訴我，那位白臉最好。她又幫我去拉，一把拉錯了，拉來一位正在跟自己太太跳舞的男人……當然我最後還是認識這位白臉了，見了幾次面，他壯著膽到我母親那裡準備提婚。正支支吾吾，沒想到母親先開口，說看中了就結婚，別談戀愛了。原來她暗地裡做了調查……」

蒯先生終於插了一句話：「我太太最大的優點，是能適應一切不好的處境，包括適應我。」

「是啊，」杜女士笑道，「我遭遇過一次重大車禍，骨頭斷了，多處流血，但最後發現，臉上受傷的地方成了一個大酒窩！」我一看，果然，這個「酒窩」不太自然地在她爽朗的笑聲中抖動。

她五十多年沒回上海了，目前也沒有回去的計畫。不回去的原因，卻是用地道的上海話說出來的：「住勒此地勿厭氣。」「厭氣」二字，很難翻譯。

她說，心中只剩下了兩件事。一是夫妻倆都已年逾古稀，中華餐館交給誰？他們的兒女對此完全沒有興趣；二是只想為兒子找一個中國妻子，最好是上海的，卻不知從何選擇。她把第二件事，鄭重地託付給我。

我看著這對突然嚴肅起來的老夫妻，心想，他們其實也有很多煩心事，只不過長期奉行了一條原則：把一切傷痕都當作酒窩。

祝他們長壽，也祝約旦的中華餐廳能夠多開幾年。

一九九九年十一月五日，安曼，夜宿Arwad旅館。

文字外的文明

從安曼向南走，二百公里都是枯燥的沙地和沙丘，令人厭倦。突然，遠處有一種紫褐色的巨大怪物，像是一團團向天沸騰的湧泉，滾滾蒸氣還在上面繚繞。但這只是比喻，湧泉早已凝固，成了山脈，繚繞的蒸氣是山頂雲彩。人們說，這就是佩特拉（Petra）。

十九世紀，一位研究阿拉伯文明的瑞士學者從古書上看到，在這遼闊的沙漠裡有一座「玫瑰色的城堡」。他想，這座城堡應該有一些遺跡吧，哪怕是一些玫瑰色的碎石？他經過整整九年的尋找，發現了這個地方。

山口有一道裂縫，深不見底。一步踏入，只見兩邊的峭壁齊齊地讓開七八米左右，形成一條彎曲而又平整的甬道。

高處窄窄的天，腳下窄窄的道，形成兩條平行線。兩邊緊貼的峭壁，有的做刀切狀，有的做淋掛狀，全部都是玫瑰紅。中間攙一些赭色的紋、白色的波，一路明豔，一路喜氣，款款曼曼地舒展進去。

甬道的終點，是鑿在崖壁上的一座羅馬式宮殿。這座宮殿，出現在這個地方，幾乎每個旅行者都會踽然停步，驚叫一聲。底層十餘米高的六個圓柱，幾乎沒有任何缺損。進入門廳，有台階通達正門，兩邊又有側門，門框門楣的雕刻也十分完好。

門廳兩邊是高大的騎士浮雕，人和馬都呈現為一種簡練飽滿的寫意風格。二層是三組高大的亭柱雕刻，中間一組為圓形，共有九尊羅馬式神像浮雕。

宮殿的整體風格是精緻、高雅、堂皇，集中了歐洲貴族的審美追求，而二層的圓形亭柱和一層的寫意浮雕又有鮮明的東方風格。

這座宮殿，你甚至不願意把它當作遺跡。它的齊整程度，就像現代剛剛建成的一座古典建築。但現代哪有這般奢侈，敢用一色玫瑰紅的原石築造宮殿，而且是鑿山而建！

這座宮殿被稱之為「法老寶庫」。再走一

段路，還能看到一座完好的羅馬競技場，所有的觀眾席都是鑿山而成，環抱成精確的半圓形。競技場對面，是大量華貴的歐洲氣派的皇家陵墓。此外，玫瑰色的山崖間洞窟處處，每一個洞窟都有精美設計。

站在底下舉頭四顧，立即就能得出結論，這是一個夢幻般的城廓所在。這個城廓被崇山包裹，只有一兩條山縫隱秘相通。這裡乾燥、通風，又有泉眼，我想古代任何一個部落只要一腳踏入，都會把這裡當作最安全舒適的城寨。

佩特拉如此美麗神奇，卻缺少文字。也許，該有的文字還在哪個沒被發現的石窟中藏著。因此，我們對它的歷史，也只能猜測和想像。

一般認為，它大約是西元前五世紀以後那巴特人（Nabataean）的庇護地，他們是遊牧的阿拉伯人中的一支，從北方過來，在這裡建立了厄多姆王國。因此這個隱蔽的地方也曾熱鬧非凡，過往客商爭相在曲折的甬道進進出出，把它當作驛站。西元前一世紀，這兒的繁榮遠近聞名。西元一〇六年，它進入羅馬人的勢力範圍，因此打上了深深的羅馬印記。

但是，大約到西元三世紀，它漸漸變得冷清；到西元七世紀，它幾乎已經死寂。究其原因，一說是過往客商已經開闢新路，此處不再成為交通驛站；二說是遇到兩次地震，滾滾下傾的山石使人們不敢再在這裡居住。

總之，它徹底地逃離了文明的視線。差不多有一千年時間，精美絕倫的玫瑰紅宮殿和羅馬競技場不再有人記得。但是，它們都還完好無損地存在著，只與清風明月為伴。

只有一些遊牧四處的貝都因人（Bedouins）在這裡棲息，我不知道他們面對這些壯麗遺跡時作何感想。他們的後代也許以為，天地間本來就應該有這麼華美的廳堂玉階，供他們住宿。那麼，他們如果不小心遊牧到巴黎，也會發出「不過爾爾」之歎。

站在佩特拉的山谷中我一直在想：我們一路探訪的，大多是名垂史冊的顯形文明，而佩特拉卻提供了另一種讓歷史學家張口結舌的文明形態。這樣的形態，在人類發展史上應該比顯形文明更多吧？

知道有王國存在過，卻完全不知道存在的時間和原因，更不知道統治者的姓名和履歷；估計發生過戰爭，卻連雙方的歸屬和勝敗也一無所知；目睹有精美建築，卻無法判斷它們的主人和用途……

人們對文明史的認識，大多停留在文字記載上。這也難怪，因為人們認知各種複雜現象時總會有一種簡單化、明確化的欲望，尤其在課堂和課本中更是這樣。所以，取消弱勢文明、異態文明、隱蔽文明，幾乎成了一種普遍的社會心理習慣。這種心理習慣的惡果，就是用幾個既定的概念，對古今文明現象定框劃線、削足適履，傷害了文明生態的多元性和天然性。

為了追求有序而走向無序，為了規整文明而損傷文明，這是我們常見的惡果。更常見的是，很多人文學科一直在為這種惡果推波助瀾。

佩特拉以它驚人的美麗，對此提出了否定。它說，人類有比常識更長的歷史、更多的活法、更險惡的遭遇、更寂寞的輝煌。

一九九九年十一月六日，約旦佩特拉，夜宿Silk Road旅館。

告別妻子

在佩特拉，我們這個隊伍要有一次人員輪換，有一半人要從這裡直接去安曼機場回國，接替人員昨天已經來到。我妻子也要在今天離開。

行程太長，分批輪換是必須的。更何況，往前走就要進入伊拉克，一個更險峻的階段就要開始了，這裡應該劃一個段落。我妻子當初同意我參加這次歷險，有一個條件，那就是在最危險地段讓她陪著我。但這事我預先與王紀言台長有一個偷偷的約定，那就是到了真正危險的地段就讓她離開，她並不知道。

本來伊拉克就一直不批准我們進去，因為他們嚴厲禁止去過以色列的人進入，如果有誰膽敢破例，多半會被關進監獄。幸好我們這裡遇到一位旅遊公司的老先生，答應我們向他支付較高的費用後，利用他的私人關係走通伊拉克駐約旦大使館。只不過我們必須在一切行李物品上撕去希伯來文的標記，簽證時只說去過埃及和約旦。當然，如果遇到麻煩，全由我們自己承受，他完全不負責任。

如果能夠通過老先生把手續辦下來，我們面臨的是一段極艱苦的行程。第一天的駕駛距離就是一千二百公里，大概要連續不休息地行駛二十個小時，中間沒有任何落腳地。老先生警告說，巴格達食品嚴重匱乏，除了勉強在旅館包餐，不要指望在大街上購買到食品。伊拉克之後的行程，更是險情重重。

我們正在佩特拉崎嶇的山道口討論著行程，突然一輛吉普車駛來，說由於種種原因，告別的時間提前，要離開的幾位現在就去機場。

告別是一件讓人脆弱的事情。原來說說笑笑遮蓋著，突然提前幾個小時，加上告別的地方不是機場或旅館門口，而是在探訪現場，立即感受到一種被活生生拉扯開來的疼痛。妻子一下子淚流滿面，幾個要離開的大漢都泣不成聲，引得大家都受不住。

我理解妻子的心情，她實在不放心我走伊拉克、伊朗、巴基斯坦、印度、尼泊爾這充滿未知的艱險長途，這幾天來一直在一遍遍收拾行李，一次次細細叮囑。她很想繼續陪著我，但不知如何向香港總部爭取。而且她已經發現，在這樣的路上遇到艱險，妻子的照顧不解決問題。

其實她流淚還有更深的原因。這次她從開羅、盧克索、西奈沙漠、耶路撒冷、巴勒斯坦一路過來，一直在與我討論著各種文明的興衰玄機，她心中的文化概念突然變得鴻濛而蒼涼，這與她平時的工作形成巨大的反差。她和我一樣，本來只想與世無爭地做點自己和別人都喜歡的事情，無奈廣大觀眾和讀者的偏愛引發了同行間的無數麻煩。謠言、誹謗、攻擊接連不斷，幾乎已經無法繼續工作。我們都想在新世紀來到之時一躲了之或一走了之，但在異邦文明的廢墟前，心情變得特別複雜。

我們一路上都在其他文明的廢墟上讚揚中華文明，但讚揚幾句就會語塞，因為我們現實的文化處境也應該算是中華文明的一部分。它，怎麼那樣容不下如此熱愛它的我們？從我們小時候開始，一批批打手已經反覆地用「文化」的名義傷害我們的父母，現在又把我們包圍住了，而他們永遠是「正義」，永遠代表「官方」和「民眾」，永遠不必支付傷害他人的代價。她先回去，遇到的也是這個環境。為此，她寧肯讓我在國外多停留一陣。

載著妻子離開的車子走遠了。我們還要用車輪一步步度量人類古文明的傷心地，然後才能回國。不管回國會遇到什麼，那畢竟是我們的祖國。

我正在出神，山道口出現了一個中國女子。她和她的挪威丈夫在一起，一見到這隊印著中國字的吉普，立即走了過來。當她知道，我們將橫穿幾個文明古國，一路返回中國，眼圈就紅了，轉身與丈夫耳語一陣，便對我們說：「我們想開著車跟著你們，一起走完以後的路程，有可能嗎？」回答說不可能，她便悻悻離去了。

這時，我突然想對已經遠去的妻子說，我們還是不要太在意。來自狹隘空間的騷擾，不應該只在狹隘空間裡面對。我們的遭遇也許只是屬於轉型期的一種奇特生態，需要在更大的時空中開釋和舒展。

我們早就約定，二十一世紀要有一種新的活法。但是，不管我們的名字最終失蹤於何處，我們心中有關中華文明的宏大感受，卻不會遺落。

在佩特拉山口我站了很久，看著遠處的煙塵和雲天，心中默念著一句告別時怎麼也不敢說出口的話：妻子，但願我們此生還能見面。

一九九九年十一月七日，約旦佩特拉。夜宿Silk Road旅館。

人生的最後智慧

本來，現代政治人物不是我這次尋訪的對象，但到約旦之後，覺得需要破例了。

幾乎所有的人都用最虔誠的語言在懷念他。我們隊伍裡有一位小姐，在一家禮品商店買了一枚他的像章別在胸前，只想作一個小小的紀念，沒想到被一位保護我們的員警看見。這位高個子的年輕人感動得不知怎麼才好，立即從帽子上取下警徽送給小姐。一是感謝中國小姐尊重他們的偉人，二是要用自己的警徽來保衛國王的像章。

他們說，當國王病危從美國飛回祖國時，醫院門口有幾萬普通群眾在迎接。天正下雨，卻沒有一個人打傘。

他出殯那天，很多國家的領袖紛紛趕來。美國的現任總統和幾任退休總統都來了，病重的葉爾欽也勉力趕來。天又下雨，沒有一個外國元首用傘。

出殯之後，整整四十天舉國哀悼。電視台取消一切節目，全部誦讀《可蘭經》，為他祈禱。

人們尊敬他是有道理的。約旦區區小國，在複雜多變的中東地面，只能在夾縫中求生存。誰的臉色都要看，誰的嗓音都要聽，要硬沒有資本，要軟何以立身，真是千難萬難。

大國有大國的難處，但小國更有太多的旦夕之憂。侯賽因國王明白這一點，多年來運用柔性

的政治手腕，不固執、不偏窄、不極端、不抱團、不膠粘，反應靈敏，處世圓熟，把四周的關係調理得十分勻當。可以說他「長袖善舞」，但人們漸漸看清，他的一切動作真誠地指向和平的進程和人民的安康，因此已成為這個地區的理性平衡器。

這種角色可以做小也可以做大，他憑著自己的教育背景和交際能力，使這種角色一次次走到國際舞台中央。結果，儘管世界各國對這一地區深深皺眉，而他與約旦，反倒成了一條渡橋。這使他由弱小而變得重要，因重要而獲得援助，因援助而變得安全。

我曾兩次登上安曼市中心的古城堡四下鳥瞰，也曾北行到傑拉西（Jerash）去參觀著名的羅馬廣場，知道這個國家在立國之前，一直是外部勢力潮來潮去的通道。山谷間小小的君主，必須練就一身技巧才能勉強地保境安民。侯賽因國王，正是這種方土智慧在現代的集大成者。如果要評選二十世紀以來小國家的大政治家，他一定可以名列前茅。

很早以前我們還不知道約旦在哪裡，卻已經在國際新聞廣播中聽熟了「約旦國王侯賽因」。這個專用名詞幾乎成為一個現代國際關係的術語，含義遠超某一個國家某一個人。這，使我一定要去拜謁他的陵墓。

陵墓在王宮裡邊。但王宮不是古蹟而是真實的元首辦公地，因而要通過層層禁衛。終於到了一堵院牆前，進門見一所白屋，不大，又樸素，覺得不應該是侯賽因陵墓，也許是一個門樓或警衛處？一問，是侯賽因祖父老國王的陵寢。屋內一具白石棺，覆蓋著繡有《可蘭經》字句的布幔，屋角木架上有兩本《可蘭經》，其他什麼也沒有了。躡手躡腳地走出，詢問侯賽因自己的陵墓在哪裡。我是做好了以最虔誠的步履攀援百級台階、以最恭敬的目光面對肅穆儀仗的準備的。

但是，不敢相信的事情發生了——

就在他祖父陵寢的門外空地上，有一方僅僅兩平方米的沙土，圍了一小圈白石，上支一個布篷，沒有任何人看管。領路人說，這就是侯賽因國王的陵寢。

我呆住了，長時間地盯著領路人的眼睛，等待他說剛才是開玩笑。當確知不是玩笑後，又問是不是臨時的，回答又是否定。於是，只得輕步向前。

沙土僅是沙土，一根草也沒有，面積只是一人躺下的尺寸。代替警衛的，是幾根細木條上拉著的一條細繩。最驚人的是沒有墓碑和墓誌銘。整個陵墓不著一字，如同不著一色，不設一階，不築一亭，不守一兵。

我想這件事不能用「艱苦樸素」來解釋。侯賽因國王生前並不拒絕豪華，卻讓生命的終點歸於素淨和清真。我一直認為，如何處理自己的墓葬，體現一代雄主的最後智慧。侯賽因國王沒有放棄這種智慧，用一種清晰而幽默的方式，對自己的信仰作了一個總結。

這次陪我們去的，有一位在約旦大學攻讀伊斯蘭教的中國學生馬學海先生。他說，我們立正，向他祈禱吧。我們就站在那方沙土跟前，兩手在胸口向上端著，聽小馬用阿拉伯文誦讀了《可蘭經》的開端篇。

一九九九年十一月八日，回安曼，仍宿Arwad旅館。

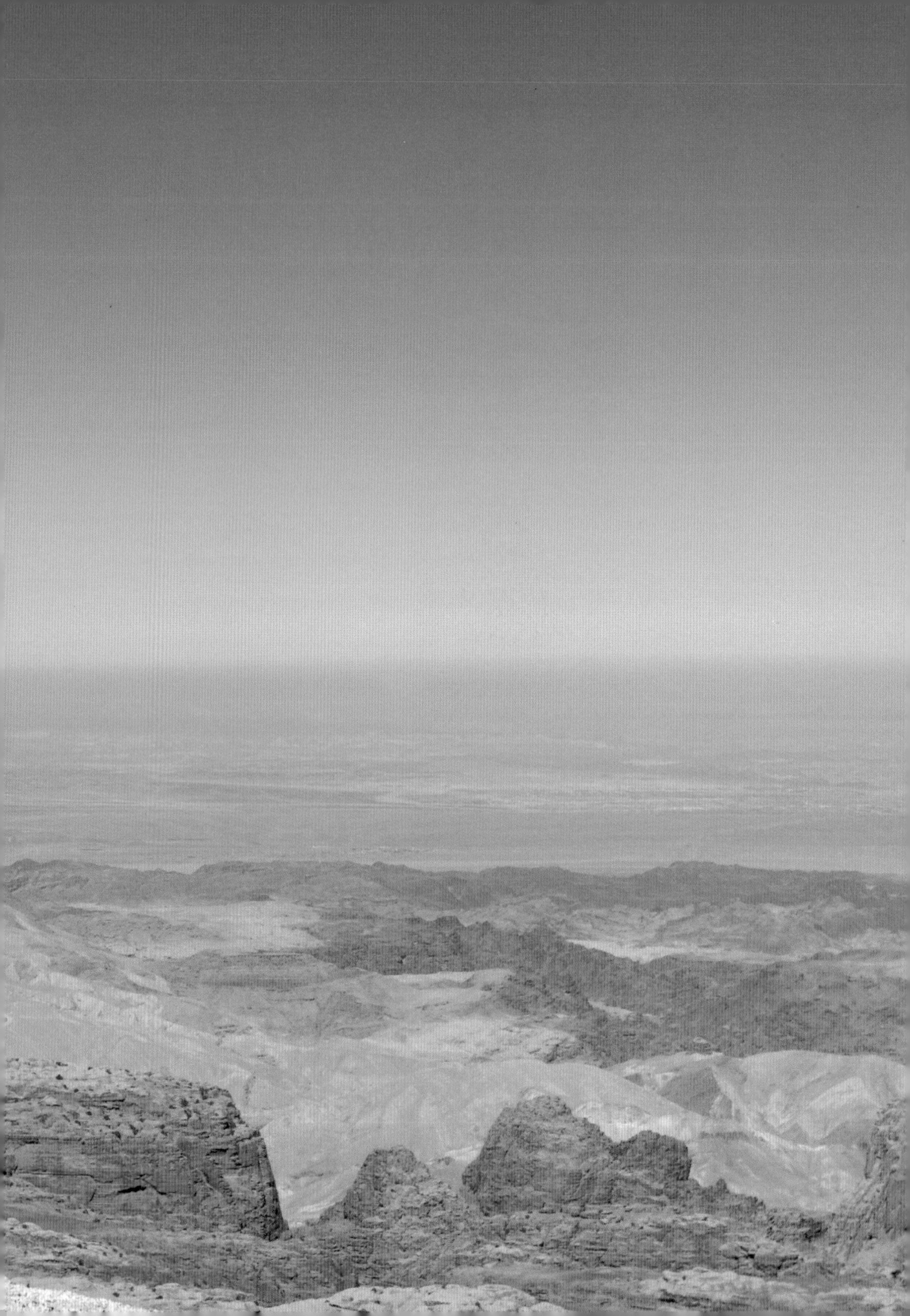

伊拉克

我的大河

終於要進入伊拉克了。

很多讓人驚慌的勸說這幾天不絕於耳，在安曼遇到的一切人，不管是中國人、約旦人還是別的國家的人都反對我們進去。中華餐廳的蒯老先生更是出現了懇求的聲調：「要做文化考察，能不能局勢好一點再過去，啊？」

我們橫下一條心，即使遇到再惱火的事情也不露出絲毫不耐煩的神色。設想著打開每一個箱子，撕破每一個包裝，任何物件都被反覆搓捏，任何細節都被反覆盤問的情景。心想，這是我們自己找來的，忍一忍、熬一熬，始終微笑以對，大概沒有過不去的事。

但是沒有想到，我們遭遇遠遠超過一切預計——暫且按下不表吧，我寫的這個日記在海內外很多報紙同步發表，不能由於我筆下不小心給全隊這些天的活動帶來麻煩，我想廣大讀者是能理解的。

在邊防站的鐵絲網前，我實在看不懂眼下發生的一切，只能抬起頭來看天。今天早晨我們四時出發，在約旦境內看到太陽從沙海裡升起，看著它漸漸輝耀於頭頂，又在我們的百無聊賴中移向西邊，終於，在滿天淒豔的血紅中沉落於沙漠。就在這一刻，我怦然心動，覺得這淒豔的血紅，一定是這片土地最穩固的遺留。

一次次輝煌和一次次敗落，都有這個背景，都有像我一般的荒漠佇立者。他們眼中看到的，是晚霞中的萬千金頂，還是夕陽下的屍橫遍野？

我今天沒有看到這一些，只看到在骯髒和瑣碎中，不把時間當時間，不把尊嚴當尊嚴。想想也是，這片最古老的土地，對於人間尊卑，早已疲鈍得不值一談。

直到黑夜，才勉強同意進關。這時，我們面臨的是六百公里的沙漠，唯一的一條公路就是國際間非常著名的「死亡公路」。不知有多少可怕的車禍在這條公路上發生，不止一國的大使在這裡喪命。我們沒有其他選擇，只能餓著肚子拼命趕路。

沿途除了一個加油站之外，其他什麼也沒有，卻聽說劫匪經常在這一帶出沒。路上有一輛神秘的小車緊隨我們的車隊，我們快它也快，我們慢它也慢，我們故意停在一邊讓它超車它又不超，這在此地實在算是一個險情，不管是警是匪都十分麻煩。但是不知為什麼它始終沒有任何行動，車隊終於在淩晨趕到了巴格達。

這是一個有著寬闊街道的破舊城市。路上沒有人，亮著慘白的路燈，卻沒有從屋子窗口泛出的燈光。也許是因為我們到得太晚，或太早。

就在這種沉寂中，眼前出現了一條灰亮的大河。

自從我們告別尼羅河之後，再也沒有見到如此平靜又充沛的大河。底格里斯河！我們終於醒悟，一切小學地理課本的開頭都是它，全人類文明的母親河。我輕輕叫一聲：您早，我的大河！

我們走那麼遠的路，都在尋找。在西方文明的搖籃希臘，我們看到了希臘受埃及滋養的明顯證據，為此，還特地到了滋養的中轉地克里特島。然後我們追根溯源來到埃及，但在一次次驚歎後也越來越明白，埃及不是起點，滋養埃及的是兩河流域的美索不達米亞（Mesopotamia）文明。美索不達米亞的含義，就是兩河平原。考古學者們一次次發現，對埃及的古代語言追索越早，就越接近於兩河文明。兩河，從西元前一千年再往前推，至少有三千年左右的時間，一直是早期人類文明的一個重心。而且，是重心中的重心。

兩河，底格里斯河和幼發拉底河，如此緊密地靠在一起，幾乎大半個世界都接受過它們的文明浸潤。因此，各種語言都無數遍地重複著這兩個並不太好讀的名字。我現在終於看到了，在一個死寂的淩晨，在一種難以言表的徹骨疲憊中，在完全不知明天遭遇的惶恐裡。

但是，一旦看到，一切都變了。謝謝您，我的大河。

一九九九年十一月九日，伊拉克巴格達，夜宿Dar Al-Salam旅館。

如何下腳

臨時找了一家號稱四星級的旅館住下，但全隊每一個人很快得出了一個共同的結論，這是平生住過的最差旅館，包括尚未改革開放的中國大陸在內。

一個旅館破舊、簡陋、沒有設備，都可忍受，但應該比較乾淨，誰想這個旅館凡是手要接觸的地方都是油膩。束手斂袖不去碰，滿屋又充斥著一種強烈的異味。不是臭，而是一種悶久了的膻味加添了絲絲甜俗而變成的嗆鼻刺激，讓人快速反胃。好在，我們已經十幾個小時沒有任何東西下肚了。我長時間站在僅可一人容身的小窗台上，不敢進屋。

必須搬，但不知道還有沒有稍稍像樣一點的旅館。突然想到，聯合國秘書長安南來伊拉克調解時住的是一家叫拉希德（Rasheed）的旅館，世界各國記者也住在那裡，在國際新聞中經常提起，應該不會太差。於是，我們的車隊好不容易掙脫一雙雙乞討的小手，去尋找拉希德。

果然不壞。但是剛要進大堂，發現門口水磨石地下鑲嵌著一幅美國前總統老布希的彩色漫畫像，下有一行英文字：「布希有罪」。

這幅畫像做得很大，正好撐足一扇門，任何想進門的人都必須從布希先生的臉上踩過，很難避開。我對老布希的印象不錯，前些天還在ＡＢＣ電視中聽他談回憶錄出版和兒子競選。因此，很想躲開他臉部最敏感的部位，小心翼翼從他肩上踩過去。但還是碰到了他的耳朵，真是抱歉。不知安南秘書長經過這裡時，是如何下腳的。

住下了，總要換一些錢，順便打聽一下本地的消費情況，結果令人吃驚。

這兒的貨幣叫第納爾（Dinar），原先一個第納爾可兌換三個多美元，現在官方宣佈的比價也不低，但實際上，已貶值到一千九百第納爾兌換一美元，也就是說，一元人民幣可以換到二百四十個第納爾。

我調查了一下，這兒一個工人的月薪是七百五十第納爾；一個中學教師的月薪是三千第納爾，相當於一個半美元；一個局長的月薪相當於五美元，一個政府部長的月薪相當於十美元。那就是說，除了政府配給的糧食，他們很難到商店裡購買任何東西了。例如，蘋果是一千五百第納爾一公斤，相當於一個中學教師半個月的薪水。中國產的普通鉛筆，每支七百五十第納爾，正好等同一個工人的月薪，而一個中學教師的全部月薪可購買四支，這也是多數兒童失學的重要原因。

更離譜的是，在我們所住的旅館小賣部，不包含郵資的明信片每張一千第納爾，而一本普通的旅遊畫冊居然高達四萬第納爾，等於中學教師全年的薪金。市場，是為外國旅遊者和暴富的走私者開著，但又有多少外國旅遊者呢。

讓我們這個車隊感到興奮的是，汽油的價格低廉得難以置信，只需五十第納爾一公斤，也就是一元人民幣可灌足五公斤，而且是高品質的好油。由此想到，這個國家只要在比較正常的情況下實在沒有理由貧困。我在一本國際地理書籍中讀到過這樣一個斷語：「巴格達，簡直是浮在油海上的一個島。」更何況，兩河流域依然水草豐美，魚肥羊壯。如果說，這點水草曾經大大地潤澤了歷史，那麼，浩瀚的油海能給兩千萬人民帶來何等的富強！

但是，極度輝煌的古代文明和極度優越的自然條件，在這兒全都變成了反面文章。現在，連世界上最貧瘠地區的人們，也在深深同情著這個真正「富得冒油」的地方。

陳魯豫到街上走了大半天，回來告訴我，這兒的人們已經度過了疑問期、憤怒期和抱怨期，似乎一切都已適應，以為人生本該如此。

我自言自語：「不知有沒有思考者？」魯豫說：「大概很少，甚至沒有，這就是為什麼我在街上逗留了不長時間就十分沮喪。」

文明的傳統竟然那樣脆弱，大家似乎成了另一種人，再也變不回去。

城中最高的塔樓上有旋轉餐廳，可吃到底格里斯河的烤魚和烤全羊，擺設也上規格。吃一頓的價格是二十美元，即相當於一個政府部長兩個月的全部薪水。

這座塔樓以薩達姆總統的名字命名，海灣戰爭中被炸毀，立即重新建造，比原來的更高、更豪華。在塔樓旋轉餐廳上往下看，燈光最亮的地方是剛剛落成的又一座總統府。在塔樓底下，有一座巨大的薩達姆全身站立銅像。在他腳邊，是一些爆炸物的殘骸，又夾雜著科威特領導人、柴契爾夫人等等的白鐵鑄像，老布希當然也忝列其中，可惜瑣小得全成了鋪路的渣滓，等待著巨腳的踩踏。

一九九九年十一月十日，伊拉克巴格達，夜宿Rasheed旅館。

一屋悲愴

一直處於戰爭陰雲下的伊拉克，古蹟的保存情況如何？我很想去看一下他們的國家博物館。博物館在地圖上標得很醒目，走去一看，只見兩個持槍士兵把門，門內荒草離離。上前打聽，說是九年來從未開放過。所有展品為防轟炸，都曾經裝箱轉移，現在為了迎接新世紀，準備重新開放，已整理出一個廳。能否讓我們成為首批參觀者，必須等一位負責人到來後再決定。

於是，我們就坐在路邊的石階上耐心等待。

院中前方有一尊塑像，好像是一個歷史人物，但荒草太深我走不過去，只能猜測他也許是漢謨拉比（Hammurape），也許是尼布甲尼撒（Nebuchadnezzar），我想不應該是第三個人。這麼一想，我站起身來，趁著等待的閒暇搜羅一下自己心中有關兩河文明的片斷印象。

現在國際學術界都知道的「楔形文字」，證明早在六千多年前，兩河下游已有令人矚目的古文明。但是，大家在習慣上還是願意再把時間往後推兩千多年，從巴比倫王國說起。

不管怎麼說，兩河文明比中華文明年長很多。太遙遠的事我們也顧不過來了，不如取其一段，把兩河文明精縮為巴比倫文明。

範疇一精縮，我也就有可能捕捉心中對巴比倫文明最粗淺的印象了。約略是三個方面：一部早熟的法典，一種駭人的殘暴，一些奇異的建築。

先說法典。誰都知道我是在說《漢謨拉比法典》。我猜測博物館院子裡雕像的第一人選為漢謨拉比，正是由於他早在四千多年前就制定了這部完整的法典。法典刻在一個扁圓石柱上，現藏法國巴黎羅浮宮。羅浮宮的藏品實在太多，我去兩次都沒有繞到展出法典的大廳。倒是讀過一些法律史方面的學術著述，依稀知道這部法典包含近三百項條款，在階級歧視的前提下制定了「以牙還牙」的同等量復仇法，保障了商業利益和社會福利。重要的是，這個法典還在結語中規定了法律的使命。那就是保證社會安定、政治清明、強不淩弱、各得其所，以正義的名義審判案件，使受害者獲得公正與平靜。想想吧，早在四千多年前就如此明確地觸摸到了人類需要法律的最根本理由，真是令人欽佩和吃驚。聯想到這片最早進入法制文明的土地，四千年後仍然無法阻止明目張膽的非法行為，真不知脾氣急躁的漢謨拉比會不會飲泣九泉。

順著說說殘暴。巴比倫文明一直裹捲著十倍於自身的殘暴，許多歷史材料不忍卒讀。我手邊有一份材料記錄了亞述一個國王的自述，最沒有血腥氣了，但讀起來仍然讓人毛骨悚然：

> 經過一個多月的行軍，我摧毀了埃蘭全境。
>
> 我在那裡的土壤裡撒上了鹽和荊棘的種子，然後把男女老幼和牲畜全部帶走。於是，那裡轉眼間不再有人聲歡笑，只有野獸和荒草。

這裡所說的「帶走」的人，少數為奴，多數被殺。但我覺得最恐怖的舉動還是在土地上撒上鹽和荊棘的種子。這是阻止文明再現，而這位國王敘述得那麼平靜，那麼自得。我認為，這種殘暴傳統，倒是在這片土地上繼承下來了，實在讓人歎息。

再說說建築。建築，在巴比倫王國的時候應該已經十分了得，但缺少詳細描述，而到了後巴比倫王國的尼布甲尼撒時代，巴比倫城的建築肯定是世界一流。希臘歷史學家希羅多德在一百多年後考察巴比倫時還親睹其宏偉，並寫入他的著作。建築中最著名的似乎是那個「空中花園」，用柱群搭建起多層園圃結構，配以精巧的灌溉抽水系統，很早就被稱為世界級景觀。但是，我對這類建築興趣不大，覺得技巧過甚，奢侈過度，總非文明演進的正常形態。

當然，巴比倫文明還向人類貢獻了天文學、數學、醫藥學方面的早期成果，無法一一細述。可以確證的是，法典老了，血泊乾了，花園坍了。此後兩千多年，波斯人來了，馬其頓人來了，阿拉伯人來了，蒙古人來了，土耳其人來了……誰都想在這裡重新開創自己的歷史，因此都不把巴比倫文明當一回事。只有一些偶然的遺落物，供後世的考古學家拿著放大鏡細細尋找。

想到這裡，博物館的負責人來了，允許我們參觀。我們進入的是剛佈置完畢的伊斯蘭廳，對兩河文明來說實在太晚了一點。一眼看去，所展物件稀少而簡陋，我走了一圈就離開了。一路上看到走廊邊很多房間在開會，卻沒有在新世紀來臨之際開館的確實跡象。我很難過，心想，這家博物館究竟收藏了些什麼？分明是一屋的空缺，一屋的悲愴，一屋的遺忘。

一九九九年十一月十一日，巴格達，夜宿Rasheed旅館。

奇怪的巴比倫

今天去巴比倫。

光這六個字，就有童話般的趾高氣揚。

這裡所說的巴比倫，也就是巴比倫王國的首都遺址，在巴格達南方九十公里處。一路平直，草樹茂盛。當民居漸漸退去，一層層鐵絲網多了起來，它就到了。

一個古蹟由這麼多鐵絲網包圍，讓人有點納悶，也許是為了嚴密保護遺產吧。但到古城門那兒一看，卻沒有衛兵，進出十分隨便，這就更奇怪了。

古城門是一座藍釉敷面、刻有很多動物圖形的牌坊式建築，我們以前在各種畫冊中早就見到過。這個城門叫伊什塔（Ishtar）女神門，原件整個兒收藏在德國貝加蒙博物館。這是一個仿製品，但仿製得太新，又太粗糙。

進門有一個乾淨的小廣場，牆上有一些現代的油彩面，畫了巴比倫王國的幾個歷史場面。畫只是畫，相關的實物大多在外國博物館。

從小廣場右拐即可看見一條道路，是巴比倫王國的儀仗大道。道路現在用鐵欄圍著，不能進入，中間地面上有斑駁狀的一片片黑塊，這是當年的瀝青路。

浮在油海上的巴比倫古城一定會燃油取火，這可以想像，但居然已經用瀝青鋪路，則沒有想到。據說這個路面後世曾有無數次的修補、增層，但是後加的一切均已朽腐，只有最早的瀝青留存至今。

巴比倫古城除了這段路面，一條刻有動物圖像的通道，一座破損的雄獅雕塑以及幾處屋基塔基，其他什麼也沒有了。亞述人佔領時，曾經破堤洩放幼發拉底河的水把整個城市淹沒。以後一次次的戰爭，都以對巴比倫的徹底破壞作為一個句號。結果，真正留下的只有一條路，搬不走、燒不毀、淹不倒。失敗者由此逃奔，勝利者由此進入。這老年的瀝青，成了巴比倫文明唯一的見證。

現在，在這儀仗大道和其他遺跡四周，已經矗立起許多高牆和拱門，是根據考古學家們的猜測剛剛建造的，新嶄嶄的十分整齊。但是走近一看，也僅止於高牆和拱門。腳下仍是泥沙，頭上沒有屋頂，牆內空無一物，任憑荒草叢生。有標牌寫著，這兒是北宮，那兒是南宮，轉彎是夏宮，但從氣味判斷，這由一堵堵新牆圍攔著的荒地，已成為遊人們的臨時廁所。

記得很多年前聽說北京圓明園要復原，我急忙寫了一篇文章論述廢墟之美，該文後來還被收入中學語文課本，但好像並沒有什麼人聽我的呼籲。我堅持認為，對於那些重要的遺跡，萬不可鏟平了重新建造。人們要叩拜的是滿臉皺紋的老祖母，或者是她的墳墓，怎麼可以找一個略似祖母年輕時代的農村女孩坐在那裡，當作老祖母在供奉。

相比之下，圓明園畢竟只是年歲不大的一組建築罷了，而幾千年前的巴比倫古城如此「復原」，實在叫人不知說什麼好。

忽然，我見到城牆磚上有些異樣，從刻寫方式看，是一些「楔形文字」。「楔形文字」是人類最早的文字，十九世紀被發現後幾乎改寫了文明源流的歷史。難道，「復原」當局把幾塊古物鑲嵌在城牆中？我連忙拉來一位先生動問，原來，這種用最原始的方式刻寫的文字，是阿拉伯文，文句為：「感謝偉大領袖薩達姆於一九八二年復原巴比倫古城。」一連寫了很多遍。

緊靠著「復原」的城牆不遠處有一個丘陵，丘陵頂部有一座龐大的現代城堡，俯瞰著整個巴比倫古城遺址。正想拍照，立即有人過來阻止，因為這是總統府。總統府我們這兩天在巴格達城中已見過兩處，其中一處光從圍牆看就巨大無比，這是第三處。據有幸進去參觀過的記者顧正龍先生告訴我，豪華不下於羅浮宮，只不過牆上掛的畫沒有什麼藝術價值。

由此我猛然醒悟，為什麼巴比倫古城遺址前會有那麼多鐵絲網。

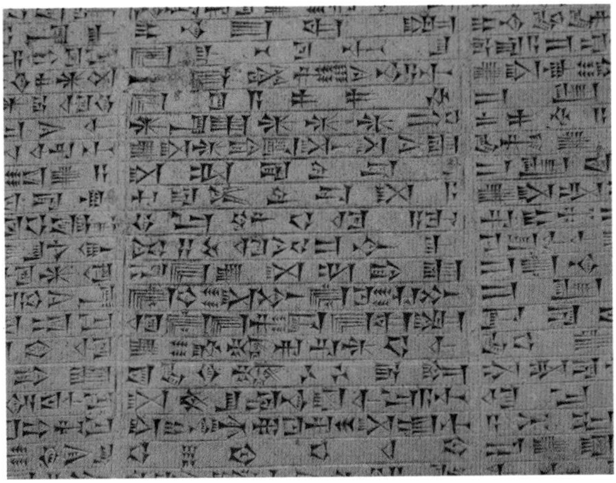

一九九九年十一月十二日，巴格達，夜宿Rasheed旅館。

你們的祖先

從「復原」了的巴比倫古城回來，大家一路無話，而我則一直想著「楔形文字」。從城牆上見到的現代贗品，聯想到幾千年前當地古人的真正刻寫。感謝考古學家們在破譯「楔形文字」上所作的努力，使我們知道在這種泥板刻寫中，還有真正的詩句。

這些詩句表明，這片土地在幾千年之前，就已經以離亂為主題。例如，無名詩人們經常在尋找自己的女神：

啊，我們的女神，
你何時能回到這荒涼的故土？

女神也有回答：

他追逐我，
我像隻小鳥逃離神殿；

他追逐我，
我像隻小鳥逃離城市。
唉，我的故鄉，
已經離我太遠太遠！

這是幾千年來一直從這裡發出的柔弱聲音。

順著這番古老的詩情，我們決定，今天一定要找一所小學和一所兒童醫院看看。很快如願以償，因為這裡的當局很願意用這種方式，向外界控訴對他們的轟炸、包圍和禁運。

孩子總是讓人心動。

我們走進巴格達一家據稱最好的小學的教室，孩子們在教師的帶領下齊呼：「打倒美國！反對禁運！不准傷害我們！薩達姆總統萬歲！」一呼喊完畢，兩手抱胸而坐，與我們小時候在教室裡兩手放到背後的坐姿不一樣。孩子們多數臉色不好，很拘謹地睜著深深的大眼睛看著我們，毫無笑容。

孩子們的課本用塑膠紙包著，但裡邊有很多破頁。老師在一旁解釋說，課本的破頁不是這個孩子造成的，由於禁運，沒有紙張，課本只能一個年級用完了交給下一個年級用，不知轉了多少孩子的手。你看破成這個樣子，還只能珍惜。

這種細節讓人心酸，立即想起在約旦時聽一位老人說，見到伊拉克孩子最好送一點小文具。我們倒真是買了一些，趕快取出，每人發點鉛筆、橡皮、卷筆刀（削鉛筆刀）之類。小小的東西塞在一雙雙軟綿綿的小手上，真後悔帶得太少。

到操場一看，一個班級在上體育課，女孩子跳繩，男孩子踢球。我走到男孩子那邊撿起球往地下一拍，竟然完全沒有彈力，原來是一個裂了縫的硬塑膠球。老師說，這樣的破球全校還剩下三個，踢不了多久。

我們知道，這是最好的學校。其他學校會是什麼情景，不得而知。在伊拉克，失學兒童的比例絕對不是一個小數字。問過這裡的官員，回答是沒有失學兒童，只有少數中途退學。這話顯然與事實相反，只要大白天向任何一個街口望一眼就知道。

我們離開小學的時候，就在門口見到兩個男孩推著很大的平板車經過。連忙把他們攔住，一問，是兄弟倆。哥哥十三歲，大大方方地停下來回答問題，弟弟則去把兩輛平板車拉在路邊。

這個哥哥頭髮微捲，臉色黝黑，眼神靦腆而又成熟，一看就知道已經承受了很重的生活擔子。問他為什麼不讀書，他平靜地說，父親死於戰爭，家裡還有母親和妹妹。

我從口袋裡摸出兩支圓珠筆，塞在兄弟倆的手上，想說句什麼，終於沒有開口。是的，孩子，你們可能都不識字，用不著圓珠筆，但你們知道不知道，你們的祖先是世界上最早發明文字的人。在你們拉車空閒時，哪怕像祖先刻寫楔形文字一般畫幾筆吧。這番心意，來自你們東方那個發明了甲骨文的民族。

去兒童醫院，心裡更不好受。那麼多病重的孩子，很多還是嬰兒，等待著藥品，而藥品被禁運。病房的每張床上都坐著一個穿黑衣的母親，毫無表情地抱著自己的孩子。魯豫想打開話題，問一位母親：「這麼小的孩子病成這樣，你心裡一定……」話沒說完，這位母親便淚如雨下，泣不成聲。魯豫想道歉，但自己也早已兩眼含淚。

我們想給病房裡的每位母親留點錢，但剛摸出，就被醫院負責人嚴詞阻止。我只得走出病房，在走廊裡徘徊。走廊裡，貼著很多宣傳畫，都以兒童為題材。一幅的標題是：「禁運殺害伊拉克兒童」；另一幅的標題是「記住」，畫了一雙嬰兒的大眼。

我心中湧出了很多不同方向的話語，一時理不清楚——

我想說，許多國際懲罰，理由也許是正義的，但到最後，懲罰的真正承受者卻是一大群最無辜的人。你們最想懲罰的人，仍然擁有國際頂級的財富。

國際懲罰固然能夠造成一國經濟混亂，但對一個極權國家來說，這種混亂反而更能養肥一個以權謀私的階層。你們以為長時間的極度貧困能滋長人民對政權的反抗情緒嗎？錯了，事實就在眼前，人們在缺少選擇自由的時候，什麼都能適應，包括適應貧困；貧困的直接後果不是反抗，而是尊嚴的失落，而失落尊嚴的群體，更能接受極權統治。

有人也知道懲罰的最終承受者是人民，卻以為人民的痛苦對統治者是一種心理懲罰。這也是一種一廂情願的推理。鞭打兒子可以使父親難過，但這裡的統治者與人民的關係，並不是父親和兒子，甚至也不是你們心目中的總統和選民。

當然，也想對另外一個方面說點話。你們號稱當代雄獅，敢於抗爭幾十個國家的圍攻，此間是非天下自有公論，暫不評說；只不過你們既然是堂堂男子漢，為什麼總是把最可憐的兒童婦女推在前面作宣傳，引起別人的憐憫？男子漢即便自己受苦也要掩護好兒童婦女，你們怎麼正好相反？

以上這些，只是一個文人的感慨，無足輕重，想來在這個國家之外，不會有發表上的困難吧。

我想我有權發表這些感慨，以巴比倫文明朝拜者的身份。巴比倫與全世界有關，而眼前的一切，又都與巴比倫有關。

一九九九年十一月十三日，巴格達。夜宿Rasheed旅館。

中國有茶嗎

伊斯蘭教什葉派有兩個聖地在伊拉克，一是納傑夫（Najaf），二是卡爾巴拉（Karbala）。很想去拜訪，便選了稍近一點的卡爾巴拉，在巴格達西南約一百公里處。

伊斯蘭教分為很多派別。最大的一派叫遜尼派，約佔全世界穆斯林的百分之八十；其次是什葉派，主要分佈在伊朗、伊拉克等地。這兩派在選擇先知穆罕默德接班人的問題上產生分裂，對峙至今已有漫長的歷史，其間產生過很多仇仇相報的悲劇。卡爾巴拉就是其中一個悲劇的發生地，什葉派由此產生了對「殉教者」的永久性紀念。

我們過去對什葉派知之甚少，因為中國的穆斯林絕大多數是遜尼派。但是自從伊朗什葉派領袖柯梅尼領導了「伊斯蘭革命」，繼而又爆發兩伊戰爭，不能不對什葉派關注起來。實際上，這是一個組織特別嚴密、熱情特別高漲、鬥志特別強健的派別，不可忽視。

卡爾巴拉市以兩座清真寺為中心，其他建築層層環繞，向邊緣輻射。兩寺都有閃光的金頂和圓柱形的塔樓，構成對稱，中間是一個相間五百米左右的廣場。與巴格達不一樣，這裡所有的婦女都包裹黑袍，幾乎無一例外。這使我們車上的幾位小姐突然緊張起來，趕緊下車找店鋪購買黑袍，以免遭到意想不到的處罰。

辛麗麗小姐本來個子就小，被黑袍一裹就不知怎麼回事了。魯豫在背後聲聲呼叫：「麗麗，是你嗎？是你嗎？」想把她從擁擠的黑袍群中認出來。麗麗雙耳裹在裡邊，根本聽不見，偶爾回頭，還是看不到她的臉，只見一副滑到鼻尖的眼鏡，從一圈黑布中脫穎而出。忽聽眼鏡下發出聲音：「黑袍讓我安靜極了，真好！」

我們先要去市政府，申請在卡爾巴拉活動。市政府大門上方有沙壘和機槍，兩個士兵一直處於瞄準狀態。我們在機槍下大約等了一個小時，申請被批准，便趕到一座清真寺，請求以非穆斯林的身份進入。答覆是，考慮來自遙遠的中國，可破例進入圍牆大門，卻不能進入寺內的禮拜堂。

這座清真寺建於西元七世紀，後經幾次重修。進入大門，只見圍牆內側是一圈迴廊，無數黑衣女子領著孩子坐在地毯上，神態安靜。黑衣服背後，是碧藍的彩釉高牆，高牆上方是金頂白雲。這樣的組合，對比強烈，真是好看。

伊斯蘭的清真寺建築，在美學上是一種由帳篷形態擴充的「沙漠文明」。你看，荒涼大漠的漂泊者在尋找棲息點的時候，需要從很遠就看到高大而閃光的金頂，需要有保障安全的圍牆，圍牆之內，需要有陰涼的柱廊和充足的水源。中間的禮拜堂，不管多麼富麗堂皇，都是帳篷結構的延伸。其實直到柯梅尼隱居巴黎郊區期間，還曾以一個真實的帳篷作為清真寺的禮拜堂。這種基本功能，使清真寺的建築簡潔、明快、實用，即便在圖案上日趨繁麗也未能改變主幹形態，為建築美學提供了一個佳例。

我這一路過來，拜謁過埃及的薩拉丁城堡清真寺、耶路撒冷的岩石圓頂清真寺，還到約旦的皇家清真寺參加了一次完整的大禮拜，其他順便參觀一下的清真寺就更多了，大體上都保持著這種形態。但是相比之下，要數卡爾巴拉的這兩座清真寺最符合「沙漠文明」旨意。其他清真寺，已經過於城市化了。

我們問了坐在迴廊前地毯上的一家四口，是不是經常來這裡。回答是每兩個月來一次，就這樣坐一天，念念《可蘭經》，心境就會變得平靜。

寄身於戰雲壓頂的土地，他們都有各自不同的苦難，但在金頂下的院落裡坐上一天，就覺得一切都可忍受了。然後，在夜色中，相扶相持回家。

他們很多來自外地，黑袍飄飄地要走過很長的沙地。

我們雖然未被批准進入禮拜堂，但兩座清真寺的主管卻一定要接見我們。什葉派在伊拉克沒有當政，因此無法判斷「主管」的宗教身份。他們的客廳都是銀頂的，很寬敞，有高功率的空調，掛著好幾幅總統像。

兩位主管都很胖，精神健旺，抽著紙煙，會講英語，講話時不看我們，抬著頭，語勢滔滔。但他們沒有談宗教，一開口就講國際政治，講自己對總統的崇拜，官氣飛揚。他們講話的中心意思是，世界上最有文化的國家一是伊拉克，二是中國，所以西方國家眼紅，但被伊拉克頂住了。

這時有位老者端著盤子來上茶，用的是比拇指稍大一點的玻璃盅，也不見什麼茶葉，只有幾根茶梗沉在盅底。主管隆重地以手示意，要我們喝，順便問了一句：「你們中國，有茶嗎？」

我們假裝沒有聽見，把臉轉向窗外的雲天。

一九九九年十一月十四日，伊拉克卡爾巴拉，夜宿巴格達Rasheed旅館。

河畔烤魚

底格里斯河，從第一天淩晨抵達時見到它，心裡一直沒有放下。已經來了那麼多天，到了必須去認真拜訪一下的時候了。

夜幕已降，兩岸燈光不多，大河平靜在黑暗中。沒有洶湧，也看不到漣漪，只有輕輕閃動的波光。

我們走進一家幾乎沒有任何裝飾的魚餐館，是河灘上的一個棚屋，簡單得沒有年代。魚是剛剛捕捉的，很大，近似中國的鯉魚，當地人說，叫底格里斯魚。有一個水槽，兩個工人在熟練地剖洗。他們沒有繫圍單，時不時把水淋淋的手在衣服上擦一下，搓一搓，再幹。

棚屋中間是一個巨大的石火塘，圓形，高出地面兩尺。火塘一半的邊沿上，有一根根手指般粗的黑木棍，半圓形地撐著很多剖成半片的魚，魚皮朝外，橫向，遠遠一看彷彿還在朝一個方向游著。

石火塘中間是幾根粗壯的杏樹木，已經燃起，火勢很大，稍稍走近已覺得手臉炙熱。杏樹木沒什麼煙，只有熱流晃動。那些橫插著的魚經熱流籠罩，看上去更像在水波中舞動。

烤了一會兒，魚的朝火面由白變黃，由黃轉褐。工人們就把牠們取下來，把剛才沒有朝火的一面平放在火塘餘燼中。不一會兒，有煙冒出，魚的邊角還燃起火苗，工人快速用鐵叉平伸進去，把魚取出，擱在一個方盤上，立即向顧客的餐桌走去。

有幾條魚的邊角還在燃燒，工人便用黑黑的手把那些火捏滅，兩三個動作做完，正好走到餐桌邊。

餐桌邊坐著的全是黑森森的大鬍子，少數還戴著黑圈壓住的花格頭巾，就像阿拉法特。他們伸出粗粗的手指，直接去撕火燙的魚，往嘴裡送。

工人又送上一碟切開的檸檬和一碟生洋蔥，食客用右手擠捏一塊檸檬往魚上滴汁，左手撈起幾片洋蔥在嘴裡嚼。然後，幾隻手又同時伸向烤魚，很快就把烤得焦黃的外層吃掉了。食客們稍稍休息一會兒，桌邊有水煙架，燃著刺鼻的煙塊，大鬍子們拿過長長的煙管吸上幾口，噗哧噗哧地。

烤魚兩邊焦黃的部位又香又脆。很多食客積蓄多時來吃一頓，為的就是這一口。因此，吃烤魚總是高潮在前，餘下來的事情就是對付中間白花花的魚肉了，動作節奏開始變得緩慢。中間的魚肉是優是劣，主要是看脂肪含量，脂肪高的，顯得滑嫩，脂肪少的，容易木鈍，近似北京人說的「柴」。但是，「柴」的魚肉容易成塊，滑嫩一點的就很難用手指撈取，何況大鬍子們的手指又是那樣粗。

這就需要用麵餅來裹了。伊拉克的麵餅做得不錯，但在這種魚棚裡是不會現攤麵餅的，工人們從一個像行李袋一般大的破塑膠包裡取出一大疊早就攤好的薄麵餅。其中有兩個工人一失手把麵餅全都灑落在油膩的泥地上，倒也沒有人在意，便一張張撿起來，直接送上餐桌。

食客一笑，左手托薄餅，右手撈魚肉，碎糊糊的撈不起，皺皺眉再慢慢撈，撈滿一兜，夾幾片洋蔥，一裹，就進了嘴。在現今的伊拉克，這是一餐頂級的美食了。我在石火塘前出了一會兒神，便坐在餐桌前吃了一點。旁邊有位老人見我吃得太少，以為我怕燙，下不了手，便熱情地走過來，用手指撈了一團一團的魚肉往我盤子裡送，我一一應命吃下，但覺得再坐下去，不知要吃多少了，便站起身來向外蹓躂。棚外就是底格里斯河，我想，今天晚上的一切，幾千年來不會有太大變化吧？

想起以前在哪本書裡讀到，早在西元六世紀，中國商船就曾從波斯灣進入兩河，停泊在巴比倫城附近。

那麼，中國商人也應該在河灘的石火塘前吃過烤魚。吃了幾口就舉頭凝思，悠悠地對比著故國江南蟹肥蝦蹦時節的切膾功夫。

一九九九年十一月十五日，巴格達，夜宿Rasheed旅館。

忽閃的眼睛

突然接到當地新聞官通知，今天是巴格達建城紀念日，有大型慶祝活動，如果我們想拍攝報導，可獲批准。

我們問：「薩達姆總統參加嗎？」回答是：「這個誰也不可能知道。如果來，你們真是太幸運了。」

那就去一下吧。

由新聞官帶領，我們到了離市區很遠的一個體育場。看台上已坐滿觀眾，高官們正逐一來到，主要是穿軍裝的軍官。

沿途士兵一見軍官不斷地做著用力頓腳的行禮動作，而軍官們一下車則一一互相擁抱，用鬍子嘴在對方的鬍子臉上親來親去。他們的高級軍官都太胖，但軍裝設計得很帥氣，尤其是帽子，無論是大蓋帽還是貝雷帽都引人注目。在花白頭髮上扣上一頂貝雷帽真是威武極了，連身體的肥胖都可原諒。

經過層層崗哨，我們這批人全被當作了拍攝記者，直接被放到了體育場中心表演場地上。

忽然看見主席台的貴賓席上有一位先生一邊向我招手一邊在一級級地往下擠，定睛一看，是中國駐伊拉克大使張維秋先生。張大使執意要我坐到貴賓席去，我則告訴他，在戒備森嚴的儀式中，我居然能在這麼大的草地上自由自在地竄來竄去，求之不得。大使立即明白，笑了笑也就由我去了。

今天這麼大的活動，外國媒體只有我們一家。幾個夥伴穿著印有「鳳凰衛視」字樣的鮮紅工作服，長長的攝像機往肩上一扛，反倒成了慶祝活動開始前全場最主要的景觀。

忽聽得山呼海嘯般一陣歡呼，我以為薩達姆到了。轉身一看，哪裡啊，原來只是我們的攝像師向著這個方向拍攝，這個方向的觀眾興奮了。那邊又響起了鋪天蓋地的喧囂，也沒有別的事，只是覺得我們的攝像師在這邊停留時間太長，嫉妒了。

有一大方陣的荷槍士兵席地而坐，我試探著走進他們的方陣，想拍張照，沒想到從軍官到士兵都高興得漲紅了臉，當然不是為我，為攝影。

有幾個等待參加表演的漂亮姑娘你推我搡地來到我們跟前，支支吾吾提了個要求，能不能拍張照。我們一點頭，她們就表情豐富地擺好了姿勢，但快門一按，她們歡叫一聲像一群小鳥一樣飛走了。居然，她們壓根兒沒想過要照片，只想拍照。一位坐在看台前排的老太太不斷向我示意，讓鏡頭對準她一下，我好半天才弄明白她的意思，這對我們來說是舉手之勞。事後，她一直激動地向我們翹著大拇指。

這種渴望著被拍攝而不想要照片的情景，我們都是初次遇到，甚覺奇怪。但我又突然明白了：這就像在山間行路，太封閉、太寂寞，只想唱幾聲，卻誰也不想把歌聲撿回。

薩達姆終於沒有來，新聞官解釋說他太忙了。慶祝活動其實就是一次廣場表演，內容是縱述巴格達的歷史。這種廣場表演在中國早已做得爐火純青，從場地設計到服飾道具等，這裡只夠得上中國縣級運動會的水準。但是，當他們追溯巴格達的悠久歷史，一大群演員赤著腳、穿著舊衣服走過表演場地時，你會感到一種無可替代的古今一致。

接下來，表演各國對巴格達的朝覲。載歌載舞，頗為誇張，估計坐在貴賓席裡的各國大使看了都會生氣。我怕看到有中國人前來朝覲的表演，結果倒是沒有，鬆了一口氣。

這時滿場戰鼓隆隆，戰爭開始了。敵人很多，一撥一撥來，一仗一仗打。我看得清的，是打猶太人、波斯人和韃靼人。有些仗，不知是和誰在打，趕緊去找新聞官，他很有把握地回答：「enemy! enemy!」——反正是和「敵人」在打。

突然場上好看起來了。一邊是一大群驃悍的馬隊，一邊是一大群赤膊的士兵，狹路相逢。馬隊中先躥出一騎，圍著赤膊士兵奔馳一圈，然後整個馬隊就與赤膊士兵穿插在一起了。反覆穿插的結果是，全體赤膊士兵都傷臥疆場。遼闊的體育場上，只見滿地都是他們在掙扎。

勝利者的馬隊又一次上場，踱著驕傲的慢步，完全不顧滿地的敵兵。突然，兩匹勝利者的馬因勞累而倒地，騎士臥倒在牠們跟前悲哀地撫摸著。整個馬隊回去了，但倒下的馬和騎士還在。沒有想到，兩匹馬慢慢地掙扎起來，去追趕自己的隊伍。

——看到這裡，我心頭一熱。古代戰爭並不重要，只是在這些部位，我看到我的藝術家同行在工作了。在這麼明顯的政治宣傳節目中，即便整體平庸，竟然也有藝術的微光。我的同行，你們在哪裡？你們只要稍稍動作，我都能發現和捕捉。你們的日子，過得還好嗎？

很快藝術家又休息了，或者說被自以為是的官員們趕走了。場上出現兩個小丑，一個美國，一個以色列，邊講些愚蠢的話，邊跳迪斯可。由於這兩個小丑，新的戰爭爆發，下面的表演都是現代軍事動作的模擬，沒法看了。

表演結束散場時，我們隨便與觀眾閒聊。見到一位很像教授的儒雅老人，我們問：「為什麼你們國家與很多國家關係緊張？」老人回答：「因為巴格達太美麗了，他們嫉妒。」

抓住一位要我們拍照的十四歲女孩，問她：「你是不是像大人們一樣，覺得美國討厭？」沒想到她用流利的英語回答：「你是指它的人民還是它的政治？人民不討厭，政治討厭。它沒有理由強加給別人。」

「你討厭美國政治，為什麼還學英語？」

回答竟然是：「語言是文化，不一定屬於政治。」天哪，她才十四歲。

她的年齡和視野，使我們還不能對她的討厭不討厭過於認真，但她的回答使我高興，因為其間表現了一種基本的理性能力。這片土地，現在正因為缺少這種雨露而燥熱，而乾旱。

這種雨露，正蘊藏在孩子們忽閃的眼睛裡。

一九九九年十一月十六日，巴格達，夜宿Rasheed旅館。

過關

後天就要離開伊拉克，可以把入關時的遭遇補敘一下了。現在發表這篇日記，不會再有橫生枝節的危險。

那天入關前，我們的車隊在約旦與伊拉克之間的隔離地帶停留了很久，為的是最後一次剔除帶有以色列標記的物件。

伊拉克給我們的簽證上寫著，如有去過以色列的記錄，本簽證立即作廢。我們只好冒稱是從埃及坐船到約旦的，以色列方面也很識相，沒有在我們護照上留下點滴痕跡，給我們的是所謂「另紙簽證」。這樣一來，消滅行李裡的以色列痕跡成了頭等大事，因為誰都知道，伊拉克邊關檢查行李很苛刻。只要有一個人露餡，全隊都會遭殃。

終於到了伊拉克邊關。我們的車在一個空地停下，交上有關文件，就有兩個人出來，互相爭論著我們的停車方位，爭了半小時還沒有結果。我們聽不懂，只看著他們的指手畫腳，後來也就不聽不看了，懶洋洋地坐在水泥路沿上，告誡自己轉換成麻木心態，決不敏感，也不看手錶。

兩個小時之後，出來一個人，說我們應該換一個門，於是我們上車，開一大圈，換一個門。

這個門兩邊有幾十米長的水泥台，想來是檢查行李的地方。但沒有人理我們，周圍也沒有其他旅客。

好不容易來了兩個人，向我們要小費。不知他們是誰，又不敢不給。給了些美元。

又過了兩小時，再來兩個人——這兒我要趕緊說明，一次次過來的人都不穿制服，分不清是旅客、流浪漢、乞丐還是海關官員——要我們每人拿出攝影機來登記。

總算來事了，我們有點高興。十幾台攝影機堆了一堆，由他們登記牌子、型號。完事後好半天，又沒消息了。

中間又有人來要小費，給完再等。

等出一個大鬍子中年人，說要把剛才登記的攝影機再檢查一遍。於是重新取出交給他，他每一台都橫看豎看好半天，對小型的傻瓜機特別感興趣，估計是覺得更像間諜工具。他走後又毫無動靜了，大家一次次上那間髒得無從下腳的廁所，故意走得很慢，想打發掉一點時間。

盼星星盼月亮，又盼出三個人，要我們把所有的手機都交出來。我們以為是檢查，誰知是全部封存。他們拿來一隻舊塑膠袋，把一大堆手機全部裝進去，說離開伊拉克之前不准拿出來。邊說邊從地上撿起一根小麻繩，把塑膠袋打了死結，又焊了一個鐵絲圈。

接下來檢查其他通訊設備，當然很快發現了我們所攜帶的海事衛星傳送設施。他們搞不懂是什麼，請人去了。很久，請來一位衣衫破舊的老人，對那設備琢磨了好半天，終於取出焊封，用鐵條把它封死了。

這比什麼都讓我們心焦。因為這樣一來，每天拍攝的內容就傳送不出去了，又失去了任何聯絡的工具，等於摘取了我們的器官，解除了我們的職能，那還有什麼必要進去呢？

十多個小時過去了，天色已暗，還沒有放行的消息。我們原想在天黑之前趕完六百公里的「死亡公路」，現在竟然還沒有出發……正愁得捶胸頓足不知怎麼辦才好，見又出來了人，要我們再換一個門。

我們忍無可忍開了一圈，回到上午來時停車的門口。這次倒是很快過來三個人，要我們打開後車倉的門，準備檢查行李。看樣子，前面折騰了我們十幾小時的那批人下班了，他們是一批剛上班的人，一切從頭開始。

既然已被剝奪了工作的可能，也就沒有什麼可怕的了，何況我們是外國人。先是辛麗麗小姐用高聲調的英語要他們回憶一天來我們的經歷，對方正奇怪一個小姐怎麼會發那麼大的火，我們的陳魯豫出場了。她暫時壓住滿腔憤怒，以北京市英語演講賽冠軍的語言鋒芒，劈頭蓋臉地問了他們一連串問題，又不容他們回答。

我不相信他們能完全聽明白語速如此快的英語，但他們知道，這位小姐發的火比剛才那位小姐更大，而她背後，站著一排臉色鐵青的中國男人。

三個人退後兩步，想解釋又噎住了，終於低頭揮了揮手，居然就這麼通過了。

以後的事情已經寫過，需要補充的僅是一項：我們的技師謝迎仔細研究了海事衛星傳送設備上的焊封，發現隔著封條仍能撥號。傳送天線在車頂，怕發送時引來監視，就把車開到中國大使館內的空地上。可惜使館離我們住處太遠，因此經常把車停在路邊做等人狀，完成發送任務。這種做法活像間諜，卻保證了鳳凰衛視的每天播出。我的這篇日記，三小時後也要用這種方式傳回北京和香港。

我想，一切防衛都會有自己的理由，但當極度嚴密和極度低效、極度無知、極度腐敗連在一起的時候，實在令人厭煩。如果這一切又嚴重地傷害了本來有可能為他們說點話的客人，那就更加得不償失了。

我真為他們可惜。

一九九九年十一月十七日，巴格達，夜宿Rasheed旅館。

且聽下回分解

在巴格達不應該忘記一件事：尋訪《一千零一夜》。

理由很簡單，全世界的兒童，包括我們小時候，都是從那本故事集第一次知道巴格達的。知道以後，不管在新聞媒體上聽到巴格達的什麼消息，都小心地為它祝禱，因為這個城市屬於我們的童年。

這些天來，看到和聽到的巴格達，都很沉重。不必說它的屈辱了，即使是它的光榮，也總是殺氣沖天。我一直想尋找一點屬於我們童年的那個城市的痕跡，又怕沖淡嚴肅的話題。曾從車窗裡看到街頭的一座雕塑，恍惚迷離，似乎有點關係，但再次尋找時卻被另一種千篇一律的薩達姆雕像所淹沒。直到今天即將離別這座城市，才支支吾吾地動問。

新聞官聽了一笑，揮了揮手，讓我們跟他走。

先來到一條大街的路口，抬頭一看，正是我在車窗裡見到過的那座雕塑。一個姑娘，在向一大堆罈子澆水，很多罈子還噴出水來，可見已經澆滿。

從雕塑藝術來看，這是上品。令人稱道的是那幾十個罈子的處理，層層纍纍地似乎沒有雕塑感，但有姑娘在上方一點化，又全部成了最具世俗質感的實物雕塑，真可謂點石成金。其次是噴泉的運用，源源不絕地使整座雕塑充滿了活氣和靈氣。

其實，這裡是以水代油。正經應該是澆滾燙的油，取材於《一千零一夜》，叫「阿里巴巴與四十大盜」，太有名的故事。

第二座有關的雕塑在底格里斯河邊，刻畫了《一千零一夜》全書的起點：國王因妻子不忠，要向女人報復，每晚娶一個少女，第二天早晨就殺死。有一位叫山魯佐德的姑娘為了阻止這種暴行，自願嫁給國王，每天給國王講一個故事，講到最精彩的地方戛然而止，留待明天再講。國王的胃口就被這樣一直吊著，無法殺她，吊了整整一千零一夜。

其實，這一千零一個故事已經潛移默化地完成了對國王的啟蒙教育，他不僅不再動殺心，而且還真的愛上了她。於是接下來的事情也就變得十分通俗：兩人白頭偕老。

《一千零一夜》的這個開頭真正稱得上美麗，我想這也是它流傳百世的重要原因。但是，眼前的雕塑卻不美麗，兩個人一坐一站，木木的，笨笨的，沒有任何形體魅力和表情語言。聯想到剛才看到的那座雕塑，也是罈子勝於人體。這是可以理解的，在阿拉伯美學中，歷來拙於人體刻畫，細於圖案描繪。這大概與伊斯蘭文明反對偶像崇拜和人像展示有關。宗教理念左右了審美重心，屬於正常現象。你看現今街頭大量的薩達姆雕像，連人體比例也不大對頭。更有趣的是我們旅館大門口的一座巨型雕塑，大概是在控訴聯合國的禁運吧，一個女人的右眼射出噴泉，算是淚雨滂沱，悲情霎時變成了滑稽。

《一千零一夜》的故事開始流傳於八世紀至九世紀，歷數百年而定型，橫穿阿拉伯世界大半個中世紀。在這樣的年代，傳說故事就像巨岩下頑強滋生的野花，最能表現一個民族的群體心理，並且獲得世界意義。因此，它們的地位，應該遠遠高於一般的文人創作。

遺憾的是，由於種種原因，阿拉伯世界走出中世紀的整體狀態遠不如歐洲。義大利薄伽丘的《十日談》受過《一千零一夜》的很大影響，但《十日談》之後巨匠如林，而《一千零一夜》一直形影孤單。

我在滄桑千年的巴格達街頭看到唯一與文化有關的形象仍然是它，既為它高興，又為它難過。這麼多故事，只有兩座，確實是太少了，但光這兩座也已觸及了人間的一些基本哲理。你看，對於世間邪惡，不管是強盜還是國王，有兩種方法對付，一是消滅，二是化解。《一千零一夜》主張把世界上最美好的聲音梳理成細細的長流，與一顆殘暴的心靈慢慢廝磨。這條長流從少女口中吐出，時時可斷卻居然沒斷，一夜極限卻擴大千倍。最後是柔弱戰勝強權，美麗制伏邪惡。那個國王其實是投降了，愛不愛倒在其次。

一切善良都好像是傳說，一切美麗都面臨著殺戮。間離了看，它們毫無力量，但在白天和黑夜的交接處它們卻能造成期待。正是期待，成了善良和美麗的生命線。

「欲知後事如何，且聽下回分解」，只要願意聽，一切都能延續，只要能夠延續，一切都能改觀。文明的歷史，就是這樣書寫。民間傳說的深義，真讓人驚歎。

一九九九年十一月十八日，巴格達，夜宿Rasheed旅館。

伊朗

白鬍子、黑鬍子

昨天晚上我們被一位老人帶到一個神秘的地方，從小街小門進入，順階梯往下走。抬頭一看，是一個近似中世紀古城堡的昏暗所在，巨大而恐怖，卻坐滿了人。中間有瘋狂的樂隊和歌手，唱著悽楚而亢奮的阿拉伯歌曲，四邊有很多狹小的洞窟式小間，裡面擺滿了各個時期的文物供人選購。中廳，也可用餐。

我高一腳低一腳在角落裡探看，過來一個中年男子，用生硬的英語對我說：「你應該到樓上去看看。」我順著他的指點摸到樓梯，又小，又陡，又暗，真有點提心吊膽。樓上更是中世紀，看到很多洞窟卻沒有人，燈光全是底樓泛上來的，嚇得趕緊下樓。

這時我想，在白天單調的大街上，怎麼想得到會岔出一條小街，小街裡邊又隱藏著這麼一個令人發怵的大空間？

伊拉克的社會結構也會是這樣的吧。各種各樣夜間的歌聲，地下的通道，隔代的收藏，奇怪的熱鬧，一定也都以自己的方式深潛著。誰也不敢說，看透了這個地方。

今天，我們還是為離開而高興。因為這意味著我們被封存的手機可以發還，海事衛星可以堂而皇之地開通，也意味著終於可以擺脫天天千百遍地映現在眼前的同一個人的相片，擺脫車前車後無數乞討的小手。

邊關到了。兩伊的邊關之間倒沒有什麼隔離帶，這與我們從約旦到伊拉克的那段路有很大的差別。兩國邊關都豎起一幅巨大的元首像，柯梅尼的像和薩達姆的像。作為國家標誌，兩個人都居高臨下地注視著對方的土地。由於都想「寸土必爭」，因此兩幅畫像靠得很近，變成了四目相對。

這個情景很有趣味。一個是白色的大鬍子，一個是黑色的小鬍子，兩人都不笑，光靠眼睛做文章，一動不動地瞪著對方。全世界都看著他們打了很多年架，沒想到他們在這裡臉貼臉地親近著。

從黃昏到月夜，這兒不會有其他人跡。氣溫又低，只有這兩個上了年紀的男人，誰吐口熱氣都呵得著對方。

一九九九年十一月十九日，從伊拉克赴伊朗。夜宿巴赫塔蘭Resalat旅館。

翻開伊朗史

從邊境到伊朗首都德黑蘭，車行需要九小時，其中又有大量山路。盤算再三，只能在巴赫塔蘭住一夜。今天起一個大早出發，把早餐安排在半路上。開了兩個多小時後，肚子確實餓了，見有一個小城就停下吃早餐，這個小城叫哈馬丹（Hamadan）。

在吃早餐時與當地人閒聊，竟然發現這個偶然撞上的小城，也有一些古蹟可看。算算今天趕路的時間還比較寬鬆，那就順便看看吧，也算是對伊朗作一個適應性的準備。

第一個古蹟就在城裡，一個古城發掘現場。我們問了工作人員一些問題，工作人員聽了覺得比較專業，立即請出一位戴眼鏡的瘦瘦學者，自我介紹叫瑞吉巴倫（M.R. Ranjbaran），考古工作者。經他簡單一說，我立即嚴肅起來。難道，我們這次偶爾停留，真的停在那麼重要的地方？

他說，這是五年前才發現的米底（Medea）王國的首都。我想光這句話就會使一切伊朗史的研究者激動起來。

米底是伊朗人建立的第一個王國，這個王國統一了伊朗的各個部落，消滅了殘暴的亞述帝國，而自己又在西元前六世紀中期滅亡。對於這個王國，人們瞭解得很少，只有在巴比倫發現的

「楔形文字」中有一些記載，希臘歷史學家希羅多德也曾提到，但都是間接的。

我們只是粗略知道，米底人原是北方遊牧民族，向南發展，在一個叫黑克瑪塔納（Hegmataneh）的地方建都。據記載這是一個四方交會的山谷，又有雪山消融的水流可供灌溉。誰能想到，我們今天偶爾踏入的，居然是發現不久的黑克瑪塔納古城！這真不知是什麼力量，讓我們從伊朗歷史的第一頁讀起了。

我環顧四周，果然是一個山谷，不遠處的雪山在陽光下十分耀眼。

低頭走進考古發掘工地，這裡已經搭起一個大棚，中間有一條鋪了木板的過道，過道下面就是兩三千年前米底王國首都的遺址。密集的房舍，小小的街道，都設計得十分周致。從大棚出來，再走不遠就是米底城門的發掘現場，層層城磚清晰可見，邊上還挖掘出一個瞭望塔的基座。

我問瑞吉巴倫先生，在考古現場，是否發現了這座古城當初湮滅的原因，譬如兵禍、火災或地震？

瑞吉巴倫先生說：「沒有發現。其實它沒有以突然方式湮滅，只是被遺忘了。人們一代代在這裡居住，經歷無數次改朝換代。拆卸、掩埋、填土、重建，完全不記得它以前是什麼地方。我們在挖掘過程中，發現很多層面都有各個時代的文物，波斯帝國時代的，亞歷山大時代的，安息王朝和薩珊王朝時代的，以至伊斯蘭時代的，都有。但每個時代都不清楚自己腳下踩踏著什麼。直到三、四十年前還有人在上面建房，他們哪裡知道，腳下正是歷史學家們苦苦尋找著的黑克瑪塔納！」

我問五年前發現的經過，他說是一次修路施工時碰撞到了地下文物，便立即由一位考古學教授主持發掘。這位考古學教授是伊朗人，名字很長，我沒有記下來。

至此我心中已經明白，在伊朗，已不可能出現「巴比倫古城」的鬧劇。

吃一頓早餐竟然見到了黑克瑪塔納，我抱著大喜過望的心境與它惜別。按照當地熱心人的指點，沿著一條小街去看一座猶太人的墳墓。

這條小街很古老。走不遠見一座有圓頂的磚石建築，正是墳墓所在。

進門，穿過一個小院，見到一個極低矮的石洞。石洞有一個石門，石門上有一個小孔，看門老人用手伸入，摸了一下，石門開了。老人要我們脫鞋，躬身進入，進入後一腳踩在厚厚的地毯上，直腰一看，有兩具黑漆發亮的棺木。

這個過程如此神秘，終於把我的注意力調動起來了。

看門老人眼睛奇亮，炯炯有神地看著我們，開始介紹。沒想到他一介紹，我又大吃一驚。因為我眼前翻開的，正是伊朗史的第二頁，而這一頁竟然更加光輝！

以黑克瑪塔納為首都的米底，最終是被一個來自波斯境內黑山地區的年輕統治者征服的，他便是名震世界歷史的居魯士（Cyrus，或拼作Kurus）。我很早就知道了他，因為歷史學家公認，他是古代世界史上特別寬厚仁慈的征服者。不管征服了什麼地方，他總是對那個地方的宗教非常尊重，這使被征服地的人民大感意外。他攻入巴比倫之後，把當初被尼布甲尼撒從耶路撒冷擄掠來的萬名猶太人解放，宣佈這些著名的「巴比倫之囚」可以自由返回故鄉。

這就開始了一個動人的事實：古代波斯，成為對猶太人特別寬厚的地方。我們眼前的墳墓，安葬著一位叫埃絲特（Ester）的波斯王后，而她正是猶太人。她的夫君戰死疆場，未能合葬。她身邊棺木裡安葬的是她的叔叔莫德哈伊（Mordkhai），猶太人中一位著名的先知。

看門老人非常激動，說他自己也是猶太人，有幸在這裡守望著兩千三百年前猶太人和波斯人友誼的人證物證。他說那個小小的石門，以及棺室裡的樑柱、天窗，都是兩千多年前的原物。他又說，至今還有世界各地的猶太人到這裡來參拜。

我問他的名字，他說叫瑞沙德（N. Rassad）；我又問這個墓地所在的街名，他說叫夏略底街（St. Shariati）。我說我會記住，並告訴別人，因為這個地方觸及了我萬里尋訪的一個主題。而且，誰都知道，在今天，伊朗和以色列的關係特別緊張。

萬分慶幸在哈馬丹的短暫停留。上車吧，對伊朗之行我已經心中有底。

一九九九年十一月二十日，伊朗，從巴赫塔蘭到哈馬丹，夜抵德黑蘭，入宿Laleh旅館。

闊氣的近鄰

從哈馬丹到德黑蘭的路上，我很少說話。

既然在哈馬丹翻開了第一、第二頁，我在心中繼續把伊朗史輕輕攪動。先回想起在希臘時，曾見到一個希臘和波斯激烈戰鬥的海灣，我前前後後看了很久，又知道更激烈的戰鬥發生在馬拉松。希波戰爭是希臘人的驕傲，他們又擅長寫作，不知有多少歷史書和文藝作品表現過這個題材。古代波斯人是看不起寫作的，認為那是少數女人的娛樂，男人的正經事是習武和打獵。結果，希臘人的得意文章就成了歷史定論。

其實，波斯人還是很厲害的。居魯士已經建立了羅馬之前最龐大的帝國，而大流士（Darius）則更加雄才大略，向北挺進到伏爾加河流域，向東攻佔印度河河谷，最終長途跋涉遠征希臘，才一敗塗地。

波斯政府的行政管理結構很好，後來羅馬曾多方沿襲。但是，如果一個政權只是為了打仗，那麼，它的軍隊就必然失去制約，快速腐敗。我曾在一些歷史書中看到，當年波斯軍隊中有些將領打仗出征時還帶著一大群妻妾。結果可想而知，有一場關鍵的戰鬥，希臘只損失幾百人，而波斯則損失十萬大軍。

幸好戰勝者是亞歷山大。亞歷山大畢竟是亞里斯多德的學生，比較理智，不想用敵人的血泊來描繪勝利。他自己又娶了大流士三世的一個女兒為妻，據說關係融洽。

亞歷山大死後，這兒的政局就亂了。西元前三世紀東北部的遊牧民族建立了一個王朝，首領叫阿薩息斯。中國古代就從這個首領的名字中取音，把這個地方叫做安息。安息王朝持續了四百多年，在西元三世紀被薩珊王朝所取代。

薩珊王朝在文明建設上取得極大成就，奠定了後代伊朗文化的基礎。但在西元七世紀，卻被阿拉伯人打敗，伊朗進入了伊斯蘭時期。以後又遭遇過突厥、蒙古、帖木兒的進攻，尤其是十三世紀蒙古人來襲，損失慘重，至今還留下刻骨的舊傷。但是，儘管歷史如此坎坷，伊朗還是在重重的災難中成了伊斯蘭文化的一個重鎮，以獨特而緩慢的步伐，走進了近代。

說到伊朗的薩珊王朝在西元七世紀被阿拉伯人打敗的事，就牽涉到我們中國了。中國本來在漢代就與安息產生了密切的聯繫，當時的「絲綢之路」，安息是中轉站。到薩珊王朝與阿拉伯人打仗的時候，中國已是唐代。薩珊王朝曾向唐朝求援，但唐朝出於中國文化不主張遠征的觀念，沒有出兵。薩珊王朝滅亡後，王子卑路斯（Pirouz）再來求助，唐朝幫他建立了「波斯都護府」任命為將軍，他復國無望，病死長安。他的兒子，繼承了他的職位，最終也在中國去世。

唐朝沒有出兵是對的。在當時，如果唐朝、波斯、阿拉伯這三支軍隊打成一團，無疑是古代的一場世界大戰，對人類文明的傷害難以想像。

唐朝的方略不僅收留了波斯的王室，而且還促成了波斯文化和中華文化的大交融。波斯的服裝曾經風靡唐朝的長安城，波斯的宗教更是當時長安多元文化的重要組成部分。此外，還有不少波斯人在中國從商、做官、拜將、為文。例如，清末在洛陽發現墓碑的那個叫「阿羅喊」的波斯人，在唐代就做了不小的官。據現代學者考證，他的名字可能就是Abraham，現在通譯亞伯拉罕，猶太人的常用名字，多半是一個住在波斯的猶太人。

至於文人，最有名的大概是唐末那個被稱為「李波斯」的詩人李珣了。他是波斯商人之後，所寫詩文已深得中華文化的精髓，我在《文化苦旅》中的〈華語情結〉一文裡專門論述過。

這麼一想，眼前這塊土地就對我產生了多重魅力。古代亞洲真正的巨人，一時氣吞山河，但當中國真正接觸它的時候，它最強盛的風頭已經逝去。它的第二度輝煌曾與唐朝並肩，但唐朝又目睹這種輝煌的殞滅。這是一個離我們很近、交往又不淺的「大戶大家」。我在這兒漫遊，就像是去拜訪祖父的老朋友。兩家都「闊」過，後來走的道路又是如此不同。

就自然景觀而言，我很喜歡伊朗。

它最大的優點是不單調。既不是永遠的荒涼大漠，也不是永遠的綠草如茵。雪山在遠處銀亮得聖潔，近處則一片駝黃。一排排林木不作其他顏色，全都以差不多的調子薰著呵著，托著襯著，哄著護著。有時突然來一排十來公里的白楊林，像油畫家用細韌的筆鋒畫出的白痕。有時稍稍加一點淡綠或酒紅，成片成片地融入駝黃的總色譜，卻一點也不跳躍刺眼。一道雪山融水在林下橫過，泛著銀白的天光，但很快又消失於原野，不見蹤影。

伊朗土地的主調，不是虛張聲勢的蒼涼，不是故弄玄虛的神秘，也不是炊煙繚繞的世俗。有點蒼涼，有點神秘，也有點世俗，一切都被綜合成一種有待擺佈的詩意。

這樣的河山，出現偉大時一定氣韻軒昂，蒙受災難時一定悲情漫漫，處於平和時一定淡然漠然。它本身沒有太大的主調，只等歷史來濃濃地渲染。

一九九九年十一月二十一日，伊朗德黑蘭，夜宿Laleh旅館。

黑袍飄飄

到伊朗才幾天，我們隊伍裡的小姐都已經叫苦連天了。這兒白天的天氣很熱，嚴嚴地包裹著頭巾確實不好受。何況她們必須在公共場所跑來跑去地忙碌。

她們在公共場所奔忙完了，一頭衝上吉普車就把頭巾解下來想鬆口氣，立即聽到有人敲窗。扭頭一看，敲窗的人正比劃著要求小姐把頭巾重新戴好。一位小姐心中來氣，搖下窗來用英語對那人說：「我是在車內，不是公共場所！」那人也用英語回答：「你的車子有窗，所以還是公共場所！」

其實，我們的小姐只包了一塊頭巾，車下滿街的伊朗婦女完全是黑袍裹身，嚴格得多了。對這件事，外來人容易產生簡單的想法，覺得這兒的婦女太可憐了，需要有一次服飾解放。

我們在德黑蘭街上專門問過幾個年輕的女學生，原以為她們的想法會比較現代，誰知她們的回答是：「我們的這個服裝傳統已延續了一千多年，而且與我們的宗教有關。我們沒有感到壓抑。」

由此想起，第二次世界大戰以後有一段時間，伊朗、土耳其政府曾明令要求人們把傳統服裝改為西式服裝，但到七十年代積極呼籲恢復傳統服裝的，主要是受過高等教育的現代青年。他們甚至認為，只有穿上傳統服裝，才能恢復自己的真面目。我想此間情景有一點像中國餐飲，一度有人提出中國餐飲太複雜，提倡西化餐飲，但到後來，即使是年輕人也渴望恢復祖父一代的口味。在這類事情上，外人一廂情願地想去「解放」別人，有點可笑。

這裡的服裝有沒有禁錮女性美？我看也不見得。我和所有的男性夥伴都有一個共同的感覺：從雅典出發至今，各國女性之美首推伊朗。優雅的身材極其自然地化作了黑袍紋褶的瀟灑抖動，就像古希臘舞台上最有表現力的裹身麻料，又像現代時髦服飾中的深色風衣。她們並不拒絕化妝，甚至讓唇、眼和臉頰成為唯一的視角焦點。這種風姿，絕不像外人想像的那麼寒傖。

當然也面臨問題，那就是：我們要求世界對它多元寬容，它也應該對世界多元寬容，包括對本國人民。對於進入本國的外國女性，不應有過多的限制。對於企圖追求另類生態的本國女子，也不應有過多的呵斥。

由此想起了伊朗伊斯蘭革命後客死異鄉的巴勒維國王，他畢生都在尋找民族傳統和國際溝通之間的橋樑。

在埃及時，我還和兩位朋友一起到開羅呂法伊（Rifaay）清真寺拜謁了他的陵寢。一間綠色雪花石的廳堂裡安放著他的白石棺，邊上插著一面伊朗國旗，攤開著一部《可蘭經》。我想，對他也應寬容，他是伊朗歷史的一個組成部分。

一九九九年十一月二十二日，德黑蘭，夜宿Laleh旅館。

再鑿西域

想一個人逛逛德黑蘭，出門前先到旅館大堂貨幣兌換處。遞進去一張一百美元，換回來一大疊伊朗最高面值的紙幣，讓我吃了一驚。

他們最高面值的紙幣是一萬里爾（Rial），印著柯梅尼威嚴的頭像，現在捏在我手上是八十一張，也就是整整八十一萬里爾！想起伊拉克最高面值的紙幣印的是薩達姆威嚴的頭像，每張二百五十第納爾，我們早已習慣成疊地發給路邊乞討的兒童，但那個數字，畢竟還遠遠小於伊朗。貨幣兌換處邊上站著一位風度很好的老人，一定看慣了外國人在接受這麼一個大數字時的驚訝表情，便用渾厚的男低音給我開起了玩笑：「先生真有錢！」我說：「是啊，轉眼就成了大富翁。」

揣著八十一萬現款逛街，心情比較舒暢。見一家小店裡有束腰的皮帶，選了一條，問價錢，老闆說三千，我想這與八十一萬相比實在太便宜了，連忙抽出一張一萬里爾的紙幣塞過去。老闆不僅不找錢，反而樂呵呵地按住我的那一疊錢又抽去了兩張，說真正的價錢是三萬里爾。

為什麼把三萬說成三千呢？原來老百姓在日常應用中也嫌數字太大，就自作主張，約定俗成地去掉一個零，以縮小十倍來稱呼，也不叫里爾了，叫特曼。結果，市場只說特曼，銀行只說里爾，很不方便。這種事情，按照我們的想法是必須解決又很容易解決的，不知為什麼卻一直不方便下去。民族性格的差異，真是到處可見。

德黑蘭最讓人驚喜的地方，是街道邊潺潺的流水。流在深而無蓋的石溝中，行人需要邁大一點的步子才能跨過。水質清純，水流湍急，從不遠處的雪山下來，等於是喧騰的山溪。

在鬧市中見到山溪終究稀罕，不能不抬起頭來仰望東北方向直插雲天的達馬萬德山（Damavant Mt.）。一座城市，有名山相襯，有激溪相伴，真可以說是得天獨厚。

但是，就在潺潺流水近旁，出現了德黑蘭最大的遺憾，那就是交通。車多，好的少，都在搶道。越搶越擠，一塞好半天，到處充溢著濃烈的廢氣。這很影響情緒，而駕車的人情緒一壞，最容易碰碰撞撞，反正塞車沒事，就下來打架。兩方面扭得很緊，難分難解，邊上塞車的人也正無聊著，便跳下車來圍觀，沒有人勸解。

想想也是，如果勸開了，兩人再並排塞車，反而尷尬。因此大家明白，萬不能鬆手。只有等車流開始移動，才會不了了之。

車流中有很多計程車，奇怪的是可以大大超載。司機邊上的那個座位，擠著兩個胖男人，後邊一排還有兩個人疊坐在別人的膝蓋上，「坐懷不亂」。

德黑蘭的交通問題歷來嚴重。人口一千二百萬，本來已經不少，又由於很少高層建築，城市撐得很大，幾乎是北京的兩倍，誰也離不開車，市民早已怨聲載道。十幾年前下決心建造地鐵，也已經在地下挖空一些土方，兩伊戰爭一爆發就成了防空洞。戰爭結束後大家又惦念起來，於是繼續開工，但進度極慢。終於有市民貼出一張漫畫，畫的是兩千五百年前居魯士大帝從陵寢中發來一道聖諭：「德黑蘭的地鐵，什麼時候才能修成呀？」

政府壓力很重，決定國際招標。中標的不是別人，正是中國。工程隊已經來了兩年，正在緊張施工。本來已經夠嘈雜擁擠的中國，居然騰出手來幫別人解決這個問題了。初一看讓人疑惑，細一想很有道理，因為我們至少已經積累了大量以快捷方式緩解嘈雜擁擠的經驗，既有正面的，也有負面的，相當於「久病成良醫」。

逛街回到旅館，在大堂遇見一個高個子的中國年輕人，他就是負責德黑蘭地鐵工程的中信公司總代表。他從電視裡知道我們的來到，專程邀請我們一行到工地作客，還指定我必須發表講話。

於是，我們很快又進入了一個中國人的世界。見到牆上貼的中國字就興奮，更何況一進院子就聞到了中國飯菜的久違香味。假裝沒聞到，一本正經地熱情握手。

講話我是推不掉的了，便對工程技術人員們介紹了歷史上中國和伊朗的交往趣事。最後我說，過去中國的史書把通西域的壯舉寫成「鑿通西域」或「鑿空西域」，你們倒真是在地下「鑿」了。何時鑿通，他們的居魯士會高興，我們的張騫也會高興。

伊朗人把中國叫成「秦」，我已擬好了居魯士大帝的第二道聖諭：「東土秦人，好生了得！」

張騫則謙恭地回答：「彼此彼此。」

一九九九年十一月二十三日，德黑蘭，夜宿Laleh旅館。

荊天棘地

今天離開德黑蘭向南進發。

第一站應該是到伊斯法罕（Isfaham），第二站是到設拉子（Shiraz）和波斯波利斯（Persepolis），都是歷史文化名城；下一站是向東拐，到克爾曼（Kerman），進入危險地區，一直到翁黑丹（Zahedan），再往東就進入巴基斯坦。

這一條行車路線，每站之間相隔五百多公里，全在伊朗高原上，顛簸其間十分辛苦。但更為焦心的是情勢險惡，真不知會遇到什麼麻煩。

日前問過一位在伊朗住了很多年的記者，有沒有去過克爾曼、翁黑丹一帶。他的回答是：「這哪裡敢呀，土匪出沒地帶，毫無安全保證。一家公司的幾輛汽車被劫持，車上的人紛紛逃走，一位胖子逃不下來，硬是被綁架了整整三個月。更慘的是一位地質工程師，只是停車散步，被綁架了八個月，他又不懂波斯語，天天在匪徒的驅使下搬武器彈藥，最後逃出來時鬚髮全白，神經都有點錯亂了。」

我問這是什麼時候的事，他說是不久前。

剛開始我懷疑他是不是有點誇張，但讀到此間伊朗新聞社的一篇報導，才知道事情確實有點嚴重。

報導所說的事情發生在今年十一月三日，也就是在二十天之前，地點是笴黑丹地區。當地警方獲得線索，一些毒品販子將在某處進行錢物交割，便去捉拿。出動的員警是三十九名，趕到那個地方，果然發現五名毒販，正待圍捕，另一批毒販正巧趕到，共四十五名。於是，三十九名員警與四十五名毒販進行戰鬥，歷時兩個小時，結果讓人瞠目結舌：員警犧牲了整整三十五名，只有四人活著！

我和幾個同伴反覆閱讀了那篇報導，怎麼也想不明白這場戰鬥為何打成這個樣子。員警缺少訓練，在這些國家是完全有可能的，但那夥毒品販子也太厲害了。

另一篇報導則說，除了毒品販子，那個地區的匪徒最想劫持外國人質，索要贖金極高。

現在，我們就在向這個地區進發。

由此想起，我們出發至今，無論是每天的報導還是我的日記，基本上都是「報喜不報憂」。這是因為，每次遇到麻煩時大家都在焦躁地尋求解決方案，當方案還沒有找到時絕對不能報導；如果找到了方案，解決了麻煩，則又完全不值得報導了。而且，越是在穿越無窮無盡的危險，越不能給人留下「危言聳聽」的印象。結果，我筆下的文字一片從容安詳，給人的感覺是一路上消消停停，輕鬆自在。其實根本不是那回事。

一些本來很遙遠的傳媒概念，如「極端主義分子」、「宗教狂熱分子」、「反政府武裝」、「扣押外國人質」等等，已經從書報跳到我們近旁。文明的秩序似有似無，很難指望。

到了這裡才知道，許多政府雖然對外態度強硬，對內的實際控制範圍卻不大。他們連自己政府首腦的安全都保證不了，怎麼來保證我們？

以往我們也會興致勃勃地羅列自己到過世界上哪些地方，其實那是坐飛機去的，完全不知道機翼下的山河大地，有極大部分還與現代文明基本無關。但是，我們繞不過這些地方。

寫到這裡，不禁又一次為身邊夥伴們的日夜忙碌而感動。每天奔馳幾百公里，一下車就搬運笨重的器材和行李，吃一口肯定不可口的飯，嘴一抹就扛著機器去拍攝。哪兒都是人生地不熟，也無法預料究竟會看到什麼。鏡頭和語言都從即興感受中來，只想在紛亂和危險中捕捉一點點文明的蹤跡。拍攝回來已是深夜，必須連夜把素材編輯出來，再傳回香港。做完這一切往往已是黎明，大家都自我安慰說「車上睡吧」，但車上一睡一定會傳染給司機，而我們的司機昨晚也不可能睡足。於是就在渾身困乏中開始新的一天的顛簸。前面是否會有危險，連想一想的精力都沒有。

我比別人輕鬆之處就是不會駕車，比別人勞累之處是每天深夜還要寫一篇短文、一篇長文，寫完立即傳出，連重讀一遍的時間都沒有。只能把現場寫作的糙糲讓讀者分擔了，好在我的讀者永遠會體諒我。

一九九九年十一月二十四日，從德黑蘭去伊斯法罕，夜宿Abbasi旅館。

絲路旅棧

每天清晨在伊朗高原上行車，見到的景象難於描述。

首先搶眼的是沙原明月。黎明時分還有這麼明澈的月亮，別的地方沒見過。更奇怪的是，晨曦和明月同時光鮮，一邊紅得來勁，一邊白得夠份，互不遮蓋，互不剝蝕，直把整個天宇鬧得光色無限。這種日月同輝的美景悄悄地出現在人們還在酣睡的時刻，實在太可惜了。

正這麼想，路上車子密了。仔細一看，一車一家，剛剛結束晨禱。

接下來晨曦開始張揚。由紅豔變成金輝，在雲嵐間把姿態做盡了。旭日的邊沿似乎立即就要出來，卻湧過來一群沙丘，像是老戲中主角出場時以袖遮臉。當沙丘終於移盡，眼前已是一輪完整的旭日。

此時再轉身看月亮，則已化作一輪比晨夢還淡的霧痕，一不小心就找不到了。我看手錶，正好七點。

一路奔馳，過中午就到了伊斯法罕。這個城市光憑一句話就讓人非去不可了，那就是：「伊斯法罕，世界之半。」

這是一種藝術語言，就像中國古人說天下幾分明月，揚州佔了幾分之類，不必過於頂真。但無論如何，伊斯法罕也總該有點底氣，足以把這句話承擔數百年吧？

伊斯法罕的底氣，主要來自十七世紀沙法維（Safavid）王朝的阿巴斯（Abbas）國王。這個年代，對歷史悠久的波斯文明而言實在是太晚了，因此我的興趣一直不大。但到了這兒一看，才發現正由於時間比較近，一切遺跡都還虎虎有生氣，強烈地表現出阿巴斯的個人魅力，很難躲避。

他在治國、外交上很有一套，這裡按下不表；光從遺跡看，他很有世俗情趣和親民能力。

例如橫穿市區的薩揚德羅河上有他主持建造的兩座大橋，不管以古典目光還是以現代目光看，都很美。尤其是那座哈鳩（Khaju）橋，實際上是一個蓄水工程。橋

面和橋孔之間有一條長長的甬道，據說在盛夏季節，阿巴斯國王還曾在這條甬道中與平民互相潑水。現在這條甬道仍保留著極世俗的氣氛，變成了一溜茶廊。喝茶在次，主要是吸水煙。越往裡走煙香越濃，一支支水煙管直往你嘴裡塞。

除世俗情趣之外，他又有一份高雅，證據就是他的離宮「四十柱廳」（Chehel Sotun Palace）。雖經入侵者破壞，今天一看仍像巴黎郊區的離宮楓丹白露，只是比楓丹白露小一些罷了。我到這裡，總算看到了燦然的紅葉，濃濃的秋色。一路過來總見沙漠，哪裡領略過那麼純淨的季節信號？

我們住的旅館走廊上，掛著幾個世紀前西方畫家在這裡寫生的影本，可知現在這個旅館的建築樣式與當時基本沒有區別。再早一點，這兒是絲綢之路的重要旅棧。中國商人大多到此為止了，由波斯商人把買賣往西方做。也有繼續走下去的，那麼，這兒就是一個歇腳點。

據說當時的旅棧拴滿了大量的駱駝，東西方客商雲集的景象熱鬧非凡。至今沒有變化的，是隔壁清真寺的藍色圓頂。

今夜，我聽著從藍色圓頂傳出的禮拜聲入睡，做著與古代中國商人差不多的思鄉夢。

一九九九年十一月二十五日，伊斯法罕，夜宿Abbasi旅館。

中國人為他打燈

我不認為波斯文明的雄魂已經挪移到德黑蘭或在伊斯法罕，儘管這些地方近幾個世紀比較重要。波斯文明的雄魂一定仍然在波斯波利斯、設拉子一帶遊蕩，遊蕩在崇山荒漠間，遊蕩在斷壁殘照裡。

因此，今天從伊斯法罕出發南行，心情急迫。我知道兩千多年不會留下太完整的東西了，這不要緊，只要到那個地方站站就成。

路途很遠，有很大一部分還是險峻的山道。那些寂寞的遺跡怎麼才能找到呢？在這兒幾乎沒有英文路標，因此只能花比較多的錢，在伊斯法罕找幾個當地專家帶路。伊朗的專家們坐一輛麵包車領頭，我們的車隨後。

但是開了一陣之後，我們全體都不耐煩了，時速六十公里，這哪裡是我們的速度？趕上前去攔住他們商量，他們說，山路太險，交通部門警告過，必須限速。我們說，這樣的速度半夜也到不了目的地，深夜在山上開車豈不更危險？他們一想有道理，又為我們急於去看他們民族的遺跡而感動，決定加快到時速八十公里。神情間，有一些悲壯。

這樣開了一陣還是不對勁，我們又一次超車把他們攔下，說交通部門的罰款由我們支付，你們的車跟在我們後面吧，只要有一個人到我們的車上引路就行。這些專家神情異樣地看著我們，我們請了一位上車，剛關門，車便呼地一聲躥出去了，時速一百二十公里。跟在我們後面的麵包車遲疑了一陣，然後還是跟上了，只是故意保持了一段距離。

就這樣我們超過不知多少車輛，著魔似的往前趕，一會兒上坡，一會兒下坡，顛得渾身發顫。一直開到晚霞滿天，汽油即將耗盡，便拐進一個山間油站加油。那輛跟在我們身後的麵包車就趁這個當口悄然超過去了，但我們誰也沒有發現。

加滿油後上路不久，我們就在一個岔道口見到了它，不禁大吃一驚。難道它是飛越我們的頭頂先期到達這兒的？他們笑笑，只是莊嚴地指著岔道說：這兒，就是居魯士大帝的陵寢。

這句話對我來說振聾發聵。根本顧不得他們超前的原因了，推開車門跳下，誰也不作聲了。

這時太陽剛剛沉入大地，西天一片琥珀紅，平野千里間，只有眼前一個極其古老的石築。約八米高，六米見方，由灰褐色的大石砌成。由於逆光，看不真切，卻壓人眼目。

快速趨近，只見下面是階梯式台座，上方是一個棺室，開有小門。

整個陵寢構架未散，但大石早已棱磨角損，圓鈍不整。

除了這個不大的石築，周圍什麼也沒有了。不知平日是否還有人偶然想起，拐進岔道來看看？

但是，我們就是為此而來。這裡長臥的，是波斯帝國的真正締造者，古代亞洲偉大的政治家居魯士大帝。

他所統治的帝國之大，他在軍事和行政上的才能，不能說古往今來無人比肩，但能比的人數確實不多。

在陵寢的東北方有他的宮殿遺址，當然早已是一片斷殘石柱。我們摸黑走到了他接見外國賓客的宮殿，高一腳、低一腳地有點艱難。

一起來的伊朗專家指給我看一方石碑，上面用古波斯文寫著：我，居魯士大帝，王中之王，受命解救一切被奴役的人……

我想他至少已經部分地做到了。我在哈馬丹時曾說起過他征服巴比倫後釋放萬名猶太人的事，現在站在他的墓前又想起，他在釋放猶太人時，發還了本來屬於他們的全部金銀祭器，並鼓勵他們回耶路撒冷重建聖殿。與此同時，他把巴比倫強征豪奪來的各城邦神像，也都分頭歸還給了各城邦，而對巴比倫本身的信仰又極其尊重。對巴比倫末代君主，他也予以寬容和優待。

他喜歡遠征，但當時世界上竟有很多邦國對他心甘情願地臣服，主要是由於他的政治氣度。這種政治氣度，有點接近中國古代聖人所追求的「王道」。

於是，我請求車隊的每一盞車燈都朝這裡照射，好讓我們多拍幾個鏡頭。今天，我們中國人為他打燈。

到這時我才明白，為什麼今天我們會著了魔似的在高原險路上如此莽撞地往前趕，原來是一種神秘的力量在召喚。現在四周已經一片漆黑，只有我們的車燈亮著，指認著伊朗高原深處的這個千年穴位。

一九九九年十一月二十六日，設拉子，下榻Homa旅館。

一代霸主

昨夜拜謁了居魯士陵墓，今天去探訪大流士宮殿。

大流士是繼居魯士的一個兒子和一個篡位者之後，以政變而掌權的又一個偉大的統治者。他快速消除了由居魯士兒子的變態和篡權者的陰謀所帶來的種種惡果，重新恢復了波斯帝國的尊嚴。他還把帝國的版圖和實力繼續擴充，真可謂到了「烈烈揚揚」的地步。他以《漢謨拉比法典》為底本制訂法律，統一度量衡，開鑿運河，建立驛站，保證了一個龐大帝國的權力覆蓋，而且還時時謀求擴張。他不僅把印度當作自己的一個行省，而且把目光投向了遙遠的希臘。

他的宮殿所在地叫波斯波利斯（Persepolis），離我們下榻的設拉子六十多公里。其實波斯波利斯的原義就是波斯都城，是波斯人根脈所繫，也是當時帝國的典儀中心。這座都城建於西元前五一八年，如果以中國的紀年作對比，那還是春秋時代孔子三十三歲，剛過而立之年。

一眼看去，這個遺跡保護得不錯。佔地很大，柱墩、門臼、台階、浮雕歷歷在目，而更清晰的，是殘存的氣勢。

背靠一座石山，在山坡底部削切出一個巨大的平台，六宮一殿在平台上依次排列。穿過一道道石門，經過一排排石雕，就能見到一處高殿。寬大的階梯平緩而上，階梯邊的石壁上是一幅十幾米長的連環浮雕，雕刻著各國使者前來朝拜和納貢的熱鬧情景。

其實這裡所說的「各國使者」，與現代概念不同。那些國，實際上是指被居魯士和大流士的波斯帝國征服的邦國，說臣服國、保護國、附屬國都可以。在居魯士和大流士看來，天下各國應該平等往來、和平相處，但何以做到這一點呢？有人做不到該怎麼辦呢？所以必須讓大家服從「王中之王，諸國之王」，那就是他們自己。

這個概念一直吸引著後世的世界征服者，例如羅馬帝國一直傳揚一個原則：「在羅馬帝國領導下的各國和平。」

幾位伊朗專家領著我們仔細觀看了台階邊上的長幅浮雕。他們還能指出浮雕上每一個朝貢隊伍來自什麼地方，屬於哪個民族。在這排浮雕的不遠處，有一批刻在牆上的銘文，明白道出了這種氣氛背後的權力依據。伊朗專家給我翻譯了一段：

我，大流士，偉大的王，諸王之王，諸國之王，阿契美尼德族維什塔什卜之子，承神聖阿胡拉的恩典，靠波斯軍隊征服了這些國家。這些國家害怕我，給我送來了王冠，它們是：胡齊斯坦、米底、巴比倫、阿拉伯、亞述、埃及、亞美尼亞、卡帕杜基亞、薩爾德、希臘、薩卡提、帕爾特、紮爾卡、赫拉特、巴赫塔爾、索格特、花拉子模、魯赫吉、崗達爾、薩爾、馬那……

我還無法把這些國名與現在世界上所處的地區全部一一對應起來，但還是被一種睥睨天下的霸氣和豪氣震撼了。

圖像上以突出的地位雕刻了印度人的朝貢。

希臘人的朝貢也有，但誰都知道，這將是這個王朝的致命陷阱，但大流士當時並沒有感覺到。巨大的空間統治權使他氣吞萬匯，什麼也不在乎了。

但他在冥冥之中還有一點害怕，祈禱著光明之神阿胡拉的保佑。我還看到了一則銘文，伊朗專家又逐句翻譯給我聽。大流士的口氣與上面引述的那一篇銘文很不一樣了：

> 大流士祈求阿胡拉和諸神保佑。使這個國家、這片土地不受仇恨、敵人、謊言和乾旱之害。

你看，如此強大的大流士還害怕四樣東西。他把仇恨放在敵人之前是可以理解的。因為他打了這麼多年的仗，征服了這麼多國家，深知敵人不足懼，麻煩的是仇恨。正是仇恨，不斷製造著難於戰勝的敵人。他把乾旱列為害怕的對象也合理，因為伊朗處於高原和沙漠之中，最偉大的君王也無法與自然力抗爭。但奇怪的是，他把謊言列在乾旱之前，居然成了他最害怕的東西，非要祈求光明之神來驅逐不可！

這一點對我很有衝擊力，因為這些年我目睹謊言對中國社會的嚴重侵害，曾花費不少時間研究。但我怎麼也沒有想到，一個無所畏懼的古代霸主，對謊言的恐懼超過自然災害。

大流士讓我們看到了他的害怕處，一下子顯得更可愛了。

一九九九年十一月二十七日，伊朗設拉子，夜宿Homa旅館。

西風夕陽

在大流士宮殿閱讀銘文時，經常可以看到「阿胡拉」這個詞。大流士大帝把它看作至高無上的神靈，對它畢恭畢敬。我對這個詞有點敏感，因為對古代波斯的拜火教關注已久。我知道這個「阿胡拉」也就是阿胡拉—馬茲達，是拜火教崇拜的善良之神，光明之神。

我開始關注這種宗教的原因，是它的創始人的名字：查拉圖士特拉。一個大概生活在西元前六世紀早期的雅里安人。尼采曾借用這個名字寫過著名的《查拉圖士特拉如是說》，對近代世界包括中國很有影響。

波斯人很大一部分是幾千年前遷移到伊朗高原上來的雅里安人，查拉圖士特拉的血統說明了這種淵源。後來希臘人用自己的語言把查拉圖士特拉的波斯讀法讀成了瑣羅亞斯德（Zoroaster），所以拜火教又叫瑣羅亞斯德教。

我對拜火教的教義也一直有興趣。世界各地許多原始宗教所崇拜的神往往集善惡於一身，人們既祈求它又害怕它，宗教儀式是取悅它的一種方式。有的神還很野蠻，例如要求多少童男童女去供奉。成熟的宗教就不同了，大多獨尊一神，而這個神確實也充滿神性，善待萬物，啟迪天下。拜火教與這兩種情況都不太一樣，它主張一神崇拜，卻又是一種二元論宗教。它認為主宰宇宙的有兩個神，一個是代表善良、光明的阿胡拉，另一個是代表邪惡、黑暗的阿里曼。

阿胡拉和阿里曼時時激戰又勢均力敵，人們為阿胡拉祈禱、吶喊、助威，用熊熊烈火張揚它所代表的光明，而且相信它終究戰勝。拜火教有一種戰鬥意義上的樂觀，堅信人的本性由善良之神造就，光明的力量總會壯大。最終大家都會面臨偉大的「末日審判」，連死去的人也會復活來接受判決。

那麼，一個人何以皈向光明呢？拜火教又提出了一系列倫理原則，最著名的一條幾乎與中國先秦思想家的說法完全一樣：「己所不欲，勿施於人。」它又明確規定了人的三大職責：化敵為友、改邪歸正、由愚及智。還有三大美德：虔誠、正直、體面。

這些都挺好。遺憾的是，拜火教還宣佈了世界存在的時間（一萬兩千年），宣佈了對異教徒絕不寬恕，又宣佈了除波斯人之外的外國人都是劣等人。

拜火教的經典為《阿維斯塔》（Avesta），據說是光明之神阿胡拉交給查拉圖士特拉，要他到人間來傳道的。

我知道大流士篤信拜火教，也知道由於他的篤信，拜火教成了波斯帝國的精神支柱。自從我們一行進入伊朗以來，我經常與夥伴們提起這一宗教。昨天剛剛要走出大流士宮殿時，幾個夥伴趕過來對我說：「好消息，我們打聽到，你感興趣的拜火教遺址就在附近，趕快去！」

那當然要去。從大流士宮殿出來往東北方向走六公里，就見到一座山，山的石壁上鑿有一座座殿門，估計就在這裡了。

石壁前是一個寬闊的平坡，像一個狹長的廣場，須攀登才能抵達。我第一個爬了上去，正在一一仰望，與我們一起來的一位伊朗專家也跟了上來。他已年邁，氣喘吁吁地對我說，那些石壁上的殿門是大流士與另外三個國王的陵墓，由於他們都信奉拜火教，便按照拜火教的方式安葬，與天地同在。鑿壁為墓，是帝王的特殊待遇。

我看這些墓窟離地面總有五十多米高，便問專家是否上去過。他說沒有，只聽說墓室裡有一個拜火教的神壇。此刻我們只能遠遠地仰望著，能看到那裡刻著柱子和圖案，但由於太高，卻看不清楚。

伊朗專家突然問我：「你去過約旦的佩特拉嗎？」我說去過。他說他曾從照片上看到，佩特拉的岩壁墓穴與這兒很相似。

我說有點像，但那兒的墓穴雕刻更希臘化。這兒顯然更東方、更簡潔。

在墓窟底下，比人體略高的地方，有幾幅完整的浮雕。其中最大的一幅是一位波斯將軍騎在馬上，馬前跪著一個人。專家說，馬上的騎士是後來薩珊王朝的一個國王，而跪著的人是被俘虜的東羅馬皇帝。

半山廣場的西部有一個古老的白石建築，與面前的千丈石壁相比顯得很小。窄窄的一兩間房，深到地下，有台階相連，這是真正的拜火教神殿。拜火教淪落之後，全國各地的神殿均遭破壞，只剩下這座比較完好。我想大概是人們出於對大流士的尊敬，照顧了它。

我快步走到神殿前，西邊吹來的風已很峭厲。我沒有穿夠衣服，抱肩看了一會兒就轉身返回，只見夕陽把我的身影拉得很長很長，幾乎拖遍了整個平坡。

遙想當初查拉圖士特拉創立拜火教，就是希望人們能從原始宗教的占卜、巫術中擺脫出來，走向更有智慧的宗教境界。但是，當拜火教度過極盛時期後，龐雜的信徒隊伍又開始伸發其中的占卜、巫術內容。這不奇怪，普通民眾的宗教狂熱慣常地拒絕理性，遲早會滑入荒唐的臆想之中。於是它也快速地產生質變，回歸於原始宗教的愚昧狀態。由於失去了內在的理性力量，它終於變得奄奄一息。在以後的外族入侵中，拜火教基本消亡。只是在唐代的長安，曾經出現過它的教堂。這離它在波斯本土的消亡，已經隔了很久很久了。

一九九九年十一月二十八日，由設拉子去克爾曼，夜宿Kerman旅館。

再闖險境

今天，我們終於要進入目前世界上最危險的區域了。危險到什麼程度？近兩個月內，在這條路上，已有三批外國人被綁架，最近一批是在五天前。剛剛接到消息，就在昨天，箚黑丹地區又有三十二名員警被阿富汗的販毒集團殺害，作為對該集團一個首領被捕的報復。

上午五時起床，六時發車。克爾曼是個小城，剛離開幾步就是沙漠了。這裡的沙漠從地形上就會讓人提起警覺：路邊有很多七、八米直徑的不規則石墩、石台，活像地堡。又有不少自然的石坑，活像戰壕。

更嚴重的是，在離公路各約三百米的兩側，是兩道延綿的低矮山梁，是伏擊的最佳地形。山梁上多少人都藏得下，一旦衝鋒能快速抵達地面。即便公路上有武裝部隊狙擊，也能憑藉石台、石坑處於有利地位。

我們一直在這樣的一條路上行進，心一直懸著，設想著不久前三批外國人被綁架的各種情景。這些外國人現在都還關著吧，至少五天前綁架的那一批？他們會關在哪裡？

中午時分見到一個很大的古城堡，整個呈泥沙色，沒有一絲別的顏色。形態古老，城門狹小，有護城河，可見古代此地也很不安全。

古城堡邊有小鎮，叫北姆（Bam），一問，知道城堡是安息王朝時的遺跡，至今已有兩千多年。但這個遺跡一直有人住，到兩百年前才廢棄，成為盜寶者們挖地三尺的地方。

我們幾個進入古城堡後在條條街道間穿行，大體搞清楚了古代官衙、禁衛軍、馬廄和平民住宅區的劃分。官衙地處高敞，有排水系統，建築材料用了韌性蜜棗木，保存得比較好一點。平民住宅區則非常擁擠，像是到了一個廢棄了的「小人國」。在古代，幾乎沒有城堡外的居民。外面的沙漠根本無法生存，一個城堡已經囊括了一個邦國的絕大部分人口。

在探訪古城堡時我們被告知，從這裡到札黑丹必須有警車保護。於是，就找當地警察局去申請。

申請倒是沒費多少周折就批准了，但由於形勢險惡，警力嚴重缺乏。警方給了我們兩個方案，一是在北姆等候，二是先往札黑丹開，等警車回來後再來追趕。

第一方案聽起來好一點，但我們不知要等多久。眼看太陽偏西，走夜路更危險，因此選擇了第二方案，就冒險出發了。

離開北姆不到一小時我們就遇到了沙漠風暴。

只見一片昏天黑地，車窗車身上沙石的撞擊聲如急雨驟臨。車只能開得很慢，卻又不敢停下。沙流像一條條黃龍，在瀝青路面上橫穿。風聲如吼，沙石如瀉，遠處完全看不見，近處，兩邊的沙地上出現了很多飛動的白氣流，不知預示著什麼。

處在這種風暴中，最大的擔憂是不知它會加強到什麼程度。車隊一下子變得很渺小，任憑天地間那雙巨手隨意發落。

苦苦等了很久，沙漠風暴終於過去了。剛想鬆口氣，氣又提了起來：夜幕已臨，而眼前卻是一片高山！

保護我們的警車還沒有來，四周的情景越來越兇險，不敢停車拂去車身上的沙土，我們便咬著牙，一頭向這危險地區的山路撞進去。夥伴互相輕輕囑咐：「眼觀六路，耳聽八方。」這裡的每一個轉彎都不知會碰到什麼，每一次上坡下坡都提心吊膽。

兩邊的山巒猙獰怪誕，車道邊上的懸崖深不可測。沒有草樹，沒有夜鳥，沒有秋蟲，一切都毫無表情地沉默著，而天底下最可怖的就是這種毫無表情的沉默。

突然路勢平緩，進入一個高原平地。這時聽得後面有喇叭聲，一輛架有機槍的小貨車追了上來。這輛小貨車在貨艙上方的金屬棚下挖一個大洞，伸出一個人頭和一支機槍，其他人則持槍坐在駕駛艙裡。

停車後他們告訴我們，他們是員警，前面真正進入了危險地帶，特此趕來保護我們。

他們沒有穿警服，更沒有向我們出示證件。我們無法驗證一切，又不敢細問，就讓他們跟在車隊後面，繼續往前走。我們只是心慌：怎麼冒了半天險，到現在才進入危險地帶？他們究竟是誰？我們現在的關注重心，至少有一半要分到背後這輛小貨車上了。

又走了很久，背後那輛車躥了上來，叫我們停車，說是他們值班時間到了，會有另外一輛警車來換班，要我們和他們在這裡一起等待。

我們環視四周，這裡又是一個山坳，黑黝黝的什麼也看不清。在這世界上最危險的地區，半夜裡，山坳間，與一些不明來歷的武裝人員在一起，我們又和他們一起等候著另一批武裝人員……不要多想我們就做出了決定：開車，快速離開！

我們的車隊呼隆一下便像脫韁的馬隊一般飛馳而去，直到深夜抵達劄黑丹。

一九九九年十一月三十日，由克爾曼赴劄黑丹，夜宿Esteghlal旅館。

笡黑丹話別

笡黑丹是一個小地方，卻因處於伊朗、阿富汗、巴基斯坦三國交界處，十分重要。近年來這裡又成為世界著名的販毒區域，殺機重重，黑幕層層，更引人關注。

伊朗政府為了向世界表明它的禁毒決心，曾邀請一些外國使節和記者在重兵保護下到這裡來參觀銷毀毒品的場面，但一般記者是不敢來的。他們只是看著地圖，寫出相關報導。

我在前兩篇日記中說過，本月初，三十五名員警在笡黑丹地區被販毒集團殺害，兩天前，犧牲的員警又是三十二名……販毒集團目前窩藏在阿富汗較多，與宗教極端主義組織為一體，扣押外國人質是他們與政府討價還價的籌碼。因此，這幾類事情互相斡旋，難分難解。通過販毒而積累的巨大資金，使全部恐怖活動擁有巨大的人力資源和裝備資源，讓人不能不害怕。

我們往前走只有這一條路，避不開。對我來說，這種經歷也是文化考察的一個部分，願意冒險。幾個夥伴一路在勸我，讓我一個人拐到某個城市坐飛機走。我說如果我這樣做，就實在太丟人。

夥伴們說：「你是名人啊，萬一遭難，影響太大。」

我說：「如果被名聲所累，我就不會跨出歷險的第一步。放心吧，並不是所有的中國文人都是夸夸其談、又臨陣脫逃的。」

大家都明白前途險惡。我們在伊朗新認識的朋友曼蘇爾．伊扎迪醫生（Dr. Mansour Izadi）也趕到笱黑丹來送我們。

深夜了，有人敲門，一看是他，手裡提著一口袋鮮紅的大石榴，要我在路上吃。

曼蘇爾醫生不僅能說一口標準的中國普通話，更讓我驚訝的是，他說出來的上海話居然也很不錯。原來，他是上海第二醫科大學泌尿外科專業碩士。

曼蘇爾醫生非常熱愛自己的國家和民族。有一句話他給我講了很多遍，每次講的時候雙眼都流露出很大的委屈。他說，在中國，很多朋友總把伊朗看成是阿拉伯世界的，開口閉口都是「你們阿拉伯人……」，實在是很大的錯誤。我說：「我知道，你們是堂堂居魯士、大流士的後代，至少也要追溯到輝煌的安息王朝、薩珊王朝……」他笑了，然後靦腆地說：「我弟弟的名字就叫大流士．伊扎迪，在北京工作。」

曼蘇爾醫生告訴我，阿拉伯人入侵時，把亞歷山大都沒有破壞的文化遺跡都破壞了，情景十分悲慘。但波斯文化人厲害，陽奉陰違，只用阿拉伯的字母，拼寫的句子仍然是波斯語。阿拉伯統治者猛一看全用了阿拉伯文，其實，只把它們當作拼寫方式而已，波斯語因此而保存了下來。

經他這麼一說，我心中就出現了三個語言承傳圖譜。第一是中國，可稱「一貫型」；第二是埃及，可稱「中斷型」；第三是波斯，可稱「化裝型」。相比之下，中國很神奇，埃及很不幸，波斯很聰明。

但曼蘇爾醫生又是一個虔誠的穆斯林，信奉伊斯蘭教。他說，人類其實是很難控制自己的，必然導致自相殘殺、災難重重，因此應該共同接受一種至高無上的、公平而又善良的意志，使大家都服從。我們把它稱為真主，但真主不是偶像。其他許多宗教也很好，而伊斯蘭教處於一種完成狀態……。他見我好像不大開竅，又語氣委婉地說：「我知道，在你們看來，我們這個宗教在禮拜和生活上規矩太多太嚴，不方便。但人類不能光靠方便活著，你們中國歷史上很多偉大人物為了追求理想也故意尋找不方便……」

今天我們一大清早就要出發去邊境，曼蘇爾醫生也起了個大早，親自到廚房給我們準備了簡單的早餐，又一再叮囑，進巴基斯坦之後路途十分艱險，千萬留神。

到了邊界，我們果然看到了時時準備發射的大炮。

曼蘇爾醫生說，炮口對著阿富汗方向，是針對恐怖分子的。你們千萬不要以為恐怖分子只是躲在土丘背後的黑影子，他們擁有坦克，包括一切先進武器。他們曾經輾轉向伊朗政府帶話，如果眼開眼閉讓他們的毒品過境，每年可奉送十億至二十億美元，但伊朗政府堅決拒絕了。當然，不是一切國家的各級政府官員都會拒絕，因此形勢變得極為複雜。

等我們走過鐵絲網回頭，看到曼蘇爾醫生還在不放心地目送我們。

我們向他揮手，又想快速地躲避他的目光，因為我們的幾個小姐對於即將解除頭巾的束縛太歡悅了，而這種歡悅可能會刺痛他太敏感的心。

一九九九年十二月一日。劄黑丹，夜宿Esteghlal旅館。

巴基斯坦

黑影幢幢

從伊朗出關後，迎面是一間骯髒破舊的小屋，居然是巴基斯坦移民局所在。裡面坐著一個棕皮膚、白鬍子的胖老頭，有點像幾十年前中國農村的村長，給我們辦過關手續。

破舊的桌子上壓著一塊裂了縫的玻璃，玻璃下有很多照片，像是通緝犯。一問，果然是。

在通緝犯照片上面又蓋著一張中年婦女的照片，因泛黃而不像通緝犯。一問，是他太太。

兩次一問，關係融洽了，而我們的小姐們還處於解除頭巾束縛的興奮中，不管老頭問什麼問題，都滿口「吔、吔」地答應著。男士們開起了玩笑：「見到白鬍子就亂叫爺爺，怎麼對得起……」

我知道他們想說怎麼對得起家裡的祖母，但他們似乎覺得不雅，沒說下去。小姐們一點不生氣，還在享受一個自由婦女的幸福。在她們幸福地擺動的肩膀後面，滿牆都是通緝犯的照片。

老人在我們的護照上簽一個字，寫明日期，然後蓋一個三角章。其實三角章正在我們手裡玩著，他拿過去蓋完一個，又放回原處讓我們繼續玩。不到幾分鐘，一切手續都已結束。這與我們以前在其他國家過關相比，簡直是天壤之別。

走出小屋，我們見到了前幾天先從德黑蘭飛到巴基斯坦去「探路」的吳建國先生，他到邊境接我們來了。

我們正想打招呼，卻又愣住了，因為他背後貼身站著兩名帶槍的士兵。巴基斯坦士兵的制服是一襲裙袍，顏色比泥土稍黑，又比較破舊，很像剛從戰場上爬回來的，沒有任何花架子。吳建國一轉身他們也轉身，吳建國上前一步他們也上前一步，可謂寸步不離。我們沒想到吳建國幾天不見就成了這個樣子，而他老兄則摘下太陽眼鏡向我們解釋，說路上實在不安全，是巴基斯坦新聞局向部隊要求派出的。「連我上廁所也跟著。」他得意地說。

聽他這麼一說我們都忍不住噗哧一聲笑了，說：「那你也該挑一挑啊。」原來兩名士兵中有一個是嚴重的「鬥雞眼」，不知他端槍瞄準會不會打到自己想保護的人。

吳建國連忙說：「別光看這一個，人家國家局勢緊張，軍力不足，總得搭配。你看這另一個，樣子雖然也差一點，卻消滅過十二個敵人。」旁邊那個軍人知道他的「首長」在說他，立即挺胸作威武狀。

此後我們努力把吳建國支來支去，好看看兩名士兵跟著他東奔西跑的有趣情景。相比之下，那位「鬥雞眼」更殷勤，可能是由於他還沒有立功。

突然我們害怕了，心想如果誰狠狠地在吳建國肩上擂一拳，「鬥雞眼」多半會開槍。

進入巴基斯坦後我們向一個叫奎達（Quetta）的小城市趕去。距離為七百多公里，至少也得在淩晨一時左右才能趕到。

這條路，據曼蘇爾醫生說，因為緊貼阿富汗，比俾黑丹一帶還要危險，是目前世界上最不能夜行的路。

但是我們沒有辦法，不可能等到明天，只能夜間行走。理由很簡單，邊境無法停留，而從邊境到奎達，根本沒有一處可安全歇腳的地方，只能趕路。

危險的感覺確實比前兩天更強烈了。

這種感覺不是來自荒無人煙，恰恰相反，倒是來自人的蹤跡。

路邊時時有斷牆、破屋出現，破屋中偶爾還有火光一閃。

過一陣，這個路口又突然站起來兩個背槍的人，他們是誰？是員警嗎？但他們故意不看我們，不看這茫茫荒原上唯一的移動物。因此，這種「故意」讓人毛骨悚然。

正這麼緊張地東張西望，我們一號車的司機通過對講機在呼叫：「右邊山谷轉彎處有人用手電筒在照我們，請注意！請注意！」我們朝右一看，果然有手電筒，但又突然熄滅。

對講機又傳來最後一輛車的呼叫：「有一輛車緊跟著我們的車隊，讓它走又不走，怎麼辦？」

前面路邊有兩個黑色物體，車燈一照，是燒焦的兩個車殼。再走一段，一道石坎下蹲著三個人。這兒前不著村，後不著店，他們蹲在這裡做什麼？

正奇怪，前面出現了一輛嶄新的橫在路邊的小轎車，車上還亮著燈，有幾個人影。我們的心一緊，看來必定會遇到麻煩了，只能咬著牙齒衝過去。

但是，意想不到的事情發生了。我們還沒來得及衝，只聽驚天動地一聲巨響，我們一輛車的車輪爆了。車輪爆破的聲音會響到這種程度，我想是與大家的聽覺神經已經過於敏感有關。其他幾輛車的夥伴回過神來，都把車停了。那輛橫在路上的小轎車，立即發動離去。

我想不管這輛車是善是惡，我們這種一聲巨響後突然停住似乎要把它包圍的狀態，實在太像一隊匪徒了。

在我們換輪胎的時候，走來兩個背槍的人，伸出手來與我們握。我抬頭一看，是兩個很老的老人，軍裝已經很舊，而腰上纏著的子彈袋更是破損不堪。

竟然是這樣的老人警衛著這個世界上最危險的地段？我默默地看著這兩個從臉色到服裝都很像沙漠老樹根的老人，向沙漠走去。他們沒有崗亭，更沒有手機，更沒有體力，真的出了事管什麼用呢？

我相信今天夜裡，我們一定遇到了好幾批不良之徒，因為實在想不出那麼多可疑的人跡在這千里荒漠間晃動的理由。但我們躥過去了，唯一的原因是他們無法快速判斷這樣一個吉普車隊的來源，而車身上那個巨大的鳳凰旋轉標誌，又是那麼怪異。

半夜一時到達奎達。整個小城滿街軍崗，找不到一個普通人。連空氣都凝固了，這就叫「宵禁」。據說在這裡，很少有不宵禁的時候。

除了早晨在曼蘇爾醫生手裡拿到過一個煮蛋外，中餐和晚餐都沒有吃過，可是餓過了勁，誰也不想動了。

一九九九年十二月二日，巴基斯坦奎達，夜宿Serna旅館。

赤腳密如森林

今天驚心動魄。

昨天半夜到奎達才知道，這裡去伊斯蘭馬巴德還非常遙遠。沒有直路，只得到南方去繞，今夜最快也得在木爾坦（Multam）宿夜。

但是，不管從地圖上看還是向當地人打聽，繞道到木爾坦有九百多公里！開出去不久就明白糟了，這是什麼路呀，九百多公里開十六個小時都是快的。高低不平的泥路使我們擔憂，但最驚人的還是路邊的景象。

到處都是灰土，連每棵樹乍一看都像是用泥土雕出。樹下是堆積如山的垃圾，垃圾上站著無數雙赤腳。這兒的人似乎都不大喜歡洗臉理髮，更遑論洗衣，因此也像是用泥土雕出。

今天不是星期天，但孩子們都站在這裡。有幾個在賣一塊塊的麵食。麵食上有綠點，那是豆角，有紅點，那是顏色，但更多的是黑點，那是蒼蠅。

房子全是泥磚，用石灰刷一下便是奢侈，而這些奢侈現在也均已脫落。

有人說這裡的老百姓極端貧困，卻有少數權勢者因受賄而暴富。但是這些富人在哪裡造了房？我們一小時一小時地走了那麼遠，怎麼沒有見到稍稍像點樣的一間房子？

我不斷在心裡警告自己：千萬不要以偏概全。於是暫不作為結論，只是讓車不斷往前開，以便讓景觀盡可能充分地展開。有時不相信自己的眼睛，便把車停下來細看。

最後，當我發現已經在這個地區整整行駛了一千五百多公里，就不能不作出判斷了：遼闊的印度河平原的極大部分，承受著一種最驚人的整體性貧困。

對於貧困，我並不陌生，中國西北和西南最貧困的地區我也曾一再深入。但那種貧困，至少有辛勤的身影、奮鬥的意圖、管理的痕跡、救助的信號。這一切，在這裡很難發現。因此，驚人的不是貧困本身。

我們從伊拉克和伊朗過來，對比之下這兒非常自由。自由得沒有基本的交通規則和衛生規範，自由得可以在大路邊作任何搭建，自由得有那麼多人在無事閒逛。我們已經在這「國道」邊看到五、六十個小鎮了吧，所有鎮上的道路旁，永遠站滿了大量蓬頭垢臉的人，互相看來看去。從小孩、青年、壯年到老年，好像互相要看一輩子，真不知他們靠什麼獲得食品。

在這裡我可斷言，一路上感到的最慘痛景象，不是石柱的斷殘、城堡的倒塌、古都的湮滅，而是在文明古國的千里沃野上，那些不上學的孩子們的赤腳，密如森林。

已有充分的考古材料證明，印度河文明在西元前三千年，即距今五千年前已經高度發達。發達到什麼程度？光從摩亨佐．達羅（Mohenjo Daro）出土的遺跡看，建築宏偉而堅固，設計精緻而科學，私人住宅已有優良的浴室，城市的排水系統也很完善。

我以前就知道，早在三千五百年前這種文明已經退出歷史舞台。但這個地方會衰敗到這個樣子，卻是以前怎麼也沒有想到的。

按照過去習慣的思路，我們會把這兒衰敗的原因說成是受到了外族的侵略和掠奪。如果這種說法成立，那也已經過去了很久很久。這個國家自治已有五十多年，完全獨立也已有四十多年。作為一個農業國，土地沒有被奪走，河流沒有被奪走，氣候沒有被奪走，西方文明還為它留下了世界矚目的自流灌溉系統。振興和自強的機會，可以說年年月月都很充分，但都失去了。

就近期原因而言，可能是由於陷入了與鄰國的軍備競賽，可能是由於走馬燈般的政局更迭，可能是由於舉世聞名的官場腐敗……不管是什麼，都需要有一次文明意義上的反省。文明的淪落，原因之一是失去了反省能力。

剛剛想了一下又上路了。一路行去，如果發現有一小段遠年的瀝青路，各車的司機就在對講機裡歡呼起來，但歡呼聲立即噎住在狂烈的顛簸中。按照新來的節目主持人孟廣美小姐的說法，五臟六腑全顛在一起了。

隨著顛簸，車窗前後蒙上了一片片黃塵，像是突然下墜於黃海深處，怎麼也泅不出來了。

路上的車不少，都強光照射，開得野蠻，橫衝直撞，不顧一切地搶佔著極狹的路面。我們的對講機裡不斷傳來第一、第二輛車發出的一個個警報：「三輛嚴重超載的手扶拖拉機從右邊衝過來了！」「一頭駱駝！三輛驢車！」「兩條牛橫在路口！」……

一算，已經開了整整十六個小時，木爾坦還不知道在哪裡。司機們開始想罵人了，但剛剛罵出半句又拿起了對講機，說：「此時此刻，大家千萬不要浮躁，不要浮躁！」

沿途沒有任何地方可以購買食品，大家都已經十幾個小時沒有任何東西下肚了。

一九九九年十二月三日，巴基斯坦木爾坦，夜宿假日酒店。

美的無奈

實在忍不住，要專門寫一寫此地的車。

開始一進國境線見到這兒的車被嚇了一大跳。不管是貨車還是客車，投入使用前都進行了大規模的改裝。

先讓駕駛室的三面外沿往上延伸，延伸到一定高度便向前方傾出，這就形成了一個圓扁形昂然凸現的高頂，大約高度為六米；車身也整個兒升高，與車頭的高頂連接。幾乎所有初來乍到的外國人都會不約而同地脫口而出：「啊，棺材！」

六米多高的車身，在集體高度上肯定是世界之首。這樣做，不是為了擴大運載量，而是追求好看和氣派。所有的車，渾身用豔俗的色彩畫滿了多種圖形，沒有一寸空閒。畫的圖形中有花，有鳥，有人眼，有獅子，全都翠綠、深紅、焦黃，光鮮奪目，又描了金線和銀線。

駕駛室的玻璃窗上畫的是兩隻大鴨子，鴨子身邊還有紅花綠草，駕駛員就從鴨腳下面的空檔裡尋找前面的路，像在門縫裡偷看。

反光鏡上飄垂著幾條掛滿毛團的東西，車開時一直飄至車身的中段。車頭四周插著幾十根鍍了黃色的金屬細棒，每根約兩米長，棒頭都紮著一團黑紗，車一開猛烈顫動，一直顫動下去。

很多車門改裝成雕花木門，像中國舊傢俱中那種低劣的窗架。車身聯結車輪的地方。垂滿了叮叮噹噹的金屬片，有的三角，有的橢圓，花裡胡哨地直拖地面。

這些汽車由於成天櫛風沐雨，全部豔麗都已骯髒，活像剛剛從一個垃圾場裡掙扎出來，渾身掛滿的東西還來不及抖落。

更恐怖的是在夜間。由於車身上貼滿了各種顏色的反光紙，對面來車時車燈一亮，它就渾身反光。這種事情往往發生在荒山野嶺，漆黑的山道上剛一轉彎，猛然見到兩三具妖光熠熠的棺材飛奔而來，實在會讓天下最大膽的司機心驚肉跳。

我們的車隊初遇這種情況時大家驚慌得瞠目結舌，不知來了什麼。妖光熠熠的棺材越來越多，我們的車隊被擠在中間，就像置身於陰曹地府。

由此我猛然憬悟：美與醜的極端性對比，便是人間與地獄的差別。

我們開始在路上尋找不作改裝的特殊例外，很難，找了幾天只找到一種，那就是警車。除了警車之外的一切車輛都被改裝了，這裡包含著多大的產業啊。在這樣的產業中，必然又有數以萬計的美術工匠在忙碌，因為車身上的一切豔彩都必須一一手繪。被這樣改裝的汽車中，有的還是世界名牌，日本的「日野」和「尼桑」很多，買來後全部拆卸，然後胡亂折騰。真不知這些名牌的設計師，看到他們的產品變成了這個樣子奪路飛奔，作何感想。

我花這麼多篇幅來談這件事，是因為這個例證既極端又普及，很有學術分析的價值。

照例，我們都會主張審美上的多元化，尤其尊重某個地區的集體審美選擇，肯定它的天然合理性。但是，眼前的景象對此提出了否定。

更麻煩的是，否定過後，還是對它束手無策。

一、這種醜的普及不是由於某個行政的命令，而是一種民眾趨附，因此也很難通過行政途徑來糾正；

二、除了某些技術指標今後可能會有交通法規來限制外，這種醜基本上不犯法，因此也無法用法律的手段來阻止；

三、如果對這個問題進行討論，那麼，由於事情早已社會化，討論也必然社會化，而在社會化討論中，勝利者一定是當時當地的行時者；

四、只能寄希望於某個權勢者個人的審美水準了，但不管是油滑的權勢者還是明智的權勢者，都不會在複雜的政治角逐中對這樣的事過於認真；

五、似乎應該等待全民文化教育水準的提高，但這要等到何年何月？而且，這樣的審美現實本身，就是一所所「學校」，正在構建著後代對它的審美適應……

總之，醜像傳染病一樣極易傳播，而美要保持潔淨於瘟疫之中，殊非易事。就一般狀態而言，醜吞食美的機

率，大大超過美戰勝醜。

那麼，一個嚴肅的大問題就擺在我們眼前了。我們這些人已經為政治民主奮鬥了大半輩子，而且還為此繼續奮鬥下去，但是，在文化領域，所謂「藝術民主」、「審美民主」能夠成立嗎？如果成立，風險有多大？這種風險，有沒有可能導致文明的淪落？

這些汽車，也會大大咧咧地飛奔到不遠處的犍陀羅遺跡所在地吧？它們一定會鄙視犍陀羅，而犍陀羅早已訥訥難言，不會與它們辯論。

我相信街頭站立的無數閒人中，一定也會有個別小學教師或流浪醫生在搖頭歎息。但這太脆弱，你聽滿街花棺材正在驕傲地齊聲轟鳴。據說，鄰近一些國家也都有了它們的身影。

美，竟然這般無奈。

一九九九年十二月四日，由木爾坦至秋卡紮姆（Chow Kazam）鎮，夜宿中國水電公司宿舍。

面對犍陀羅

伊斯蘭馬巴德（Islamabad）是我們這一路遇到的最年輕的城市，只有幾十年歷史。巴基斯坦決定為自己營造一個新首都，以便擺脫舊都城的各種負累，這便是伊斯蘭馬巴德的出現。

這樣一座首都當然可以按照現代規劃裝扮得乾淨俐落。我因為剛剛在這個國家的腹地走完兩千多公里，見到這樣一座首都總覺得有點抽象。它與自己管轄的國土差別實在太大了，連一點泥土星子、根根攀攀都沒有帶上來。突然產生一個想法，那些聯合國官員和外國領導人如果到了幾次伊斯蘭馬巴德就覺得已經大致瞭解了巴基斯坦，那實在是太幽默的誤會。

伊斯蘭馬巴德周圍倒有一些很值得尋訪的地名，例如，我們從小就耳熟能詳的白沙瓦（Peshawar）、拉瓦爾品第（Rawalpindi），以及小時候並不知道的塔克西拉（Taxila）。這幾個地方離得很近，在古代區劃中常常連在一起。我首選塔克西拉，主要是因為它是犍陀羅藝術的中心。

從伊斯蘭馬巴德向西北驅車半小時，就到了塔克西拉。

路牌上標有很多遺址的名稱，我們先去了比較重要的塞卡普（SirKap）遺址。

這是兩千多年前希臘人造的一個城市，現在連一堵牆也沒有了，只有一方一方的牆基，頹然而又齊整地分割著茂樹綠草。

在離希臘本土那麼遙遠的地方出現希臘城堡，我們立即就會想到西元前四世紀東征亞洲的亞歷山大。他的部隊到這裡還有八萬多人，分兩個地方駐紮，這兒便是其中之一。

這裡由一個老兵營的繁衍生息而擴充成一個都城，已經是西元前二世紀的事情了。大概熱鬧了三四百年光景吧，在西元二世紀淪落。

作為一個遺跡挖掘出來是在二十世紀中葉，挖掘的指揮者是英國考古學家馬歇爾。

塞卡普遺址中有一個石質的佛教講台。底座浮雕圖案中刻了三種門，一種是希臘式的，一種是本地式的，一種是印度式的。門上棲息著雙頭鷹，據說象徵著東、西方交匯於一體。

在這個佛教講台邊上，高高低低地排列著很多千年石塊，大多是斷殘的，因此顯得很亂。我和孟廣美小姐一起坐在這亂石叢中想休息一會兒。廣美問我：「亞歷山大明明是千里侵略，為什麼這裡的人總是用崇敬的口氣談起他呢？」

我想了想，說：「他攻佔波斯後，帶頭與大流士三世的女兒結婚，與他同日結婚的馬其頓軍官和波斯女子多達一萬對。這種遠征很特別，先留駐人種，再留駐文明，也就是他老師亞里斯多德的希臘文明。那婚禮，全都變敵為親，使反抗失去了理由。」

亞歷山大留下的希臘人的後代，不知經歷過多少文明衝撞和融合的悲喜劇，可惜沒有詳細記載。只剩下這個佛教講台上的雕刻，靜靜地歌頌著文化融合。

犍陀羅藝術，就是在這種融合中產生的。

犍陀羅（Gandhara）原來是塔克西拉一帶的地名，西元一世紀曾為貴霜王國首都，也曾稱為犍陀羅國。但在世界藝術史上所說的犍陀羅藝術，範圍要大一點，除這一帶之外，連同阿富汗南部方圓幾百公里間所發現的西元一世紀後的佛像藝術，都可以算在裡邊。這是東方藝術研究中一個少不了的課題。我本人十幾年前在研究東方美學時，也曾一再地搜集過與它有關的資料，因此到這裡來深感親切。

犍陀羅是劃時代的。在它之前，佛教圖像一直是象徵性的動植物和其他紀念物。由犍陀羅開始，直接雕刻佛陀和菩薩像。這肯定是受了希臘人體雕塑藝術的影響，當初亞歷山大遠征軍中就跟隨著不少希臘藝術家。

犍陀羅的佛像從鼻樑、眼窩、嘴唇到下巴都帶有歐洲人的特徵，連衣紋都近似希臘雕塑。但在精神內質上，又不太像是歐洲。面顏慈潤，雙目微閉，寬容祥和，一種東方靈魂的高尚夢幻。

如果細細分析，犍陀羅綜合的文化方位很多，不僅僅是印度文化和希臘文化。這兒當時是一個交通要衝，各方面的文化都有可能渦漩在一起。據中國駐巴基斯坦大使陸樹林先生告訴我，當地有學者認為，犍陀羅中所融合的蒙古成分，不比希臘成分少。我還沒有看到這位學者的具體論據，因此暫時還不能發表意見，等讀了他的論文再說吧。

離塞卡普遺址不遠處，有一個塔克西拉考古博物館。這個博物館很小，其實只是分成三塊小空間的一個大間房，但收藏的內容不錯，其中最精彩的還是犍陀羅藝術。

我在一尊尊佛像前想，幸好有犍陀羅，使佛經可以直觀。這裡，儘管很多佛像已不完整，但完整的佛經卻藏在它們的眉眼之間。

佛教與其他宗教不同，廣大信徒未必讀得懂佛經，因此佛像便成為一種群體讀解的「本」，信徒只須抬頭瞻仰，就能在直觀中悟得某種奧義。我曾把這種感受效應挪移到藝術理論上，在《藝術創造論》一書中提出過「負載哲理於直觀中」的審美效應理論。我把這種審美效應，稱之為「佛像效應」。

今天，我腳下的土地，正是最初雕塑佛像的地方。居然雕塑得那麼出色，一旦面世，再也沒有人能超越。

犍陀羅，我向你深深禮拜。

一九九九年十二月五日，巴基斯坦首都伊斯蘭馬巴德，夜宿Marriott旅館。

玄奘和法顯

塔克西拉有一處古蹟的名稱很怪，叫國際佛學院，聽起來很像現代的宗教教育機構。其實，是指喬里央（Jaulian）的講經堂遺址。

由於歷史上這個講經堂等級很高，又有各國僧人匯聚，說國際佛學院並不過分。它在山上，須爬坡才能抵達。

一開始我並不太在意，但講經堂的工作人員對我們一行似乎另眼相看。一個上了年紀的棕臉白褂男子，用他那種不甚清楚的大舌頭英語反覆地給我們說著一句話，最後終於明白，他在說，這是我們中國唐代玄奘停駐過的地方。

他還說，玄奘不僅在這裡停駐過，還講過經。

這一來，我就長時間地賴在這個講經堂裡不願離開了。講經堂分兩層，全是泥磚建造，上下都極其古樸。

首先進入底層。四周密密地排著一個個狹小的打坐間，中間廳堂裡則分佈著很多打坐台，我們在打坐台之間小心穿行。看得出來，坐在中間打坐台上的僧人，級別應該高一點。中間打坐台也有大小，最大的一種打坐台裡，有一個玄奘的紀念座。

這一層的壁上還有很多破殘的佛像，全都屬於犍陀羅系列。破殘的原因可能很多，不排斥其他宗教的破壞，但主要是年代久遠，自然風化。這些佛像有些是泥塑，有些由本地並不堅實的石料雕成，這與希臘、埃及看到的「大石文化」相比，有一種材質上的遺憾。

第二層才是真正講經的地方。四周依然是一間間打坐聽經的小間，中間有一個寬大平整的天井。這格局正好與底層相反：天井是一般聽講者席地而坐的所在，而擁有四周小間的，都應該是高僧大德。

天井的一角有一間露頂房舍，標寫著「浴室」。當然誰也不會在莊嚴的講堂中央洗澡，那應該是講經者和聽講者用清水滌手的地方。

與講經堂一牆之隔，是飯廳和廚房。當年僧人們席地而坐，就著一個個方石墩用餐。這樣的石墩，現在還留下四個。飯廳緊靠山崖，山崖下是一道現在已經乾涸的河流，隔河是幾座坡勢平緩的山。據說當時來聽講的各地普通僧人，就在對面山坡上搭起一個個僧寮休息。

我們的玄奘，不必到山坡上去，一直安坐在底樓的打坐台上。待到有講經活動的時候，也能擁有樓上的一小間。偶爾，在眾人崇敬而好奇的目光中，以講經者身份走到台前。

玄奘抵達犍陀羅的時間大約是西元六三〇年或稍遲。他是穿越什麼樣的艱難才到達這裡的，我們在《大唐西域記》裡已經讀到過。他從大戈壁到達犍陀羅，至少要徒步翻越天山山脈的騰格里山，再翻越帕米爾高原，以及目前在阿富汗境內的興都庫什山。

這些山脈，即便在今天裝備精良的登山運動員看來，也是難於逾越的世界級天險，居然都讓這位佛教旅行家全部踩到了腳下。

當他看到這麼多犍陀羅佛像的時候立即明白，已經到了「北天竺」，愉悅的心情可想而知。他把一路上辛苦帶來的禮物如金銀、綾絹分贈給這兒的寺廟，住了一陣。然後，開始向印度的中部、東部、南部和西部進發。

這裡是他長長喘了一口氣的休整處，這裡是他進入佛國聖地的第一站。

我在兩層講經堂之間反覆行走的時候，滿腦滿眼都是他的形象。我猜度著他當年的腳步和目光，很快就斷定，他在這裡一定想到了法顯。法顯比玄奘早二百多年已經到達過這裡，這位前代僧人的壯舉，一直是玄奘萬里西行的動力。

法顯抵達犍陀羅國是西元四〇二年，這從他的《佛國記》中可以推算出來。法顯先是穿越了塔克拉瑪干大沙漠，然後也是翻過帕米爾高原到達這裡的。他比玄奘更讓人驚訝的地方是，玄奘翻越帕米爾高原時是三十歲，而法顯已經是六十七歲！

法顯出現在犍陀羅國時是六十八歲，而這裡僅僅是他考察印度河、恒河流域佛教文化的起點。

考察完後，這位古稀老人還要到達今天的斯里蘭卡，再走海路到印尼，然後北上回國，那時已經七十九歲。從八十歲開始，他開始翻譯帶回來的經典，並寫作旅行記《佛國記》，直至八十六歲去世。

這位把彪炳史冊的壯舉放在六十五歲之後的老人，實在是對人類的年齡障礙作了一次最徹底的挑戰。

站在犍陀羅遺址中，我真為中國古代的佛教旅行家驕傲。中國文化的史記傳統使他們保持了文字記述的習慣，為歷史留下了《佛國記》和《大唐西域記》。現在，連外國歷史學家也承認，沒有中國人的這些著作，一部佛教史簡直難於梳理。甚至連印度史，也要借這些旅行記來修訂。

中國人的來到雖然晚了一點，但用準確的文字記載填補了這裡的歷史，指點了這裡的蘊藏，復活了這裡的遺跡。在這印度文化和希臘文化的交匯處，中國人終究沒有缺席。

一九九九年十二月六日，伊斯蘭馬巴德。夜宿Marriott旅館。

遠行的人們

我以前曾經說過，古代中國走得比較遠的有四種人，一是商人，二是軍人，三是僧人，四是詩人。

細說起來，這四種人走路的距離還是不一樣。絲綢之路上的商人走得遠一點，而軍人卻走得不太遠，因為中國歷代皇帝都不喜歡萬里遠征。

那麼僧人與詩人呢？詩人，首先是那些邊塞詩人，也包括像李白這樣腳頭特別散的大詩人，一生走的路倒確實不少，但要他們當真翻越塔克拉瑪干沙漠和帕米爾高原就不太可能了。即使有這種願望，也沒有足夠的意志、毅力和體能。詩人往往多愁善感，遇到生命絕境，在精神上很可能崩潰。至於其他貌似狂放的文人，不管平日嘴上多麼萬水千山，一遇到真正的艱辛大多逃之夭夭，然後又轉過身來在行路者背後指指點點。文人通病，古今皆然。

僧人就不一樣了。宗教理念給他們帶來了巨大的能量，他們中的優秀分子，為了獲取精神上的經典，有可能走出驚天地、泣鬼神的腳步。

我們這一路走來，曾在埃及的紅海邊想像古代中國商人有可能抵達的極限，而在巴比倫和波斯古道，則已經可以判斷他們千年之前的腳印。

千年之前，當其他古文明的馬蹄揮灑萬里的時候，中華文化還十分內向。終於有兩個僧人走出，要用中國文字來吸納域外的智慧。

我們與他們在犍陀羅逆向遭遇，但接下來，卻不再逆向，而是要追隨他們去考察印度，即他們所說的佛教聖地天竺了。

在塔克西拉的山坡上我一直在想，法顯和玄奘經歷千辛萬苦來到這裡，實際上是插入了別國的歷史。那麼，是插入了人家的哪一段歷史呢？

法顯是五世紀初年到達的，離釋迦牟尼創立佛教已有九百年，離阿育王護法也有六百多年，已經進入大乘佛教時代的中段。大乘佛教經三百多年前的馬鳴和一百多年前的龍樹的整理闡揚，在理論上已蔚為大觀，在社會上則盛極一時。法顯在我現在站立的地方向西不遠處，當時叫弗樓沙的所在（今天的白沙瓦）曾見到過壯麗的「迦膩色迦大塔」，歎為觀止。而當時，這樣的大塔比比皆是。這也就是說，他來對了時候。

玄奘來的時候，已是大乘佛教時代的後期。他比二百多年前的法顯幸運的是，遇到了古代印度史上最後一位偉大的君主戒日王。戒日王正在重振大乘佛教，對玄奘也優禮有加。那麼，玄奘來得也正是時候。在戒日王之後，佛教衰微，以後就進入了密教時代。

他們都在歷史的輝煌期到達，不能不關注輝煌的來源和去處。因此他們實際取到的東西，要比帶回來的典籍多得多。

人生太短促，要充分理解一種文明已經時間不夠，更何況是多種文明。因此，應該抓緊時間多走一些路。法顯、玄奘在前，是一種永遠的燭照。

我們，無非也就是在追摹他們罷了。

一九九九年十二月七日，伊斯蘭馬巴德，夜宿Marriott旅館。

國門奇觀

拉合爾（Lahore）向東不遠就是印度。現在巴基斯坦和印度正在進行著嚴重的軍事對峙，兩國一次次進行核子試驗，讓全世界都捏一把汗。那麼，它們的邊界會是什麼樣呢？

本來只是一個小小的好奇，誰料面對的是真正的天下奇觀。

在靠近邊界的時候就漸漸覺得有點不對，剛剛還是塵土飛揚、攤販淩亂，怎麼突然整潔到這個程度？完全像進入了一個講究的國家公園，繁花佳樹、噴泉草坪，而那條路也越來越平整光鮮。

終於到了邊境，崗哨林立，大門重重，我們被阻攔，只能站在草坪上看。看什麼呢？說過一個小時，有一個降旗儀式。我們一看時間是下午三時一刻，那就等吧，拍攝一點邊境線上降旗的鏡頭，可能有點意思。

這時才發現，邊境有三道門。靠這邊一個紅門，屬於巴基斯坦；靠那邊一個白門，屬於印度；在紅門和白門中間有一個黃門，造得很講究，是兩國共用之門。共用之門的左右門柱上各插一面國旗，左邊是巴基斯坦國旗，右邊是印度國旗，一樣高低，一樣大小。三道門都是鏤空的，一眼看過去，印度一邊也是繁花佳樹、噴泉草坪，一樣漂亮。

兩方軍人，都是一米九以上的高個子年輕人。巴方黑袍黑褲，上身套一件羊毛黑套衫，繫一副紅腰帶，一條紅頭巾，紅黑相間，甚是醒目；印方黃軍裝、白長襪，頭頂有高聳的雞冠帽，比巴方更鮮亮一點。

正當我們打量兩方軍人的時候，發現身邊已經聚集了一批批學生和市民，他們好像也是來觀看降旗儀式的。令人驚訝的是，印方那邊也聚集了，人數與構成也基本相同。

四時一刻，一聲響亮而悠長的口令聲響起。似有回聲，仔細一聽，原來是印方也在喊口令，一樣的響亮，一樣的調門。他們是敵國，當然不會商量過這些細節，只是每天比來比去，誰也不想輸於誰，結果比出來一個分毫不差。

口令聲響起的地方離我們所在的國門邊還有一點距離，在那裡，降旗的禮儀部隊在集合，集合完之後便正步向這裡走來。由於印巴雙方要同時走到那個共用之門，因此正步走的距離也完全一樣。更重要的是姿勢，步步關及國威，不能絲毫馬虎。兩邊士兵都走得一樣有力，一樣誇張。

每一步都傳來歡呼，到這時才知道，那些學生和市民不是自己來參觀，而是組織來歡呼的。印度那邊也是一樣，軍人比賽帶出了民眾比賽。

儀仗隊已經正步走到我們跟前，突然停下，為首的那個士兵用大幅度的動作向一個中年軍官敬禮，我估計是表明準備已經就緒，等待指示。中年軍官表情矜持，猛然轉身，跑幾步，到一個年輕的娃娃臉軍官面前，向他敬禮請示，原來這個娃娃臉軍官級別更高。

突然想起，這個娃娃臉軍官在儀式開始前就有過暗示自己身份的表現。他來到後，走到我們一排人中站得最外面的高個兒駕駛員李兆波前，伸手緊握，並且講了長長一篇話。他以為李兆波站在第一個，一定是我們一行的首領。

兆波也滿臉笑容，與他長時間地握手、寒暄，遠遠一看真是相見恨晚、敘談甚歡。但我已經聽見，娃娃臉軍官說的是我們誰也不懂的本地烏都語，而兆波則用外交家的風度在說山東話：「俺聽不明白，俺哪裡知道你在嘀咕些什麼？」

他走後兆波還問我：「他在說什麼？」我立即翻譯：「他說，不知道您老人家光臨敝國，有空到寒舍坐坐，禮物不必帶得太多。」當時大家都笑了一通。哪知他長著個娃娃臉卻官職不小，統領著國門警衛。

我們正對他另眼相看，沒想到怪事衝我來了。娃娃臉軍官接受中年軍官的敬禮和請示後，轉來轉去玩了一些複雜動作，然後向我邁進幾步，居然畢恭畢敬地向我敬禮、請示了！

我一陣慌張，不知怎麼辦。左右扭頭，才發現在我身後，有一個穿藍色舊西裝的矮個子年輕人，擠在眾人中間，向娃娃臉軍官點了點頭。唉，這才是這兒真正的首腦。他發現我們都在注意他，靦腆地一笑，快速移身，埋沒在人群中了。

娃娃臉軍官獲得指令後，儀式進入高潮。抬頭看去，印度方面也同樣上勁了。

這邊儀仗隊中走出一個士兵，用中國戲曲走圓場的方式在這國境大道上轉圈，速度之快可以用「草上飛」三字來形容。轉完，回隊，就有一個士兵用極其誇張的腳步向邊境大門走去。誇張到什麼程度？他曲腿邁步時膝蓋抵達胸口，邁幾步又甩腿，一甩把腳踢過了頭頂。更驚人的是每步落地時的重量，簡直是咬牙切齒地要把皮鞋當場踩碎，要把自己的關節當場踩斷。

用這樣的步伐向印度走去，像是非把印度踏平了不可。對方也出一個士兵，腳步之重也像要

把巴基斯坦踏平、踩扁。

兩人終於越走越近，目光中怒火萬丈，各不相讓。這倒讓我們緊張了一會兒，因為從架勢看兩人都要把對方囫圇吃了。

但是，就在他們肢體相接的一剎那，兩人手腳的間距不到半寸，突然轉向，各自朝自己的國旗走去，讓我們鬆了一口氣。

一個在國旗下剛站定，儀仗隊中走出第二個士兵，完全重複第一個的動作，要把皮鞋踩碎，要把關節踩斷，要把敵國踏平，要把對方吃了，然後又在半寸之地突然轉身……這時我們就不緊張了，都在捂嘴暗笑。而我則改不了看舊戲的習慣，每當他們憋一次勁就脫口叫一聲好。

好，現在一邊五個站滿了，彼此又挺胸收腹地狠狠跺了一陣腳，然後各有一名士兵拿出一支小號吹了起來。令人費解的是，居然是同一個曲子，連忙拉人來問，說是降旗曲。

兩面國旗跟著曲子順斜線下降，斜線的底部交匯在一起。兩邊的儀仗隊取回自己的國旗，捧持著正步走回營房。

哐啷一聲，國門關了。

看完這個儀式回旅館，路上有朋友問我有何感想。我說：越是對抗越是趨同，這種現象很值得玩味。

一九九九年十二月十日，拉合爾，夜宿Avari Lahore旅館。

「佛祖笑了」

本來今天肯定要過關進印度，沒想到臨時傳來消息，印度當局只許我們進人，不許進車。那就只好繼續與他們交涉了，我們在拉合爾等著。

在拉合爾這樣的邊境城市，最容易觸發對兩國關係的思考。

巴基斯坦與印度，圍繞著喀什米爾的歸屬，吵吵打打很多年。在外人看來像是分家的兩兄弟打架，沒太當一回事，我們中國只是因為離得太近，才稍稍關注。但誰能料到，去年五月，先是印度，後是巴基斯坦，兩國分別進行了五次和六次核子試驗，亦即在短短十幾天內共進行了十一次！這不能不把世界震驚了，成了二十世紀末為數不多的頂級人類危機。

印度核爆炸的地方，離印巴邊境不遠，在我們現在落腳的拉合爾南方一個叫博克蘭的地方。巴基斯坦核爆炸的地方，離我們那天從伊朗箚黑丹到奎達的那條路不遠，一個叫查蓋的地方。

印、巴都不是〈不擴散核武器條約〉規定的合法有核國家，但從連續試驗的次數看來，實在都有點瘋了。尤其是印度，不僅是始作俑者，而且公開宣佈在必要時將「毫不猶豫地動用核武器」。動用核武器居然可以「毫不猶豫」，這對全世界將意味著什麼？

讓我難過的是，發出這種最恐怖聲音的這個人種、這種嗓門，曾經誦唱過天下最慈悲、最悅耳的經文。

寫到這裡，窗外傳來鋪天蓋地的晚禱聲，這是從不遠處的巴德夏希（Badshahi）清真寺傳來的。這個清真寺據說是世界最大，不知是否確實。在邊境線上有這樣一座清真寺，象徵性地表明兩國的衝突有宗教淵源。

一九四七年的印、巴分治，其實就是在英國殖民者的設計下，由「宗教特點」來劃分的。這一劃，大約有六百多萬穆斯林從印度遷入巴基斯坦，有二百多萬印度教徒從巴基斯坦遷入印度，又把一個喀什米爾懸置在那裡，留下了政治衝突的禍根。

政治衝突和宗教衝突攪一起，終於，逐步升級到核對峙。

讓人哭笑不得的是，二十幾年前印度首次核子試驗成功的暗語，居然是「佛祖笑了」。佛教是各個宗教間最和平的一種，從不炫武征戰，怎麼到了核冒險的時刻，反要佛祖微笑？

這又觸及到了文明的一個要害部位。宗教，既可能是文明的起始，又可能是文明的歸結。一種文明離開了宗教是不完整的，同樣，一種宗教脫離了文明也是要不得的。

〈不擴散核武器條約〉批准至今，在「核門檻」上徘徊的國家，僅我們這次沿途經過的就有以色列、伊朗、巴基斯坦、印度。我不知道今後的人類對自身還有多少約束力，如果沒有，那麼，對文明的毀滅性引爆，將發生在旦夕之間。

一九九九年十二月十一日，拉合爾，夜宿Avari Lahore旅館。

印度

傑出的建築狂

這座城市叫新德里，因為在它北邊還有一個老德里。

新德里新得說不上歷史，老德里老得說不清歷史。現在它們已經連在一起了，使歲月顯得更加混沌。

那麼，先去老德里。

由於到處都是人，很難找路，我們雇了一輛當地的計程車。剛停車，還沒開車門，已經有兩雙小手在外面拍打玻璃，一看，六、七歲的兩個小孩。印度司機立即衝著我喊：「千萬別給錢，一給，馬上圍過來五十個！」

快速擠出去，終於到了一個稍稍空一點的街邊，有一隻黑黑的大手抓住了我的袖子。扭身一看，一個衣衫鮮豔的漢子，正把肩上的一個籮筐放下，從裡面取出一隻草籠，要揭開蓋子給我看。我見他另一隻手拿著一支笛子，立即判斷他要做眼鏡蛇的舞蹈表演了。早就聽說這種表演是萬萬看不得的，因為不知道他會索取多少錢，而索錢時又會如何讓眼鏡蛇配合行動。我平生怕蛇，於是立即逃奔。

終於來到一個寬敞處，前面已是著名的紅堡。紅堡是一座用紅砂石砌成的皇宮，主人是十七世紀莫臥兒王朝的第五代帝王沙傑汗（Shah Jahan）。

這座皇宮很大，長度接近一公里，寬度超過半公里。從雄偉的拉合爾門進入，裡面也是一個街市，但氣氛與宮外完全不同，竟相當整齊。我在街邊的文物商店買了一尊印度教大神濕婆的黃銅雕像，沉沉地提在手上。

我一直對十一世紀之後的印度史提不起興趣。只是對三百多年的莫臥兒王朝有點另眼相看。原因是，它有幾個皇帝讓人難忘。

第一代皇帝巴布林（Babur）是成吉思汗的後代，這已經有點意思。他勇敢而聰明，身處逆境時還想躲到中國來當農民，卻終於創建了印度最重要的外族王朝。只是他死時才四十幾歲，太年輕了，給人留下的印象不太完整。

更有意思的是第三代皇帝阿克拔（Akbar），他作為一個外族統治者站在這塊土地上居然非常明智地想到了宗教平等的問題，甚至還分別娶了信奉印度教、伊斯蘭教和佛教的皇妃。最讓我注意的一件事情是，他召集了一次聯合宗教會議，說印度的麻煩就在於宗教對立，因此要創立一種吸收各種宗教優點的新宗教，並修建了「聯合宗教」的廟宇。印度人對這位皇帝產生了好感，但在信仰上又不想輕易改變，而原先佔統治地位的伊斯蘭教則多數不同意。這種局面招致他在皇族中勢力減弱，又加上兒子謀權心切，一來二去，淒涼而死。他的兒子不怎麼樣，而孫子又有點意思。孫子不是別人，就是我現在腳踩的皇宮的建造者沙傑汗。

沙傑汗這個皇帝不管在政治上有多少功過，他留在印度歷史上最響亮的名位應該是「傑出的建築狂」。除了眼前這座皇宮，他主持的建築難以計數，最著名的要算他為皇后泰姬瑪哈（Taj

Mahal）修建的泰姬陵。

泰姬陵已經進入任何一部哪怕是最簡略的世界建築史，他也真可以名垂千古了。

泰姬皇后在他爭得王位之前就嫁給了他，同甘共苦，為他生了十四個孩子，最後死於難產，遺囑希望有一個美麗的陵墓。沙傑汗不僅做到了，而且遠遠超出亡妻的預想。

這個陵墓，由兩萬民工修建了整整二十二年，現在還完好地保存在阿格拉，如果時間允許，應該去看看。

有人說，由於沙傑汗建造了太多豪華建築，耗盡了大量財富，致使莫臥兒王朝盛極而衰。這也許是對的，但從歷史的遠處看過去，一座美麗的建築有時比一個王朝還重要。

有幾個歷史場面讓我感動。例如，沙傑汗在妻子死亡以後，有兩年時間不斷與建築師們討論建陵方案，兩年後方案既定，他已鬚髮皆白。又如，泰姬陵造好後，他定時穿上一身白衣去看望妻子的棺槨，每次都泣不成聲。

他與祖父遭到了同一個下場：兒子篡權。他的三兒子奧倫澤布（Aurangzeb）廢黜並囚禁了他，囚禁地是一座塔樓，隔一條河就是泰姬陵。

他被囚禁了九年，每天對著妻子的陵墓。在晨霧暮靄間他會對妻子的亡靈說些什麼呢？我想，他心底反覆念叨的那句話，用中國北方話來說最恰當：「老伴，咱們的老三沒良心！」

幸好，他死後，被允許合葬於泰姬陵。

一九九九年十二月十五日，新德里，夜宿Surya旅館。

憂心忡忡

在巴基斯坦時已經從香港方面傳來消息，日本的《朝日新聞》在找我。我想不管什麼事等我結束這次旅行後再說吧，沒太留心。誰知昨天接到電話，說《朝日新聞》的中國總局局長加藤千洋先生已經與翻譯楊晶女士一起趕到了新德里，而且已經找到這家旅館住下了。這使我頗為吃驚，什麼事這麼緊急？

見面才知，《朝日新聞》在世界各國選了十個人，讓他們在二〇〇〇年的開頭依次發表對新世紀的看法，不知怎麼竟選上了我。這就把身為中國總局局長的加藤先生急壞了，先到上海找我，沒找到，後來終於在香港大體摸清了我們的旅行路線，準備到尼泊爾攔截。但算時間，到尼泊爾已經接近年尾，來來去去可能會趕不及發稿時間，就決定提前到印度守候採訪。

人家那麼誠心，我當然要認真配合。於是立即見面，並快速進入正題。我剛剛走過的路程，以及今天談話的地點，使話題變得很大，又非常沉重。

加藤先生準備得很仔細。他採訪的問題大致是：二十世紀眼看就要結束，人類有哪些教訓要帶給新的世紀？兩次世界大戰的慘痛有沒有銘記？聯合國秘書長安南不久前說，最近十年死於戰亂的人數仍高達五十萬，可見自相殘殺並未停止，新世紀怎麼避免？除了戰爭，還有大量危機，例如地球資源已經非常匱乏，而近幾十年發展情況較好的國家卻以膨脹的物欲在大量浪費，資源耗盡了該怎麼辦？又如人口爆炸還在繼續，但是文明程度高、教育狀況好的群落卻是人口劇減，這又如何是好？至於在政治和宗教方面的衝突，並沒有緩和的跡象……那麼，人類應該如何共生共存？

當然更主要的問題是，作為一個中國文化人，經過這次大規模歷險考察，對世界文化和中國文化的看法有什麼變化。

這些問題，沒有人能簡單回答，只能討論。答錄機亮著紅燈在桌子上無聲地轉動，我和加藤先生、楊晶女士三人越談越憂心忡忡，不時地搖頭、歎氣，確實很難輕鬆起來，只是我對中國的經濟前途比較看好。感謝《朝日新聞》帶來的刺激，使我可以把這些問題思考得更深入一些。

一切危機都迫在眉睫。文化本來應該是一種提醒的力量，卻又常常適得其反，變成了顛倒輕重緩急的迷魂陣。這次在路上凡是遇到特別觸目驚心的廢墟，我總是想，毀滅之前這裡是否出現過思考的面影、呼喚的聲音？但是大量的歷史資料告訴我，沒有，總是沒有。

加藤先生想把談話的氣氛調節得輕鬆一點，說起昨天剛到印度時的一件小事。

他在街上走，有一個人追著要為他擦皮鞋，他覺得沒必要，拒絕了。誰知剛一拒絕，那人就取出一團牛糞往加藤先生的皮鞋上甩，一下沾上了，只得讓他擦。擦完，竟然索價三百五十盧比，其實這裡擦鞋十個盧比已經足夠。旁邊突然走出兩個「托」，以調解的面孔勸加藤先生出二百盧比……

沒等加藤先生說完我就笑了，覺得人類之惡怎麼這樣相似。我說我有與你一樣的遭遇，在中國文化界一直有人向我潑汙，又問我想不想讓他擦去，而擦去也是需要代價的。

加藤先生說：「從這樣的小事想開去，人類怎麼來有效地阻止邪惡？」

我說：「我們以往的樂觀，是因為相信法律和輿論能維持社會公理。但是，就說你遇到的這件小事，如打官司，證據何在？至於輿論，除了那兩個幫兇，別人根本不可能來關心。來關心更麻煩，例如在印度教徒看來，那頭拉糞的牛很可能是神牛，你還福分不淺呢。以小見大，聯繫到一系列世紀難題，人們都在各自使壞，根本不在乎災難降臨。面對這種情況，我們怎麼能樂觀得起來呢？」

一九九九年十二月十六日，新德里，夜宿Surya旅館。

甘地遺言

離開新德里前，我想了卻一樁多年的心願，去拜謁聖雄甘地的墓。順道經過莊嚴的印度門，停下，抬頭仰望。因為我知道，這個建築與甘地墓之間存在著一個重要的歷史邏輯。

這座印度門，紀念第一次世界大戰期間為英國參戰而犧牲的九萬印度士兵。這九萬士兵犧牲前都以為，這樣死命地為英國打仗，戰爭結束後英國一定會讓我們印度獨立，而戰場上的英國軍官也信誓旦旦。但等到戰爭結束，根本沒那回事，全都白死了。

我細看了，印度門上刻著一個個戰死者的名字。刻不下九萬個，只刻了一萬多，作為代表。

甘地就是在英國不講信義之後，領導民族獨立運動的。他把以前英國政府授予他的勳章交還給殖民政府，發起了一場以和平方式進行的「不合作運動」，來對抗英國。

但是，人民喜歡暴力。尤其是在印度教和伊斯蘭教之間，更是暴力不斷。甘地便以長時間的絕食來呼籲停止暴力、爭取和平。他的這種態度，勢必受到各方面的攻擊，有些極端分子幾次要殺害他，而政府也要判他的刑。但他，絕不抵抗，絕不報復。

他說：「如果我們用殘暴來對付邪惡，那麼殘暴所帶來的也只能是邪惡。如果印度想通過殘暴取得自由，那麼我對印度的自由將不感興趣。」

終於，人民漸漸懂得了他，殖民者也被他這種柔弱中的不屈所震驚。他成功了，印度也取得了獨立。沒想到，才獨立不久，他還是被宗教極端分子所殺害。

甘地墓在德里東北部的朱木拿河畔。門口有一位老嫗在賣花，在一張樹葉上平放著五六種不同的小花，算作一份，很好看。我買了四份，分給幾位同來的朋友，然後把鞋襪寄存在一個門衛那裡，按照印度人的習慣，赤腳進入，手上捧著花。

我們把花輕輕地放在墓體大理石上，然後繞墓一周。墓尾有一具玻璃罩的長明燈，墓首有幾個不銹鋼雕刻的字，是印度文，我不認識，但我已猜出來，那不是甘地的名字，而是甘地遇刺後的最後遺言：「嗨，羅摩！」

一問，果然是。

羅摩是印度教的大神，喊一聲「嗨，羅摩」，相當於我們叫一聲：「哦，天哪！」

那麼，這是我見過的最聰明的墓碑了。生命最後發出的聲音最響亮又最含糊，可以無數遍地讀解又無數遍地否定，鐫刻在墓碑上讓後人再一遍遍地去重複，真是巧思。

甘地面對自己深深關愛過的暴徒向自己舉起了兇器，只能喊一聲：「哦，天哪！」除此之外，他還能說什麼呢？

這樣一個墓碑在今天更加意味深長。

如果今天墓園裡人頭濟濟、擁擠熱鬧，在無數雙赤腳的下方，甘地幽默地哼一聲：「哦，天哪！」

如果明天墓園裡人跡全無、葉落花謝，甘地又會寂寞地歎一聲：「哦，天哪！」

如果印度發達了，車水馬龍、高樓林立、喇叭如潮，一向警惕現代文明的甘地一定會喊：「哦，天哪！」

如果印度邪門了，窮兵黷武、民不聊生、神人共憤，一向愛好和平、反對暴力的甘地更會絕望地呼叫：「哦，天哪！」

甘地一直認為人口問題是印度的第一災難，說過「我們只是在生育奴隸和病夫」的至理名言，現在，他從墓園向外張望，只需看到一小角，就足以讓他驚叫一聲：「哦。天哪！」

離開甘地墓後，我心中一直迴盪著甘地的聲音。那麼，還是讓它用印度語來發音吧——嗨，羅摩！

一九九九年十二月十八日，新德里，夜宿Surya旅館。

成人童話

自新德里向東南方向行駛二百多公里，到阿格拉，去看泰姬陵。

阿格拉這座城市雜亂擁擠，仍然是滿街小販和乞丐，滿地垃圾和塵土，鬧哄哄地攪得人心煩躁。

終於在一座舊門前停下。買票進去一看，院子確實不錯，轉幾個彎見到一座漂亮的古典建築，紅白相間，堪稱華麗，從地位佈置上看，也應該是大東西了。因此，很多遊人一見它就打開鏡頭，擺弄姿勢，忙忙碌碌地拍攝起來。人在這方面最容易從眾，很快，拍攝的人群已堵如重牆。

突然，有一個被拍攝的姑娘在步步後退中偶爾回首，看到這座古典建築的一道門縫。這一看不要緊，她完全傻住了，呆呆地出了一會兒神，然後轉身大叫：不，這不是它，它在裡邊！

所有的攝影者立即停止工作，湧到門縫前，一看全都輕輕地「嘩」一聲，不再言動。

哪裡還有什麼紅白相間，哪裡還有什麼漂亮華麗，它只是它，世界第一流的建築，只以童話般的晶瑩單純完成全部征服。

我從門縫裡見到它的時候只有一個想法，世間最傑出的精英是無法描述的，但一眼就能發現與眾不同。有點孤獨，有點不合群，自成一種氣氛，又掩不住外溢的光輝，任何人都無法模仿。這樣的作品在人類歷史上一共沒有幾件，見到它的人不分智愚長幼、國籍民族，都會立即叫起好來。現在，它就在眼前。

小心翼翼地往前走，走到了跟前就小心翼翼地脫鞋，赤腳踩在涼涼的大理石台階上，一級一級往上爬。終於爬上了如鏡似砥的大平台，再往門裡走，終於見到兩具大理石棺材。中間一具是泰姬，左邊一具是沙傑汗國王，國王委屈了。但這沒辦法，整個陵墓是你為她造的，她的中心地位也是你設計定的，無可更改。你的最終進入，只是一種特殊開恩，可以滿足了。

從陵寢回到平台，環繞一圈，看到了背後的朱木拿河。這才發現，泰姬陵建造在河灘邊的峭壁上。

按照沙傑汗的計畫，他自己的陵墓將建造在河對岸，用純黑大理石，與泰姬陵的純白相對應，中間再造一條半黑半白的橋相連。這個最終沒有實現的計畫更像是一個成人童話。從河岸的架勢看，泰姬陵確實在呼喚對岸。

一個非常現實又相當鐵腕的帝王，居然建造了一個世間童話，又埋藏了一個心中童話，這是怎麼回事？這個疑問，等我到了另一座奇怪的城市齋浦爾（Jaipur），更加重了。

進城就非同一般。城門外的山道口上，建有兩排鏤空長廊。即使有敵人來犯，也要讓他們在攻城前先讚歎一番。

全城房子基本上都是粉紅色。其中最著名的一幢即所謂「鳳宮」（Hawa Mahal），每扇窗都以三面向外凸出，窗面精雕細刻。宮中女人可以在裡邊看鬧市人群，任何行人都不知道自己頭頂有多少美麗的眼睛，而這些行人卻永遠也看不清她們。這種想法十分俏皮。

更蔚為大觀的是那個築在山上的阿姆拔城堡（Amber Fort）。進去後怎麼也分不清它到底有幾個通道系統，更不知道每一個通道系統究竟連著多少曲院密室、華廳軒窗。我們幾個在裡邊無數次迷路，而且每次都迷得像傻瓜一樣，完全失去辨識能力，只能胡轉瞎撞。

我在歐洲也見過很多陵墓和庭院，再奇特也總能找出在建造風格上的遠近脈絡，很少像印度的泰姬陵和齋浦爾城堡，完全是奇想異設，不與過去和周圍發生任何聯繫。這是為什麼？一個外來的王朝，已經統治幾世，對印度本土藝術仍然排拒，對自己的傳統也因遷移日久而生疏。這就在兩個方面都失去了制約，獲得了孩童般的自由，可以大膽遐想、放手創造了。

如果按部就班、承前啟後地在人類建築史上佔據一席之地，那叫成熟；如果既不承前又不啟後，只把建築當作率性的遊戲，這就出現了童話。

一九九九年十二月十九日，印度阿格拉、齋浦爾，夜宿阿格拉Trident旅館。

潔淨的起點

終於置身於瓦拉納西（Varanasi）了。

這個城市現在又稱貝拿勒斯（Benares），無論在印度教徒還是在佛教徒心中，都是一個神聖的地方。

偉大的恒河就在近旁，印度人民不僅把它看成母親河，而且看成是一條通向天國的神聖水道。一生能來一次瓦拉納西，喝一口恒河水，在恒河裡洗個澡，是一件幸事。很多老人感到身體不好就慢慢向瓦拉納西走來，睡在恒河邊，只願依傍著它結束自己的生命，然後把自己的骨灰撒入恒河。

正由於這條河的神聖性，歷史上有不少學者和作家紛紛移居到這座城市，結果這裡也就變得更加神聖。我們越過恒河時已是深夜，它的浩浩蕩蕩的幽光，把這些天的煩躁全洗滌了。貼著恒河一夜酣睡，今早起來神清氣爽。去哪裡？向北驅馳十公里，去鹿野苑（Sarnath），佛祖釋迦牟尼初次講法的聖地。

很快就到了。只見一片林木蔥蘢，這使我想起鹿野苑這個雅致地名的來歷。

這裡原是森林。一位國王喜歡到這裡獵鹿，鹿群死傷無數。鹿有鹿王，為保護自己的部屬，每天安排一頭鹿犧牲在國王的弓箭之下，其他鹿則躲藏起來。國王對每天只能獵到一頭鹿好生奇怪，但既然能獵到也就算了。

有一天，他見到一頭氣度不凡的鹿，滿眼哀怨地朝自己走來，大吃一驚，多虧手下有位一直窺探著鹿群的獵人報告了真相。這才知，每天一頭的獵殺，已使鹿群銳減，今天輪到一頭懷孕的母鹿犧牲，鹿王不忍，自己親身替代。

國王聽了如五雷轟頂，覺得自己身為國王還不及鹿王。立即下令不再獵鹿，不再殺生，還闢出一個鹿野苑，讓鹿王帶著鹿群自由生息。

就在這樣一個地方，大概是在西元前五三一年的某一天，來了一位清瘦的中年男子，來找尋他的五位夥伴。

這位中年男子就是釋迦牟尼。前些年他曾用苦行的方法在尼連禪河畔修煉，五位夥伴跟隨著他。但後來他覺得苦行無助於精神解脫，決定重新思考，五位夥伴以為他想後退，便與他分手到鹿野苑繼續苦修。釋迦牟尼後來在菩提迦耶的菩提樹下真正悟道，便西行二百公里找夥伴們來了。

他在這裡與夥伴們講自己的參悟之道，五位夥伴聽了也立即開悟，成了第一批弟子。不久，鹿野苑附近的弟子擴大到五十多名。他們都聚集在這裡聽講，然後以出家人的身份四出佈道。因此，一人之悟在這裡成了佛法，有了第一批僧侶。至此，佛、法、僧三者齊全，佛教也就正式形成。

佛祖釋迦牟尼初次開講的地方，有一個直徑約二十五米的圓形講壇，高約一米，以古老的紅砂石磚砌成。講壇邊沿，有四道坐墩，應該是首批僧侶聽講的地方。講壇中心現在沒有設置座位，卻有一個小小的石栓，可作固定座位之用。不知何方信徒在石栓上蓋了金箔，周圍還灑了一些花瓣。

講壇下面是草地，錯落有致地建造著一個個石磚坐墩，顯然是僧侶隊伍擴大後聽講或靜修的地方。

講壇北邊有一組建築遺跡，為阿育王時代所建。還有一枚斷殘的阿育王柱，立的時間應在西元前三世紀七十年代初。

此後這裡差不多熱鬧了一千年，直到西元七世紀玄奘來的時候還「層軒重閣，麗窮規矩」，《大唐西域記》中的描寫令人難忘。

佛教在印度早已衰落，這裡已顯得過於冷寂。但是，這種冷寂倒真實地傳達了佛教創建之初的潔淨和素樸。

沒有香煙繚繞，沒有鐘磬交鳴，沒有佛像佛殿，沒有信眾如雲。先有幾個小孩在講壇、石墩間爬攀，後來又來了幾位翻越喜馬拉雅山過來的西藏佛教信徒。除此之外，只有我們。樹叢遠遠地包圍著我們，樹叢後面已沒有鹿群。

我在講壇邊走了一圈又一圈，心想，我從小就在家鄉見過不少佛教寺院，更見過祖母一代裹著小腳跋涉百十里前去參拜。中國歷史不管是興是衰，民間社會的很大一部分就是靠佛教在調節著精神，普及著善良。這裡，便是一切的起點。

一九九九年十二月二十日，印度瓦拉納西，夜宿Taj Ganges旅館。

我拒絕說它美麗

昨天參拜鹿野苑滿心喜悅，今天的心情卻有了變化。原因是，我們看到了舉世聞名的「恒河晨浴」。

早晨五時發車，到靠近河邊的路口停下，步行過去。河邊已經非常擁擠，一半是乞丐，而且大量是痲瘋病乞丐。

趕快雇了一條船，一一跳上，立即撐開，算是浮在恒河之上了。好幾條小船已圍了上來，全是小販。趕也趕不開，那就只能讓它們寄生在我們船邊。

從船上看河岸，沒有一所老房子，也沒有一所新房子，全是那些潦潦草草建了四五十年的水泥房，各有台階通向水面。

房子多數是廉價小客店，短期房客是來洗澡的，長期房客是來等死的。大家相信，恒河是最好的生命終

點。

更多的人連小客店也住不起。知道自己什麼時候死？哪有這麼多錢住店？那就只能橫七豎八地棲宿在河岸上，身邊放著一堆堆破爛的行李。

他們不會離開，因為照這裡的習慣，死在恒河岸邊就能免費火化，把骨灰傾入恒河。如果離開了死在半道上，就會與恒河無緣。

此刻，天未亮透，氣溫尚低，無數黑乎乎的人全都泡在河水裡了，不少人因寒冷而顫抖。男人赤膊，只穿一條短褲，什麼年齡都有，女人披紗，只有中老年。沒有一個人有笑容，也沒見到有人在交談，大家全都一聲不吭地浸水、喝水。

還有一些人蹲在台階上刷牙，都不用牙刷，一半用手指，一半用樹枝。刷完後把水嚥下，再捧上幾捧喝下，與其他地方的人刷牙時吐水的方向正好相反。

來了一個員警，撥弄了一下河岸上躺著的一個老人。老人顯然已經死了，昨夜或今晨，死在恒河岸邊。

死者將被拖到不遠處，由政府的火葬場焚化。但一般人只要有點錢，一定不去火葬場，而去河邊的燒屍坑。這個燒屍坑緊貼著河面，已成為河床的一部分，一船船木柴停泊在水邊，船側已排著一具具用彩色花布包裹的屍體。

焚燒一直沒停，惡臭撲鼻。工人們澆上一勺勺加了香料的油脂，氣味更加讓人窒息。幾個燒屍坑周圍是很大一片陋房，全被長年不斷的煙火薰得油黑。

火光煙霧約十米處，浮著半頭死牛，腔體在外，野狗正在啃噬。

我知道一定會有人向我解釋一種天天被河水洗滌的信仰是多麼乾淨，一個在晨霧中男女共浴的圖景是多麼具有詩意。遺憾的是，從今以後我對這類說法只能拒絕。

惡濁的煙塵全都融入了晨霧，恒河彼岸上方，隱隱約約的紅光托出一輪旭日。沒有耀眼的光亮，只是安靜上升。

陽光照到岸上，突然發現，河邊最靠近水面的水泥高台上，竟然坐著一個用白布緊包全身、只露臉面的女子。她毫無表情，連眼睛也不轉一轉，像泥塑木雕一般坐在冷峭的晨風中。更讓我們吃驚的是：她既不像日本女子，也不像韓國女子，而分明是一個中國女子。

一定是遇到什麼事情了吧，或作出了決絕的選擇？我們找不到任何理由呼喊她或靠近她，而只是齊齊地抬頭看著她，希望她能看見我們，讓我們幫她一點什麼。

一九九九年十二月二十一日，瓦拉納西，夜宿Taj Ganges旅館。

菩提樹和洞窟

在鹿野苑產生了一個願望，很想再東行二百多公里，去看看那棵菩提樹。菩提樹的所在，叫菩提迦耶。

我想走一走釋迦牟尼悟道後走向講壇的這條路。二百多公里，他走了多久？草樹田禾早已改樣，但山丘巨石不會大變。

從瓦拉納西到菩提迦耶，先走一條東南方向的路，臨近菩提迦耶時再往東轉。出發前問過當地司機，說開車需要十一個小時。二百多公里需要十一小時？這會是一條什麼路？

待到開出去才明白，那實在是一個極端艱難的行程。窄路，全是坑坑窪窪，車子一動就瘋狂顛簸，但獲得顛簸的機會又很少，因為前後左右全被各色嚴重超載的貨車堵住了。

好不容易爬到稍稍空疏的地方，立即冒出大批乞丐狠命地敲打我們的車窗。荒村蕭疏、黃塵滿天，轉眼一看，幾個一絲不掛的男子臉無表情地在路邊疾行，這是當地另一種宗教的信徒，幾百年來一直如此，並不是時髦的遊戲。

幸好，向東一拐快到菩提迦耶的時候，由於脫離了交通幹道，一切都好了起來。路像路，樹像樹，田像田，我們一陣輕鬆，直奔而去。

菩提迦耶很熱鬧，世界各地的朝聖者摩肩接踵。滿街都是銷售佛教文物的小攤，其中比較有價值的大多來自西藏。很多歐美人士披著袈裟、光著頭、握著佛珠在街上晃悠，看起來非常有趣。

先去大菩提寺（Mahabodhi）。

脫鞋處離寺門還有一段距離，因此脫鞋後需要走過一段馬路。多數人穿襪而行，少數人完全赤腳。我想在這裡還是赤腳為好，便把襪子也脫了，向寺門走去。

迎面便是氣勢不凡的大菩提寺主體建築。這個建築一色淨灰，直線斜上，雕飾精雅，如一座穩健挺拔的柱形方台。門戶上方，有一排古樸的佛像，進得內殿，則是一尊金佛。

我在金佛前叩拜如儀，然後出門繞寺而行。在後面，看到了那棵菩提樹。

菩提樹巨大茂盛，樹蓋直徑近二十米。樹下有兩層圍欄，裡裡外外坐滿了虔誠的人。內層有考究的石圍柱，裡邊只能坐二十來人。佛教本性安靜，這裡也不存在任何爭擠。我與李輝居士在石圍欄門口一看，正好有兩個空位，便走進去坐了下來。

我閉上眼，回想著佛祖在這裡參悟的幾項要諦，心頭立即變得清淨。

現在的這棵菩提樹雖然只有幾百年歷史，卻與釋迦牟尼悟道的那一棵有直接的親緣關係。當

年已有僧侶留下樹種，代代移植，也有譜系，這一棵的樹種來自斯里蘭卡。

在菩提樹下打坐後，我們還去拜見了大菩提寺的住持。住持還年輕，叫帕拉亞先爾（Prajna Sheel），是個大喇嘛，受過高等教育。問他當初為何皈依佛教，他說一讀佛經覺得每一句都能裝到心裡，不像以前接觸過的另一個宗教，文化水準高一點的人怎麼也讀不進它的經典。

他說，這些年佛教在印度的重新興盛是必然的，因為佛教本身沒有犯什麼錯，它的衰落是別人的原因。

說到他為什麼如此快速地接見我們，他說當然是因為法顯和玄奘。他們一千多年前長途跋涉來到這裡，對這裡的描述句句如實，也成了我們重溫菩提迦耶當年盛況的根據。他說，總之，中國對佛教太重要。

告別住持，我們繼續回溯釋迦牟尼的精神歷程。最想尋找的，是他悟道之前苦修多年的那個地方。

據佛教史料記載，那兒似乎有一個樹林，又說是一個山坡。幸好有當地人帶路，我們的吉普歪歪扭扭地駛進了一個由密密層層的葦草和喬木組成的樹林。這裡沒有公路，只有人們從葦草中踩出來的一條依稀通道。開了很久，我們都有點害怕了。終於，開到了一個開闊地，眼前一堵峭壁，有山道可上。

我領頭攀登。很快發現，山道邊黑乎乎地匍匐著一些軀體，仔細一看竟是大量傷殘的乞丐。只有骨碌碌的雙眼，表明他們還保存著生命。

當淒慘組成一條道路，也就變成恐怖。只得閉目塞聽，快步向前。

在無路可走處，見到了一個小小的岩洞。彎腰進入，只見四尊佛像，其中一尊是釋迦牟尼在這裡苦修時的造像，骨瘦如柴。佛像前的燃燈，由四位喇嘛守護著。

鑽出山洞，眼前是茫茫大地。我想，當年釋迦牟尼一定是天天逼視著這片大地，然後再扶著這些岩石下山的。山下，那棵菩提樹正等著他。

我轉身招呼李輝一起下山。守護洞窟的一位喇嘛追出來對我們說：「下山後趕快離開這裡，附近有很多持槍的土匪！」

我聽了一驚，心想：宗教的起因，可能是對身邊苦難的直接反應。但一旦產生便不再受一時一地的限制，因此也無法具體地整治一時一地。你看悠悠兩千五百多年，佛祖思慮重重的這條道路，究竟有多少進步？

一九九九年十二月二十二日，印度菩提迦耶，夜宿Asoka（阿育王）旅館。

告別阿育王

離開釋迦牟尼的苦修洞窟，我們一看地圖，決定再去一個佛教重地。那地方現在叫巴特那，也就是佛教典籍中一再提及的華氏城。

在釋迦牟尼的時代，那裡已經是一個小王國，叫波吒厘子。阿育王把它定為首都後，很長時期內，一系列影響深遠的弘法決定都在這裡作出。為此，法顯和玄奘也都來拜訪過。

這些天來，自從我們由新德里出發，行路越來越艱難。開頭還好一點，從齋浦爾到阿格拉就開始不行了，再到坎普爾、瓦拉納西，一個比一個糟糕。瓦拉納西往東簡直不能走了，巴特那達到頂峰。

一天二十四小時，路上始終擁塞著逃難般的狂流。卡車和客車的車頂上站滿了人，車邊上還攀著人，尖聲鳴著喇叭力圖通過，但早已塞得裡外三層，怎麼也挪動不得。

夾在這些車輛中間的，是驢車、自行車、牛群、蹦蹦車、

閑漢、小販、乞丐和一絲不掛的裸行者，全都灰汙滿身。

窄窄一條路，不知什麼年代修的，好像剛剛經歷地殼變動，永遠是大坑接小坑。沒走幾步就見到一輛四輪朝天的翻車，一路翻過去，像是在開翻車博覽會。但是，翻得再嚴重也沒有人看一眼，大家早就看膩了。

在這樣一條路上行車，一開出去就是十幾個小時，半路上沒有任何地方可以吃飯。

大家全都餓得頭昏腦脹，但最麻煩的還是上廁所。以前在沙漠、田野還能勉強隨地解決，而這裡永遠是人潮洶湧。只能滴水不進，偶爾見到遠處一片萎黃的玉米地，幾位小姐、女士便瘋了般地飛奔而去。

我們白天需要作一系列文化考察，只能在夜間行駛。夜間，超載的卡車卻比白天更多。它們大多沒有尾燈，迎頭開來時又必定以強光燈照得你睜不開眼，而且往往只開一盞，完全無法判斷這是它的左燈還是右燈。冷不防，橫裡還會躥出幾輛驢車。

因此，其間的險情密如牛毛。我們所有的人都憋住了氣，睜大了眼，浸透了汗，看佛祖如何保佑我們步步為營，穿越新的難關。

今晚到巴特那，進城後更開不動車。好不容易寸寸尺尺地挪到了一家旅館，胡亂吃了一點什麼便倒在床上。

剛要闔眼又不能，嗡嗡嗡嗡，蚊子成群來襲。順手就拍掉二十幾個，滿牆血跡，聽見隔壁也在拍。

忽然一條狗叫了，一條條全叫起來。到最後，我相信全城的狗都叫了，一片淒烈，撕肝裂膽。

完全沒法睡了，便起身坐在黑暗中想，這些天的經歷實在終身難忘。在埃及的尼羅河邊已經覺得不行了，沒想到後來還看到了伊拉克和伊朗。但與這兒一比，伊朗簡直是天堂。伊拉克再糟糕，至少還有寬闊平整的道路可走，乾淨火燙的大餅可吃，但在這裡，實在無以言表。

這個阿育王的首府一定有很多文化遺跡，但一看行路情況已經使我們害怕，只怕玷污了對神聖之地的印象。那就對不起了，偉大的阿育王，我們明天只好別你而去，去尼泊爾。

一九九九年十二月二十三日，印度巴特那，夜宿Chanakya旅館。

尼泊爾

車輪前的泥人

每個邊關都有不同的景象。同樣是印度，與巴基斯坦接壤處擺盡了國威，但在尼泊爾的邊界就不同了，來來往往挺隨便，只是苦了我們第三國的人。

這兒是一條攤販密集的擁擠街道。路西跨過污水塘和垃圾堆，有一溜雜貨鋪和油餅攤，其中一家雜貨鋪隔壁是一間破舊的水泥搭建，上面用彩色的英文字寫著：印度移民局。再過去幾步又有一棚，更小一點，上寫：印度海關。

進去有點困難，因為有兩個成年男人在海關牆頭小便，又有一家人坐在移民局門口的地上吃飯。我看了一下這家人吃飯的情景：剛撿來的破報紙上放著幾片買來的油餅，大人小孩用手撕下一角，沾著一撮咖哩往嘴裡塞。地方太狹窄，因此進出移民局必須跨過他們的肩膀，而且一腳下去黃塵二尺，厚厚地灑落在他們的油餅和咖哩上，但他們倒不在乎。

不知道在這樣的小棚裡辦手續為什麼會耗費幾個小時的時間。印度辦完了，過幾步辦尼泊爾的入關手續，時間更長，總共耗了七個半小時。車沒地方停，停在路邊的攤販堆裡，把幾個攤販擠走了。

路上灰塵之大，你站幾分鐘就能抖出一身濃霧。很多行人戴著藍色的口罩，可見他們也不願吸食灰塵，但所有的口罩都已變成藍黑色，還泛著油亮。

大家都無法下車，但在這麼小的車上乾坐七個多小時也是夠受的。我乾脆就站在黃塵中不動了，很快成了一尊泥人，定定地看著四周，似想非想。

站了很久之後，我轉身，退到車隊邊，用腳叩了叩我們的車輪。這原是一個百無聊賴的動作，但一叩卻叩出了一番感歎。

我坐在它上面好幾個月了，它一直在滾動。滾過歷史課本上的土地，由它先去熨貼，再由我們感受。希臘文明、埃及文明、希伯來文明、巴比倫文明、波斯文明、印度河—恒河文明……眼前已是尼泊爾。尼泊爾並不是一個獨立文明的所在，它對我們來說只是通向喜馬拉雅山的過渡。

這便是人類輝煌的古文明。一個個全都看過來了，最後卻讓尋訪者成了一個不知說什麼才好的泥人。

辦完尼泊爾入關手續，已是黑夜。走不遠就到了邊境小城比爾根傑（Birganj），投店宿夜。打聽明白城裡最好的旅館就是這家麥卡露，便風塵僕僕住進去。

我的房間在二樓，對街，一進去就覺得有點不對，原來少了三塊窗玻璃，街上的所有聲音，包括濃烈的油咖哩氣味，直衝而入。

我要寫作，這樣實在不行，正待去問有沒有可能換一間，突然傳來震耳的鐘聲。鐘聲一直不停，不知發生了什麼緊急事件。好不容易找到一個侍者，他說這是對面印度廟的晚鐘，要敲整整一個小時，明天清晨五時一刻，還要敲一個小時。

這鐘聲如此響亮，旅館裡哪間房都逃不了。大家都從房裡走出，不知該怎麼辦。有人說，派人去廟裡交涉一下，給點錢，請他們少敲一次。但誰都知道，這是不可能的。宗教儀式已經成為生活習慣。這個城市哪天少一次鐘聲，反而一切會亂，比月蝕、日蝕都要嚴重。

在嗡嗡喤喤中過一小時實在不容易，我很想去看看那個敲鐘的人，他該多累。突然，時間到了，鐘聲戛然而止，天地間寧靜得如在太古，連剛才還煩惱過的街市喧囂也都變得無比輕柔。

那就早點睡吧，明晨去加德滿都，搶在五點鐘之前出發，逃過那鐘聲。

一九九九年十二月二十四日，由印度至尼泊爾比爾根傑，夜宿Makalu旅館。

本來就是一夥

從比爾根傑到加德滿都，相距二百九十公里。車開出去不久大家就不再作聲，很快明白，昨天在比爾根傑遇到的困境，只屬於邊境性的遺留。真正的尼泊爾，要好得多。

首先是色彩。滿窗滿眼地覆蓋進來，用毋庸置疑的方式，了斷昨天。

我們的色彩記憶也霎時喚醒：希臘是藍色，埃及是黃色，以色列是象牙色，伊拉克是灰色，伊朗是黑色，巴基斯坦說不清是什麼顏色，印度是油膩的棕黑色，而尼泊爾，居然是綠色！

我們已經貼近喜馬拉雅山南麓，現正穿行在原始森林。這兒地勢起伏，層次奇麗。山谷裡有雪山融水，現在水流不大，像是在白沙間嵌著一脈晶亮。

天空立即透明了，像是揭去了一塊陳年的灰布。

路也好了，不再擁擠。對面開過來的車都減速禮讓，於是我們也伸出手來表示感謝。路過一個小鎮，我們停下來，只想看看。

尼泊爾還是貧困，但很乾淨。沒有見到一個逢人就伸手的乞丐，也沒有見到一個無事傻站著的閒漢。每個人都有自己的事情在忙，小孩背著書包，老人衣著整齊，一派像過日子的樣子。

我們從兩河流域開始，很久沒有看見正常生活的模樣了，猛然一見，癡癡地逼視半天，感動得想哭。

我們的幾位小姐手舞足蹈地過來，像是遇到了什麼喜事。只聽她們在說：路邊竟然有一個小廁所，地上濕漉漉的像是今天剛沖洗過，廁所門口有一個井台，用力一按就能洗手！

很快就到加德滿都。其實費時不少，但一路享受，只覺其快。

加德滿都是端端正正的一座城市，多數街道近似中國內地的省城，但幾條主要購物街的國際氣氛，則連中國著名的旅遊城市也很難比得上。

我們結伴去了著名的泰米爾街（Thamel），以賣本地工藝品、茶葉、皮衣為主，又有不少書店，熱鬧而不哄鬧，走起來十分舒心。回憶我們這一路過來，只有雅典的幾條小街能與它相比。泰米爾街深處有一個叫Rum Doodle的酒吧，全世界的登山運動員都知道它。它是從南坡攀登珠峰的一個起點。

進門轉幾個彎，到一大廳，燃著一個大火塘。桌椅圍列，火光映照著牆上貼滿的腳印字牌。很多登山運動員出發前，會先在這裡貼上一個腳印，寫上自己出發的日期和目標。過些天，凱旋了，再在這裡留下一個，寫明攀登了哪個高峰、海拔多少、參與者是誰。這樣，腳印就成了左右完整的一對。但是看得出來，有的運動員沒有回來。他最後的單只腳印，孤獨地留在牆上。現在正是冬季登山的好時光，今夜，這個熊熊的大火塘，還會燃起在雪山勇士們的夢中。

推門進去時，酒吧已經很熱鬧。我們坐下後覺得一切稱心，便決定在這裡把很多日子來的煩悶掃拂一下，於是呼酒喊菜、歡聲笑語，立即變成了酒吧的主角。

我們的長桌邊上有一個小桌，坐著幾個英國人。背靠我坐的是一位中年女士，她看了我們好

一陣，終於輕聲問我：「能問你們來自哪個國家嗎？」

「中國。」我回答。

「中國？哪個部分的中國？」她又問。

我知道她的意思，便說：「每個部分。你看，大陸、香港，還有……台灣！」

「你們……怎麼會在一起？」英國女士大為驚訝。

「我們一直在一起呀。」我對她的驚訝表示驚訝。

英國女士立即與同桌交頭接耳了一陣，於是全桌都轉過臉來看著我們。我們今夜不開車，大家都喝了一點酒，情緒更高了。

這幾個英國人的眼神使我聯想到，那次在巴基斯坦邊境，移民局的一位老人拿著我們的一疊護照有點慌亂。他先把大陸護照和香港特區護照反覆比較，然後抽出了孟廣美的台灣護照。

他把廣美拉過一邊，問：「你怎麼與他們一起走？」他生怕廣美是被我們劫持的。

「我們本來就是一夥嘛！」廣美回答。

這件事一定超出了老人十分有限的中國知識。他看廣美如此坦然，怕再問下去反而自己露怯，只得聳聳肩，很有禮貌地把辦完手續的護照推到廣美眼前。

一九九九年十二月二十五日，尼泊爾加德滿都，夜宿Everest旅館。

萬仞銀亮

晚上入住旅館，不以為意，到後半夜有點涼，起床加了一條毯子。

早晨發現，涼意晨光都從頭頂進入。這才看見，我這間房兩面是窗，床頭的窗戶最大。

從窗簾縫中看見一絲異相，心中怦然，也許是它？

伸手嘩啦一下拉開窗簾，還有什麼懷疑，果然是它：喜馬拉雅！

還是趿著拖鞋找侍者，以求證實。侍者笑道：「當然是它，但今天多雲，看不太清。」

喜馬拉雅，我真的來到了你的腳下？

從小就盼過多次，卻一直想像著是從西藏過去。從未想過把它當作國門，我從外邊來叩門！

說不清哪兒是真正的國門，但是門由路定。這次我們走的這條路，是人類文明的路基所在，因此即使再冷再險，也算大門一座。

以世界屋脊作門檻，以千年冰雪作門楣，這座國門很氣派。

我不知出國多少次了，但中國，你第一次以如此偉大的氣勢矗立在我眼前。這次終於明白，不是距離的遙遠，也不是時間的漫長，才會產生痛切的思念。真正的痛切是文明上的陌生，真正的思念是陌生中的趨近。

記得法顯大師離國多年後在錫蘭發現一片白絹，一眼判定是中國織造，便泣不成聲。喜馬拉雅，今天你在我眼前展現的，不是一片白絹，而是萬仞銀亮。

到尼泊爾，除了一般性的參訪外，我特別想去朝拜一下釋迦牟尼的出生地藍毗尼，然後找一個安靜的旅館住一陣，清理一下這幾萬公里的感受。這些感受，今後一定會長期左右我的文化思考，但這次必須在進入國門之前，稍作歸整。否則，就像衣衫潦草地回家，不像樣子。

一九九九年十二月二十六日，尼泊爾加德滿都，夜宿Everest旅館。

整理一路感受

魚尾山屋

從加德滿都向西北方向走二百公里山路，就到了一個叫博克拉（Pokhara）的地方。早就聽說，很多西方旅行者走到這裡就邁不開步了，願意在這麼一個山高路險的小地方長時間住下來。特別是一些老者，住過一陣之後甚至決定在這裡了此殘生。能做出這樣的決定，是一件了不起的事，為此，我不能不停下步來，四處打量。

不錯，這個地方雖然緊貼在喜馬拉雅山腳下，卻沒有一般人想像的凜冽。正是那山，穩穩當當地擋住了北方的寒流，留下一個陽光南坡，花樹茂盛。但是，畢竟又依傍著雪山，這裡不可能炎熱。這一來，無盡的冰雪在這裡融化，淙淙琤琤，至浩浩蕩蕩，成了南方一切大河的共同起源。

我們乘坐一種拉纜浮筏，渡過了一條清澈的雪水河，住進了山腳下一家叫魚尾山屋（Fish Tail Lodge）的旅館。

我呆呆地看著周圍的風景。雄偉，雄偉到了無法再雄偉；柔和，又柔和到了無法再柔和。它們怎麼就這樣天然地融合在一起了呢？草草地吃過晚餐，再來看。天色已經重了，先退去的是柔和，只剩下側光下暗森森的雄偉。很快，雄偉也退去了。立即覺得一股寒氣壓頂而來，便抱肩回到屋裡。

屋裡有爐子，我點上火，看著火焰。發現爐邊桌上有蠟燭，我也順手點上。忽然覺得這屋裡不必有電燈，便伸手關了。屋子立即回到古代，暗暗地聽任爐火和燭光一抖一抖，反而覺得溫暖和安全。但是我又拍著自己的頭站起身來，心想這間古代的小屋竟然是在喜馬拉雅山腳下，我竟然獨自躲在裡邊沉思和寫作！此情此景，連屈原、李白、蘇東坡知道了都會瞠目結舌，我是多麼奢侈。

到窗口看看，什麼也看不到。回到桌前坐下，剛想寫幾句便斷然擱筆。我歷來相信，身處至美之地很難為文，今夜又是一個證據。既然窗外黑黑，筆下白白，更兼一路勞頓，我很快睡著了。

清晨醒來，立即起身，推門出去，我抬頭看到，朝霞下的喜馬拉雅山就在眼前。但是，旭日染紅峰頂的景象，卻被另外一些山峰擋住了。我仔細打量，發覺只要越過前面的那條雪水河到對岸，就能看到。於是，立即趕到河邊，那裡，已經有早起的拉筏工人在忙碌。

我上了筏子，與工人一起拉繩索，但一拉就縮手了。因為繩索已經在河水裡浸泡了一夜，很冷。拉筏工人笑了，說：「我一個人拉就可以了。你真幸運，這山峰被雲霧罩了五天，今天才露臉。」

看過了晶瑩剔透又泛著紅光的雪峰，我又乘筏回來，返回旅館的房間。這時我明白了，這魚尾山屋，就是我要整理一路感受的地方。

一九九九年十二月二十八日，尼泊爾博克拉，夜宿Fish Tail Lodge旅館。

「盛極必衰」嗎？

我頭頂的喜馬拉雅山，以極端的地理高度給了我一種思維高度。它讓我一再移位，設想著它俯視世界的清冷目光。在它的目光裡，人類的出現，文明的構成，都是在最近很短時間裡發生的小事。它的記憶，無邊無涯，絕大多數與人類無關。

有了它，我們談論人世間的事，心情就可以放鬆了。

我這次，把中國之外的人類主要古文明，全都巡拜了一遍。這件事，以前沒有人做完過。一路上確實遇到過很多危險，居然全部奇蹟般穿越，到今天終於可以說是安全通過了。其原因，說土一點，是我們「命大」；說文一點，是此行合乎「天命」。

回想我所看到的那麼多古文明發祥地，沒有例外，都已衰落。在它們面前，目前世界上那些特別發達的地區，完全算不上年歲。而它們的年歲，卻成了當代文明地圖上的褐斑。年歲越高，褐斑越深，麻煩越多。

對於這種情況，完全不必傷感。一切生命體都會衰老，尤其是那些曾經有過強勁勃發的生命體，衰老得更加徹底。這正印證了中國古代哲學所揭示的盛極必衰、至強至弱的道理，對我來說，並不覺得難以理解。但是，當我從書本來到實地，看到那些反覆出現在歷史書上的熟悉地名與現實景象的可怕分裂，看到那些雖然斷殘卻依然雄偉的遺跡與當代荒涼的強烈對照，心中還是驚恐莫名。人類，為什麼曾經那麼偉大卻又會那麼無奈？文明，為什麼曾經那麼輝煌卻又會那麼脆弱？歷史，為什麼曾經那麼精緻卻又會那麼簡單？……面對這樣的一系列大問題，我們的生命微若草芥。

我們這次首先抵達的希臘文明遺址，從一開始就展現了人類古代文明的至全至美，幾乎到了無可企及的高度。巴特農神廟下，我所熟悉的古希臘悲劇、亞里斯多德、維納斯，再加上遠處的奧林匹亞，幾乎把人類最健全的生命方式鑄造完滿。能看到這些蹤跡已是萬幸，誰知，我又拜見了比這一切更早一千多年的克里特島上的米諾斯王朝和荷馬史詩中的邁錫尼！如果說，古希臘悲劇與中國的老子、孔子同齡，那麼，克里特和邁錫尼就與炎帝、黃帝、堯、舜、禹的傳說時代連在一起了。不同的是，他們的傳說有了那麼完整的實證。

平心而論，像邁錫尼那樣的山間城堡，我還能想像，而讓我感到匪夷所思的，是克里特島上的生活。平等、通透、舒適、神奇，處處顯得相當現代。其中，排水系統、衛浴系統的先進和時尚，使人覺得時間停滯了，我們可以一步跨入。但是，它們居然已經毀滅了幾千年。毀滅的過程姑且不論，它們至少已經表明，它們並不是因為「過時」才毀滅的。既然我們可以一步跨入它們，那麼，毀滅也可以一步跨入我們。

克里特島是古代地中海的貿易中心，它雄辯地證明了人類早期的交流水準。至今國際間還有不少學者否定它躋身人類幾個主要古文明的資格，理由就是它沉澱了很多美索不達米亞文明和埃及文明的元素，算不上一個獨立的原創文明。但在我看來，它在本性上與那兩大文明有極大的區別，是一種「交流中的原創」。它如果無緣躋身人類主要古文明，只有一個理由，那就是它毀滅得太早又太徹底。等到一千多年後雅典城邦裡的那些文化盛事，與它已經沒有任何關係。而那些盛事，已進入西元前後，算不得嚴格意義上的「古文明」了。

克里特島上的古文明，毀滅原因至今無法定論，而我則偏向於火山爆發一說，我在前面的日記裡說過理由。無論如何，這是一種高度成熟文明的突然臨危，真不知它的最後狀態是莊嚴、悲壯的，還是慌亂、絕望的。天下任何一種文明都不能幻想自己長生不老，卻能在最後的日子裡選擇格調。也許有人說，都已經要滅亡了，還要什麼格調？我說，正因為要滅亡了，只剩下了格調。

古文明最堅挺的物質遺跡，莫過於埃及的金字塔了。金字塔隱藏著千千萬萬個令人費解的奧秘，卻以最通俗、最簡明的造型直逼後代的眼睛。這讓我們領悟，一切簡單都是艱深的；人類古文明，遠比人們想像的複雜。埃及文明所依賴的，是那條被沙漠包圍的尼羅河。被沙漠包圍，看起來像是壞事，卻使它有了遼闊的「絕地屏障」，處境相對比較安全，保障了一個個王朝的政治連續性。這與戰火頻頻的美索不達米亞文明相比，就安定得多了。但長久的安定也使它越來越保守，並因保守而維持極權。由於極權，它可以集中驚人的力量營造雄偉的建築，卻似乎沒有發生過任何衝突，因此也不必有美索不達米亞文明的那種漢謨拉比法典；由於極權，它負責全體臣民的生活，卻不必建立與臣民進行理性溝通的機制，因此也使整個文明不具備足夠的可理解性。當時就很難理解，更不必說後來了。在雄偉的極權氣氛中不求理解地生存，必然會帶來一種自足的樂觀，因此，當年尼羅河聽到的笑聲必然要比底格里斯河、幼發拉底河、約旦河多得多。而在那些河畔，連歌聲都是憂傷的。

埃及文明中斷了，一種雄偉的中斷。中斷的原因還有待於探索，在我看來，主要原因可能是：過於極權的王朝必然會積累起世襲的官僚集團，而靠著漫長的尼羅河為生的農業經濟又必然使各個地方政權有資本與法老的極權統治對抗；法老「半神半人」的神秘光環又必然使他們缺少處理地方政權對抗的能力，於是，分裂頻頻發生，外族侵略也有機可乘……我從開羅到盧克索的一路上，沿著尼羅河穿行七個農業省，一直在體會著這種判斷。

埃及文明湮滅的程度相當徹底。不僅盧克索太陽神廟廊柱上那些象形文字早已與世隔絕，人們難於從文本中讀解古埃及，而且，更嚴重的是，由於外族入侵後的長久統治，人們從血緣到信仰都已經很少保留古埃及的脈絡。因此，儘管金字塔還會一直矗立下去，但是支撐它的文明基座早就消失在撒哈拉大沙漠的烈日和夜風中，無法尋找。

這種消失，一定是一件壞事嗎？倒也未必。因為，時間實在太長了。

一九九九年十二月二十九日，尼泊爾博克拉，Fish Tail Lodge，此篇寫於下午。

難道是文明造的孽？

我們「出埃及」的路線與古代以色列先哲的路線大致相同，那就是穿越不可思議的西奈沙漠。但是，這種神聖情懷很快就被憂慮和驚恐所取代。中東啊中東，從約旦河兩岸到底格里斯河、幼發拉底河，再從伊朗高原延伸到南亞的巴基斯坦和阿富汗邊界地區，麻煩的事情實在太多了。

但是，正是這個地方，擁擠著人類幾個特別輝煌的古文明。巴比倫文明、波斯文明、印度文明、希伯來文明、阿拉伯文明……密密層層的馬蹄，敲擊著古代空曠的地球。它們都曾經以為，普天下的命運就維繫在自己手上的轡繩間。果然，它們都對人類作出了極大的貢獻。現在世界上那些後起的文明，不管有多麼得意，不管有多少發明，在宏偉的原創意義上，根本無法與它們相提並論。但是，這次我確確實實看到了，這麼一片悠久而榮耀的土地，全然被極端主義的衝突鬧得筋疲力盡、遍地狼藉。

衝突的任何一方都有痛切而鏗鏘的理由，極端主義的吸引力就在於痛切和鏗鏘，這就使任何一方都無法後退。這種群體性的極端情緒再與各自的宗教、歷史、文化一拌和，衝突立即變成了不可動搖的信仰。大家都拒絕理性，拒絕反思，有時看起來似乎出現了理性與反思，其實都只是鬥爭策略。這樣，每一方都被自己綁上了「精神盔甲」，表面上強大而勇敢，實質上狹隘而氣悶。更麻煩的是，長期處於這種狀態之下的人群，是無法照料好生活秩序和社會秩序的，結果都因生態淪落而失去真正的個體尊嚴。失去個體尊嚴的人群，對自己和別人的生命價值評判都很低微。恐怖活動、自殺炸彈、綁架威脅，都可以不假思索乃至興高采烈地進行。

極端主義說到底並沒有「主義」，只是一種極端的情緒加上極端的行為。因此，在這片曾經非常神聖的土地上，人們在抬起頭來仰望一個個世界級「王者」雄魂的同時，又不得不低下頭來俯視一場場不知所云的惡鬥，實在不勝唏噓。

如果要追根溯源，極端主義的產生，也與那些「王者」的跨國遠征有關。在古代，不同文明之間的征戰，十分殘酷。因為彼此都在豔羨、嫉妒和畏怯，一旦征服就必須把對方的文明蹤跡全都蕩滌乾淨。例如，曾一再地出現過佔領耶路撒冷後縱火毀城，然後再挖地三尺來消除記憶的事；出現過佔領巴格達後開閘放水，以底格里斯河的河水來沖洗文明遺跡的事；甚至還出現過在佔領的土地上撒鹽和荊棘種子，使之千年荒蕪的事。正是這種文明之間的遠征和互毀、滅絕和復仇，埋下了極端主義的種子。於是，文明最集中的地帶，成了仇恨最集中的地帶。

難道，這就是「盛極必衰」的契機？

我由此產生的傷感，無與倫比。因為這等於告訴人們，大家為之畢生奮鬥的目標，本身極不堅牢，奮鬥的結果很可能完全出乎意料。

一路走來，每一塊土地都是有表情的。希伯來文明虔誠而充滿憂鬱，堅韌而缺少空間。它從一開始就受盡苦難，長期被迫流浪在外，處處滲透又處處受掣，永遠處於自衛圖存的緊張之中。

希伯來文明充滿智慧，今天的現實生態在中東的各個族群中首屈一指，但這種緊張仍然揮之不去，散落在那麼多人的衣冠間、眼神裡。在耶路撒冷街邊坐下喝咖啡，就能感受到這種緊張瀰漫四周。一種文明處於這種狀態是非常值得同情的，但它的氣象終究不大，或者說，想大也大不了。

按照我的學術標準，阿拉伯文明遠遠算不上人類的「古文明」。但是，它在西元七世紀之後以一往無前的氣魄征服過好幾個「古文明」，直到今天還保持著巨大的空間體量和嚴整的禮拜儀式，成為當代世界文明中特別重要的一員。它與其他文明之間的恩怨情仇，從古代到現代都顯得非常嚴峻。它自身的衝突，也十分激烈。我這一路，從埃及開始，能夠完全跳開阿拉伯文明的機會極少，因此對它特別注意。我發覺這是一種沙漠行旅者的強悍生態，與農耕文明、草原文明、海洋文明的本性很不一樣，但最終卻又融合了其他各種文明。它有能力展開宏偉的場面，投入激烈的戰鬥，建立遼闊的王國，卻一直保持著一種全方位的固守和執著。它與其他文明的長久對峙，一定埋藏著一系列誤會，但這些誤會似乎已經無法全然解除。這是它的悲劇，也是全人類的悲劇。

伊拉克的巴格達，曾經成為阿拉伯帝國的首都，那是一個極盡奢華的所在，統治著非常龐大的國土。其實誰都知道，在這之前二十多個世紀，這裡已經建立過強大的巴比倫帝國。從巴比倫帝國再往前推，早在五、六千年之前，這兒的蘇美爾人已經創造了楔形文字，發展了天文學和數學。這一切幾乎都領先於其他文明，因此後來有不少學者認為這是其他文明的共同起點。這種想法早已被證明是錯誤的，其他幾個文明各有自己的起點，但這塊土地仍然是人類文明史上的最初開拓地。遺憾的是，高度早熟引來了遠遠近近的覬覦，而這個地方又處於四通八達的開闊地帶，入侵太容易了。入侵者成了主人，主人也逃不出這個極盛極衰的輪迴。例如巴格達成為阿拉伯帝國的首都後終於入不敷出，日漸疲弱，便遭到北部、南部、東部的攻擊……總之，最宏大的文明盛宴引來了最密集的征戰刀兵，這兒由反覆拉鋸而成了一個永久性的戰場，直到今天。

我想，世上研究人類文明史的學者，如果有一部分也像我一樣，不滿足於文本鑽研而寄情於現場感悟，那麼，最好能在安全形勢有了改善之後，爭取到巴比倫故地走一走。那兒的文物古蹟已經沒有多少保存，但是，即便在那些丘壑草澤邊站一站，看著淒豔的夕陽又一次在自己眼前沉入無言的沙漠，再在底格里斯河邊想一想《一千零一夜》的故事，體會文明榮枯的玄機，也就會有極大的收穫。

我在那片土地上想得最多的是，反覆的征戰，不管是打別人，還是自己被別人打，時間一長，必然會給人們帶來對殘酷的適應，對是非善惡界限的麻木。祖祖輩輩都缺少有關正常生活的記憶，災難時時有可能在身邊發生，自己完全無法掌控命運，根本無從辨別起因，好像一切都是宿命，因此只能投向宗教極端主義。宗教極端主義的參與者其實都放棄了思考，只是用最簡單的方式把自己的災難轉嫁並擴大為別人的災難，並在這個過程中獲取滅絕性的盲目快感。在那個偉大的文明故地，幾乎上上下下都被這種精神陰霾所籠罩。

在伊朗，古代波斯文明的遺留氣韻讓我大吃一驚。這又以此證明，文本認知和現場認知有天壤之別，儘管這種現場早就在兩千五百年前成為廢墟。從西元前六世紀到西元前四世紀，波斯帝國先後在居魯士、大流士的領導下建立了西起愛琴海、東到印度河的超級龐大政權，還曾經與希臘展開過好幾次大戰。它戰勝過很多國家，最後又被戰爭所滅，滅的時間太早，使它無法成為人類重要的幾大古文明之一。它告訴我們，文明的重要，不僅僅在於空間，還在於時間。

印度文明無疑是人類幾個最重要的古文明之一，但我對它的感受卻非常淩亂。幸好我緊緊地抓住了佛教的纜索，沒有全然迷失。五千年前印度河流域的摩亨佐．達羅（Mohenjo Daro），地處現在巴基斯坦的信德省境內，我因深夜路過，未及考察，而且我也知道這與我們一般理解的印度文明關係不大，太早了。一般理解的印度文明，恰恰是在摩亨佐．達羅消亡之後由雅里安人入侵開始的，離現在也有三千五百多年了。印度的歷史是不斷受到外族侵略、又不斷分裂的歷史。在雅里安人之後，波斯人、希臘人、帕提亞人、西徐亞人、貴霜人、阿拉伯人、蒙古人……相繼侵入，其間也出現過一些不錯的王朝，但總的說來還是分多合少。印度文明在宗教、天文、數學等方面對全人類作出過巨大貢獻，但它的發展歷史實在過於變幻莫測，讓人難於理出頭緒。其實，它自身的傳承也正處於這樣的狀態，似乎隱隱約約都有一些脈絡留存，但一次次的阻斷、跌碎、混合、異化，使文明散了神。它有過太多的「對手」和「主子」，有過太多的信仰和傳統，有過太多的尊榮和屈辱，有過太多的折裂和消散，結果，在文明上混沌一片。

在考察波斯文明、印度文明和其他南亞文明的時候，我目睹了目前世界上最集中的恐怖主義所在。中東的極端主義已經讓人頭痛，再往東走卻演變成更大規模的恐怖主義。這種恐怖主義與販毒集團和地方武裝互相融合，顯而易見已經成為文明世界的最大威脅。滋生文明和威脅文明，全都起自於同一片土地，這是不是一種歷時數千年的報應？如果是，那麼，這種報應實在太使人沮喪，沮喪到甚至對人類失去信心。

對此，我們除了發出一些微弱的警告，又能做一些什麼呢？

一九九九年十二月二十九日，尼泊爾博克拉，Fish Tail Lodge，此篇寫於晚上。

中國為何成了例外？

我考察了那麼多古文明遺址，包括遺址邊上的現實生態，心裡一直在默默地與中華文明對比。

算起來，中華文明成型的時間，在幾大古文明中不算早，應該是在蘇美爾文明、埃及文明成型的一千多年之後吧，也不比印度文明和克里特文明早多少。但是，在所有的古文明中，至今唯一沒有中斷和湮滅的，只有中華文明。

這個歷史事實，以前當然也知道，但是這次把別人家的遺址全都看了一遍，才產生全身心震撼。不是為它們震撼，而是為中華文明。

這種震撼中並不包括自豪，更多的只是驚訝。那麼漫長的歷史，中斷和湮滅太正常了，而既不中斷也不湮滅，卻是異數中的異數，很讓人費解。

最直接的感性衝撞，是文字。那些斑斑駁駁地爬在種種遺跡上的古文字，除了極少數的考古學家能猜一猜外，整體上與後代已經沒有關係。但是，世上居然有一種文字，本來也該以蒼老的年歲而枯萎了，卻至今還能讓億萬民眾輕鬆誦讀。什麼「己所不欲勿施於人」，什麼「三人行必有我師」，什麼「溫故而知新」，什麼「君子成人之美」……從詞語到意涵，都毫無障礙地從兩千多年前直接傳導到今天的日常生活之中，而且沒有地域界限地統一傳導，這難道還不奇怪嗎？隨著文字，很多典章制度、思維方式、倫理規範，也大多一脈相承，避免解讀中斷。這與其他古文明一比，就顯得更奇怪了。

為了解釋這一系列的奇怪，我一路上都用對比的眼光，尋找著中華文明既不中斷又不湮滅的原因。到今天為止，我的粗淺感受大致如下——

首先，在這喜馬拉雅山南麓，我不能不想到中華文化在地理環境上的安全性。除了喜馬拉雅山，往北，沿著邊境，還有崑崙山、天山、阿爾泰山，又連接著難以穿越的沙漠，而東邊和南邊，則是茫茫大海。這種天然的封閉結構，使中華文明在古代避免了與其他幾個大文明的惡戰。而那些古代大文明，大多是在彼此互侵中先後敗亡的。

我曾在幾萬里奔馳間反覆思忖：你看在中國商代，埃及已經遠征了西亞；在孔子時代，波斯遠征了巴比倫，又遠征了埃及；即使到了屈原的時代，希臘的亞歷山大還在遠征埃及和巴比倫；而且無論是波斯還是希臘，都已抵達印度……

總之，在我們這次尋訪的遼闊土地上，幾大文明古國早已打得昏天黑地，來回穿梭，沒有遺落。說有遺落，只有中國。

各大文明之間的征戰，既是文明的「他殺」，又是文明的「自殺」。這與同一個文明內部的戰爭就完全不同了。中國歷來內戰不少，但內戰各方都只想爭奪文明的主導權，而不會廢除漢字、消滅經典，因此中華文明沒有遭受到根本性的傷害。中華文明也受到過周邊少數民族的入侵，但它們都算不上世界級的大文明，與中華文明構不成文化意義上的等量級對峙，更不能吞噬中華文明。最後，反倒一一融入了中華文明。

這就牽涉到了文明體量的問題。文明的體量，包括地域體量和精神體量兩個方面。中華文明的精神體量，未必高於其他古代大文明，但一定比周邊少數民族所承載的文明高得多；中華文明的地域體量，如果把黃河流域和長江流域加起來，比其他古文明的地域體量總和還要大很多倍。也正因為這樣，它在相對封閉的情況下沒有陷於枯窘，還經常在域內進行大遷徙、大移民，躲過了很多毀滅性的災難。

不同的環境，造成不同的經歷；不同的經歷，造成不同的性格。多少年的跨國互侵，一次次的集體被逐，無止境的荒漠流浪，必然使相關的人民信奉征服哲學，推崇死士人格，偏向極端主義。相反，中華文明由於沒有被其他大文明征服的危險，也缺少跨國遠征的可能，久而久之，也就滿足於固守腳下熱土而不尚遠行的農耕生態。國土裡邊的內戰又總是按照「合久必分、分久必合」的循環論，指向著王道大一統，時間一長也就鑄造了一種集體性格，保守達觀、中庸之道、忠孝兩全。中國歷史上也多次出現過極端主義暴民肆虐的時期，但都不長，更沒有形成完整的宗教極端主義，因此沒有對中華文明造成嚴重灼傷。

說到宗教極端主義，就遇到了宗教問題。這個問題很大，我以後還要認真地作專題考察，但這次一路對比，已經強烈感受到中國在這方面的特殊性。不錯，中華文明缺少一種宏大而強烈、徹底而排他的超驗精神。這是一種遺憾，尤其對於哲學和藝術更是如此，但對於整體而言，卻未必全是壞事。中華文明從一開始就保持著一種實用理性，平衡、適度、普及，很少被神秘主義所裹捲。中國先哲的理論，哪怕是最艱深的老子，也並不神秘。在中國生根的各大宗教，也大多走向了人間化、生命化。因此，中華文明在多數時間內與平民理性相依相融，很難因神秘而無助，因超驗而失控。

宗教會讓一個文明在較短時間內走向偉大。但是，當宗教走向極端主義，又會讓一個文明在較短時間內蒙上殺伐的陰雲。中華文明未曾在整體上享用前一種偉大，也未曾在整體上蒙上後一種陰雲。它既然失去了連接天國的森嚴的宗教精神結構，那麼，也就建立起了連接朝廷的森嚴的社會倫理結構。以儒家理性和法家權術為主導的有序管理，兩千年來一以貫之。這中間，又奇蹟般地找到了一千餘年不間斷地選拔大量管理人才的有效方法，那就是科舉制度。由於科舉考試總是以中華文明的精髓為核心，使得文化傳承因為有無數書生的生命滋養而生生不息。因此，僅僅一個科舉制度，就使社會管理的延續和文化體制的延續齊頭並進。

至此我們可以做一個概括了。中華文明能成為唯一沒有中斷和湮滅的古文明，粗粗一想，大概有五個方面的原因：

一是賴仗於地理環境的阻隔，避開了古文明之間的互征互毀；

二是賴仗於文明的體量，避免了小體量文明的吞食，也避免了自身枯窘；

三是賴仗於統一又普及的文字系統，避免瞭解讀的分割、封閉和中斷；

四是賴仗於實用理性和中庸之道，避免了宗教極端主義；

五是賴仗於科舉制度，既避免了社會失序，又避免了文化失記。

上面這篇歸納性的粗淺感受，是在爐火旁熬夜寫成的。今天白天，從清晨到晚上，我完成了一個重要旅程，那就是去藍毗尼，參拜釋迦牟尼的誕生地。

這條路漫長而又艱險，但幾步一景，美不可言。

一邊是碧綠的峭壁，一邊是浩蕩的急流，層巒疊嶂全是世界屋脊的餘筆，一撇一捺都氣勢奪人。

可惜藍毗尼太靠近印度，不讓人喜歡的景象又出現了。要進入佛祖誕生的那個園地非常困難，真該好好整治一下。

一百多年前英國考古學家在這裡挖掘出一個阿育王柱，上面刻有「釋迦牟尼佛誕生於此」的字樣。阿育王離釋迦牟尼的時代不遠，應該可信。現在，園地水池邊立有一塊牌子，上面用尼泊爾文和英文寫著：著名的中國旅行家玄奘到達這裡後，曾經記述藍毗尼所處的位置，以及見到的阿育王柱和一些禮拜台、佛塔。

可見，玄奘又一次成了佛教聖地的主要證明人。

我在相傳佛母沐浴過的水池裡洗了手，逐一觀看了一個個年代古老的石磚禮拜台，又攀上一個高坡拜謁了紅磚佛柱。然後，離開這個園子，到不遠處新落成的中華寺參觀。中華寺還在施工，很有氣派。邊上，日本人、越南人都在建造寺院。

至此，我對佛教聖地的追溯性朝拜也就比較系統了。

為了拜訪藍毗尼，我們來回行車六百公里。因此在路上思考的時間很充裕。夜間所寫的歸納性感受，就是路上思考的結果。

一九九九年十二月三十日，從博克拉返回加德滿都，夜宿Everest旅館。

最後一個話題

今天是二十世紀最後一天，也是我們在國外的最後一天。

車隊從加德滿都向邊境小鎮樟木進發。

在車上我想，尼泊爾作為我們國外行程的終點，留給我一個重要話題，一定要在結束前說一說。

那就是：沒有多少文化積累的尼泊爾，沒有自己獨立文明的尼泊爾，為什麼能夠帶給我們這麼多的愉快？

我們不是在進行文化考察嗎？為什麼偏偏鍾愛這個文化濃度不高的地方？

設想一下，如果我們的國外行程結束在巴基斯坦的摩亨佐．達羅，或印度的恒河岸邊，將會何等沮喪！

這個問題，我前幾天已經寫過：難道是文明造的孽？實際上，這是對人類文明的整體責問。而且，也可以說是世紀的責問。

世界各國的文明人都喜歡來尼泊爾，不是來尋訪古蹟，而是來沉浸自然。這裡的自然，無論是喜馬拉雅山還是原始森林，都比任何一種人類文明要早得多。沒想到人類苦苦折騰了幾千年，最喜歡的並不是自己的創造物。

外來旅行者也喜歡這裡的生活氣氛，喜歡淳真、忠厚、慢節奏，喜歡村落稀疏、房舍土樸、環境潔淨、空氣新鮮、飲水清澈。其實說來說去，這一切也就是更貼近自然，一種未被太多污染的自然。

相比之下，一切古代文明或現代文明的重鎮，除了工作需要，人們倒反而不願去了。那裡人潮洶湧、文化密集、生活方便，但是，能逃離就逃離，逃離到尼泊爾或類似的地方。

這裡就出現了一個深刻的悖論。本來，人類是為了擺脫粗糲的自然而走向文明的。文明的對立面是荒昧和野蠻，那時的自然似乎與荒昧和野蠻緊緊相連。但是漸漸發現，事情發生了倒轉，擁擠的鬧市可能更加荒昧，密集的人群可能更加野蠻。

現代派藝術寫盡了這種倒轉，人們終於承認，寧肯接受荒昧和野蠻的自然，也要逃避荒昧化、野蠻化的所謂文明世界。

如果願意給文明以新的定位，那麼它已經靠向自然一邊。人性，也已把自己的目光投向以前的對手——自然。

現在我們已經不可能抹去或改寫人類以前的文明史，但有權利總結教訓。重要的教訓是：人類不可以對同類太囂張，更不可以對自然太囂張。

這種囂張也包括文明的創造在內，如果這種創造沒有與自然保持和諧。

文明的非自然化有多種表現。繁衍過度、消費過度、排放過度、競爭過度、佔據空間過度、繁文縟節過度、知識炫示過度、雕蟲小技過度、心理曲折過度、口舌是非過度、文字垃圾過度、無效構建過度……顯而易見，這一切已經構成災難。對這一切災難的總結性反抗，就是回歸自然。

我們正在慶幸中華文明延綿千年而未曾斷絕，但也應看到，正是這個優勢帶來了更沉重的累贅。好事在這裡變成了壞事，榮耀在這裡走向了負面。

因此，新世紀中華文明的當務之急，是卸去種種重負，誠懇而輕鬆地去面對自然，哪怕這些重負中包含著歷史的榮譽、文明的光澤。

即使珍珠寶貝壓得人透不過氣來的時候也應該捨得卸下，因為當人力難以承擔的時候它已經是一種非人性的存在。

與貧困和混亂相比，我們一定會擁有富裕和秩序，但更重要的，是美麗和安適，也就是哲人們嚮往的「詩意地居

息」。我預計，中華文明與其他文明的比賽，也將在這一點上展開。

我突然設想，如果我們在世紀門檻前稍稍停步，大聲詢問兩千多年前的中國哲人們對這個問題的意見，那麼我相信，他們中的絕大多數不會有太大分歧。對於文明堆積過度而傷害自然生態的現象，都會反對。

孔子會說，我歷來主張有節制的愉悅，與天和諧；墨子會說，我的主張比你更簡單，反對任何無謂的耗費和無用的積累；荀子則說，人的自私會破壞世界的簡單，因此一定要用嚴厲的懲罰把它扭轉過來……

微笑不語的是老子和莊子，他們似乎早就預見一切，最後終於開口：把文明和自然一起放在面前，我們只選自然。世人都在熙熙攘攘地比賽什麼？要講文明之道，唯一的道就是自然。

——這就是說，中國文化在最高層面上是一種做減法的文化，是一種嚮往簡單和自然的文化。正是這個本質，使它節省了很多靡費，保存了生命。

一九九九年十二月三十一日，從尼泊爾向中國邊境進發。

今天我及時趕到

從尼泊爾通向中國的一條主要口道，是一個峽谷。峽谷林木茂密，崖下河流深深，山壁瀑布湍急。開始坡上還有不少梯田，但越往北走山勢越險，後來只剩下一種鬼斧神工般的線條，逗弄著雲天間的光色。這一切分明在預示，前面應該有大景象。

果然，遠處有天牆一般的山峰把天際堵嚴了，因此也成了峽谷的終端。由於距離還遠，煙嵐緲緲，彌漫成一種鉛灰色。

今天陽光很好，雪山融水加大，山壁瀑布瀉落時無法全部納入涵洞，潺潺地在路面上流淌。我們幾輛車乾脆停下，取出洗刷工具，用這冰冷的水把每輛車細細地洗了一遍。這就像快到家了，看到炊煙繚繞，趕快下到河灘洗把臉，用冷水平一平心跳。

我們要回去的地方已經很近，就在前面。我現在想的是，我在離別之後才讀懂了它。

離別之後才懂了它——這句話中包含著一份檢討。我們一直偎依它、吮吸它，卻又埋怨它、輕視它、責斥它。它花了幾千年的目光、腳力走出了一條路，我們卻常常嘲笑它為何不走另外一條。它好不容易在滄海橫流之中保住了一份家業、一份名譽、一份尊嚴，我們常常輕率地說保住這些幹什麼。我們嬌寵張狂，一會兒嫌它皺紋太多，一會兒嫌它臉色不好。這次離開它遠遠近近看了一圈，終於吃驚，終於慚愧，終於懊惱。

峽谷下的水聲越來越響，扭頭從車窗看下去，已是萬丈天險。突然，如奇蹟一般，峽谷上面出現了一座橫跨的大橋，橋很長，兩邊的橋頭都有建築。

似有預感，立即停車，引頸看去，對面橋頭有一個白石築成的大門，上面分明用巨大的宋體金字，鐫刻著一個國家的名字。

我站住了，我的同伴全都站住了，誰也沒有出聲。只聽峽谷下的水聲響如雷鳴。

我們這一代人生得太晚，沒有在你最需要的時候為你說話。我們這些人又過於疏懶，沒有及早地去拜訪你的遠親近鄰。我們還常常過於瑣碎，不瞭解粗線條、大輪廓上你的形象。但畢竟還來得及，新世紀剛剛來臨，今天，我總算已經及時趕到。

尼泊爾海關正在橋的這端為我們辦出境手續。我們踮腳望去，看到橋上還站著不少人，一打聽，原來藏族居民在電視上知道了我們的行程，主動前來歡迎。由幾位中年女性和一位大鬍子的老人帶領著，似乎已經為我們準備了哈達和青稞酒。

這裡的海拔是一千九百米，過關後進樟木鎮，是兩千六百米。空氣已經很涼，我在車上換了羽絨衣。

車隊又開動了，越過峽谷，穿過人群，慢慢地駛進那座白石大門。

二〇〇〇年一月一日，尼泊爾至中國的邊城樟木，夜宿樟木賓館。

新人間 AK 211

千年一嘆（十年珍藏版）

作　者—余秋雨
主　編—李濰美
設　計—張士勇工作室
攝　影—安新民、吳繼文、陳沛元、廖文瑜
校　對—趙曼如、李昧
執行企畫—黃婷儀

董事長—趙政岷
出版者—時報文化出版企業股份有限公司
108019台北市和平西路三段二四〇號四樓
發行專線—（〇二）二三〇六—六八四二
讀者服務專線—〇八〇〇—二三一—七〇五
（〇二）二三〇四—七一三〇
讀者服務傳真—（〇二）二三〇四—六八五八
郵撥—一九三四四七二四時報文化出版公司
信箱—10899台北華江橋郵局第九九信箱

時報悅讀網—http://www.readingtimes.com.tw
電子郵件信箱—ctliving@readingtimes.com.tw
法律顧問—理律法律事務所　陳長文律師、李念祖律師
印　刷—勁達印刷有限公司
初版一刷—二〇一一年一月二十一日
初版八刷—二〇二二年十月二十五日
定　價—新台幣三八〇元
（缺頁或破損的書，請寄回更換）

時報文化出版公司成立於一九七五年，
並於一九九九年股票上櫃公開發行，於二〇〇八年脫離中時集團非屬旺中，
以「尊重智慧與創意的文化事業」為信念。

千年一嘆／余秋雨作. -- 初版. -- 臺北市：時
報文化，2011.01
面；　公分. --（新人間：AK0211）

ISBN　978-957-13-5325-8（平裝）

855　　99026726

ISBN　978-957-13-5325-8
Printed in Taiwan